Charlotte Brontë et Karena Rose

Jane Eyrotica

Traduit de l'anglais par
Lucie Clarance et Madame Lesbazeilles Souvestre

PÔLE
ROMAN

Immeuble Regus
88 ter, avenue du Général-Leclerc
92100 Boulogne-Billancourt

Première édition française Avril 2013

Auteurs : Charlotte Brontë et Karena Rose

Traductrices : Lucie Clarance et Madame Lesbazeilles Souvestre

Titre original : *Jane Eyrotica,* Copyright ©2012 Karena Rose

ISBN : 978-2-822-401999

CHAPITRE I

Il était impossible de rejoindre John Reed ce jour-là. Le matin, j'avais erré pendant une heure dans le bosquet dénudé, essayant sans succès de semer Bessie, la bonne de mes jeunes cousines. John et moi devrions reporter notre rendez-vous à une autre fois.

Le vent glacé d'hiver avait amené avec lui des nuages si sombres et une pluie si pénétrante que tout autre exercice en plein air était hors de question. Bessie m'appela pour que je fasse demi-tour. Je cessai donc de chercher John et la rejoignis ainsi que mes cousins plus jeunes sur le chemin de la maison. John et moi avions convenu de nous retrouver à côté des saules pleureurs cet après-midi, mais visiblement quelque chose l'en avait empêché.

J'en étais plutôt contente, parce que c'était un après-midi glacial et je ne goûtais guère l'idée de me retrouver dehors une heure de plus, couchée avec lui sous le saule pleureur mouillé, craignant que l'on nous découvrît à tout moment, nos joues brûlantes à la pensée que nous faisions quelque chose de mal tout en étant incapables de nous en empêcher. Au lieu de quoi, je m'en retournai à la maison, le cœur attristé par les réprimandes de Bessie, et l'esprit humilié par la conscience de mon infériorité physique vis-à-vis d'Eliza et de Georgiana Reed, mes jeunes et ravissantes cousines.

Lesdites Eliza et Georgiana, aussitôt arrivées, se blottirent auprès de leur mère dans le salon. Celle-ci, voluptueusement étendue sur un sofa au coin du feu et entourée de ses préférées (qui pour le moment ne se disputaient ni ne pleuraient), semblait parfaitement heureuse. Elle m'avait défendu de me joindre à leur groupe, en me disant qu'elle regrettait la nécessité où elle se trouvait de me tenir ainsi éloignée, mais que, jusqu'au moment où Bessie témoignerait de mes efforts pour me donner un caractère plus sociable et plus innocent, elle ne pourrait pas m'accorder les mêmes privilèges qu'aux gentils et mignons petits enfants.

— Qu'est-ce que Bessie a encore rapporté sur moi ? m'indignai-je, en me demandant si c'était ma tentative pour m'éclipser durant notre promenade qui avait mis la nurse en colère.

— Jane, je n'aime ni les pinailleurs ni les impertinents ! Asseyez-vous quelque part et restez silencieusement jusqu'à ce que vous soyez capable de parler gentiment.

Les lèvres pincées, je quittai la pièce pour me faufiler là où j'allais toujours dans les rares occasions où j'avais un moment à moi.

Une petite salle à manger ouvrait sur le salon. Là se trouvait une bibliothèque. J'y entrai à pas de loup et, m'assurant que personne ne m'avait suivie, je m'emparai d'un de mes livres préférés. Le cœur battant la chamade et les doigts tremblant d'impatience, je me plaçai dans l'embrasure de la fenêtre, m'assis en tailleur et tirai le rideau de damas rouge. Sa matière soyeuse glissait entre mes mains brûlantes et moites.

Les larges plis de la draperie écarlate me cachaient tout ce qui était à ma droite. Des ondulations en cascade rouge flamboyant reflétaient la vague de chaleur frémissante qui déferlait dans tout mon corps. À ma gauche, les vitres claires offraient une pâle ligne de brouillards et de nuages, plus près une pelouse trempée, des bosquets battus par l'orage, et enfin une pluie incessante que repoussaient en mugissant de longues et lamentables bouffées de vent. Je frissonnai. Je me tournai et, le souffle coupé par le contraste de températures, pressai mon dos fiévreux contre la vitre froide où s'abattait l'averse.

De mes doigts avides et tremblants, je feuilletai le livre. Les pages familières glissaient doucement telle une caresse contre mon pouce. Enfin j'atteignis la page tant désirée. De nouveau, le souffle me manqua.

Des yeux d'un noir profond embrasaient les miens.

Je pressai mon dos plus fort contre le verre glacé et me sentis submergée par une vague brûlante. Pourtant j'avais déjà maintes fois contemplé ce visage, l'ayant découvert plusieurs mois auparavant dans un vieil ouvrage consacré à la peinture. Après avoir peu à peu exploré chaque rayonnage de la bibliothèque, dévorant chaque livre qui me tombait sous la main, j'étais tombée sur ce portrait sans titre dont la page avait été cornée, ce qui avait aussitôt attiré mon attention.

Ces yeux. Ils se coulaient dans les miens, pénétraient au plus profond de mon âme, la mettaient à nu. La première fois que je les vis, j'éprouvai un soubresaut de plaisir sous mon jupon, une pulsation pénétrante que j'aurais bien voulu ressentir lorsque je regardais John Reed – mais ce dernier ne soutenait vraiment pas la comparaison.

Lentement, mes doigts suivaient la ligne de la forte mâchoire, frottaient la page lisse et raide. Je ne connaissais même pas son nom. À ses habits sombres et élégants, ornés de pierreries, je devinais qu'il était riche. Sa posture, avec ses larges épaules penchées en avant tandis qu'il s'adossait à une paroi lambrissée, le faisait paraître arrogant et menaçant. La barbe rêche de trois jours sur son menton et ses cheveux noirs rebelles m'assuraient qu'il n'aurait guère apprécié la joliesse mièvre et apprêtée d'Eliza ou de Georgiana. Son esprit désirait une âme sœur, une âme sauvage et déchirée.

Les joues enflammées, je sentais l'intérieur mon ventre palpiter violemment. Je posai la main sur ma poitrine. J'imaginais que c'étaient ses doigts à lui qui suivaient la courbe délicate de ma clavicule, laissant une trace brûlante le long de ma peau. Je rejetai la tête en arrière, bouche ouverte. Je voyais ses lèvres charnues effleurer mon cou telle la caresse d'un duvet. Je glissai les mains plus bas. En caressant le corsage de ma robe, je sentis ma poitrine gonfler contre les baleines.

Quelqu'un ouvrit à la volée la porte de la salle à manger. Je sursautai en retirant vivement ma main.

— Jane ! cria la voix de John Reed.

Puis il s'arrêta, croyant que la chambre était vide.

— Jane ? reprit-il. Où es-tu ? Mère pense t'avoir vue entrer ici. Je suis désolé de ne pas t'avoir retrouvée aux saules, j'ai eu un empêchement. À présent je suis libre.

« J'ai bien fait de tirer le rideau », pensai-je tout bas ; et je souhaitai vivement qu'il ne découvrît pas ma retraite, car j'étais soudain fâchée que nous ne nous soyons pas rejoints sous les saules pleureurs. Les yeux sombres toujours plantés dans les miens, j'attendais, gardant le livre en équilibre sur mes genoux et priant pour que John s'en aille. Je soupçonnais fort que l'empêchement fût l'une des servantes. John Reed avait un appétit insatiable et il aurait été bien fou de croire que je n'étais pas au courant de toutes ses incartades. Il avait beau dire qu'il m'aimait, il n'aurait pas cherché à se consoler auprès d'une autre si tel avait été le cas.

Comme il quittait la pièce, Eliza s'y précipita.

— Tu cherches Jane ? demanda-t-elle avec une feinte timidité.

Elle l'avait surpris la main fourrageant dans mes cheveux et, bien qu'elle fût jeune avec ses dix ans, elle soupçonnait quelque chose.

— Jane est certainement dans l'embrasure de la fenêtre ! révéla-t-elle.

Je sortis immédiatement, car je tremblais à l'idée d'être extraite de ma cachette par John. Il se mettait facilement en colère. Il serait sans doute furieux en découvrant que j'avais ignoré ses chuchotements pressants. Je fermai mon livre et tentai de cacher mon amant secret dans les plis de ma robe.

— Que voulez-vous ? demandai-je.

— Dites : « Que voulez-vous, Mr Reed ? », me répondit-on.

Il prétendait me traiter durement devant ses sœurs à seule fin de protéger notre secret, mais je connaissais suffisamment ses manières autoritaires pour me rendre compte que cela n'était pas tout à fait exact. J'aurais souhaité qu'il me traite aussi tendrement qu'il le faisait lorsque nous étions seuls et qu'il pressait ses lèvres contre chaque grain de beauté de mes seins.

— Je veux que vous veniez ici, ajouta-t-il.

Et, s'asseyant dans un fauteuil, il me fit signe d'approcher et de me tenir debout devant lui.

John Reed était un étudiant de dix-huit ans, soit deux ans de plus que moi, car je n'en avais que seize, bien que je fusse traitée comme quelqu'un de beaucoup plus jeune par Bessie et le reste de la maison. Ce jour-là, il aurait dû être en cours, mais sa mère l'avait repris un mois ou deux – « à cause de sa santé délicate ». Mr Miles, le maître de pension, affirmait pourtant que celle-ci serait parfaite si l'on envoyait un peu moins de gâteaux et de plats sucrés, mais la mère s'était récriée contre une aussi dure exigence, et elle préféra se faire à l'idée plus agréable que le teint jaune de John venait d'un excès de travail ou de la tristesse de se voir loin des siens.

Comme j'avais l'habitude d'obéir à John, je m'approchai de son siège. Il passa trois minutes environ à me toiser de haut en bas comme s'il était conscient de la façon dont je le haïssais. C'était une punition pour lui avoir désobéi à l'instant et ne pas m'être montrée quand il m'avait appelée.

Je considérai un moment son aspect peu engageant comparé à mon amant aux yeux noirs. Quand il m'embrassait, je m'efforçais de ne pas y penser, mais il était difficile de ne pas remarquer ses joues flasques, qui contrastaient avec la dureté de son regard. Le visage fier et solide de mon amant aux yeux noirs s'insinuait alors dans mon esprit et j'imaginais que c'était lui qui se tenait devant moi, jaugeant ma silhouette fine mais souple et mon expression hardie.

— Que faisiez-vous derrière le rideau ? me demanda-t-il.

— Je lisais.

— Montrez-moi le livre.

Je sentis un grondement dans mes oreilles et soudain mes genoux se mirent à trembler. Je crus qu'il avait remarqué le changement dans mes manières car un sourire se dessina sur son visage. Il aimait me faire perdre contenance devant ses sœurs et lorsque nous étions tous les deux. Je pense qu'il aimait sentir qu'il me contrôlait. Doucement, je tirai le livre de dessous les plis de ma robe et il me l'arracha. Hélas, la page cornée de mon amant aux yeux noirs piqua son intérêt. Il la remarqua aussitôt. Une lueur de jalousie brilla soudain dans ses yeux, car il devinait que j'avais contemplé cette page et en comprenait la raison.

— Vous n'avez pas à prendre nos livres, vous êtes à charge, gronda-t-il. Je vais vous apprendre à piller ainsi ma bibliothèque, car ces livres m'appartiennent. Toute la maison est à moi ou le sera dans quelques années. Allez dans l'embrasure de la porte, loin de la glace et de la fenêtre.

Je le fis sans saisir d'abord quelle était son intention, mais quand je le vis soulever le livre, le tenir en équilibre et faire un mouvement pour le lancer, je me reculai instinctivement en jetant un cri. Pas assez vite, cependant, car le volume vola dans l'air et me toucha. Je tombai et me blessai en cognant la tête contre la porte. La coupure saigna. Je souffrais beaucoup ; ma terreur avait cessé pour faire place à d'autres sentiments. Je ne parvenais pas à croire qu'il m'ait traitée de la sorte. C'était bien plus qu'une comédie pour cacher notre amour à ses sœurs.

— Méchant ! Cruel ! m'emportai-je.

— Comment, comment ! s'écria-t-il. Est-ce bien à moi qu'elle dit cela ? Vous l'avez entendue, Eliza, Georgiana ? Je vais le rapporter à maman, mais avant tout…

Il se précipita sur moi, et me saisit par les cheveux et les épaules. Je fermai les yeux, rêvant que c'était mon amant aux yeux noirs qui m'empoignait comme je l'avais souvent imaginé qu'il le faisait, tard dans la nuit, quand tout le monde dormait. Je sentais de petites gouttes de sang couler sur mon visage et dans le cou, et lui les ôtait d'un baiser de ses lèvres charnues et douces. Il me tira brutalement les cheveux en arrière ; je hurlai ; je m'abandonnai pour qu'il me prenne enfin.

Mais deux bras m'arrachèrent à cette étreinte imaginaire et j'entendis quelqu'un prononcer les mots :

— Mon Dieu ! quelle furie ! Frapper Mr John !

— A-t-on jamais vu une furie pareille !

Eliza et Georgiana avaient alerté leur mère et une domestique.

Toute chancelante encore de mon trouble sensuel, je levai les yeux, haletante, vers ceux de Mrs Reed.

— Qu'a-t-elle…, commença-t-elle, avant que son regard tombe sur le livre étalé par terre.

Ses sourcils se soulevèrent juste assez pour que je réalise qui avait corné la page de mon amant aux yeux noirs. Ses joues s'embrasèrent. Elle me foudroya sans mot dire. Sa main broya mon épaule et ses ongles s'enfoncèrent profondément dans ma chair.

— Emmenez-la, ordonna-t-elle. Emmenez-la dans la chambre rouge et qu'on l'y enferme.

Quatre mains se posèrent immédiatement sur moi, et je fus emportée à l'étage.

CHAPITRE II

Je résistai tout le long du chemin, chose nouvelle et qui augmenta singulièrement la mauvaise opinion qu'avaient de moi Bessie et Miss Abbot.

— Quelle honte ! quelle honte ! s'exclama Miss Abbot, la femme de chambre. Quelle scandaleuse conduite, Miss Eyre ! Battre un jeune gentleman, le fils de votre bienfaitrice, votre jeune maître !

— Mon maître ! Comment est-il mon maître ? Suis-je donc une servante ?

— Vous êtes moins qu'une servante, car vous ne gagnez pas de quoi vous entretenir. Asseyez-vous là et réfléchissez à votre faute.

Elles m'avaient emmenée dans la chambre rouge et m'avaient jetée sur une chaise. Bras croisés, elles me regardaient d'un air sombre, comme si elles eussent douté de ma raison.

— Elle n'en avait jamais fait autant, dit enfin Bessie.

— Mais tout cela était en elle, répondit Miss Abbot. J'ai souvent dit mon opinion à madame, et madame est d'accord avec moi : c'est une petite sournoise.

Bessie ne répondit pas, mais s'adressant bientôt à moi, elle me dit :

— Ne savez-vous pas, Miss, que vous devez beaucoup à Mrs Reed ? Elle vous garde chez elle, et, si elle vous chassait, vous seriez obligée de vous en aller à l'hospice.

Je n'avais rien à répondre à ces mots ; ils n'étaient pas

nouveaux pour moi. Les souvenirs les plus anciens de ma vie contenaient des allusions de ce genre.

— Ce que nous vous disons est pour votre bien, ajouta Bessie d'une voix moins dure. Si vous devenez emportée et violente, madame vous renverra, soyez-en sûre.

— Venez, Bessie, laissons-la, conclut Miss Abbott. Dites vos prières, Miss Eyre, lorsque vous serez seule. Car, si vous ne vous repentez pas, Dieu pourra bien permettre à quelque méchant esprit de descendre par la cheminée pour vous enlever.

Elles partirent en fermant la porte derrière elles.

La chambre rouge était une chambre de réserve où l'on couchait rarement. Un lit aux quatre coins duquel s'élevaient des piliers d'acajou massif d'où pendaient des rideaux d'un damas rouge foncé se dressait au centre, tel un tabernacle. Deux grandes fenêtres aux jalousies toujours fermées étaient à moitié cachées par des festons et des draperies semblables à celles du lit. Le tapis était rouge, la table placée au pied du lit recouverte d'une draperie cramoisie. Les murs en toile tendue couleur chamois et mouchetée de taches roses.

Cette chambre était froide, on y faisait rarement du feu. Éloignée de la nursery, elle restait toujours silencieuse, et, comme on y entrait peu, elle avait quelque chose de solennel. La bonne y venait le samedi pour enlever la poussière sur les miroirs et les meubles. Mrs Reed elle-même la visitait à intervalles éloignés pour examiner certains tiroirs secrets de l'armoire, dont je devinais sans peine, d'après les événements de l'après-midi, qu'ils renfermaient des portraits semblables à celui de mon amant aux yeux noirs. Elle aussi sans doute, depuis le décès de son mari, aspirait autant que moi à la caresse brûlante d'une main tendre. Ces derniers mots renferment en eux le secret de la chambre rouge, le secret de cet enchantement qui la rendait si déserte malgré sa splendeur.

Mr Reed y était mort il y avait treize ans. C'était là qu'il avait rendu le dernier soupir ; c'était de là que son cercueil avait été enlevé, et, depuis ce jour, une espèce de consécration lugubre avait préservé cette chambre de fréquentes intrusions.

Le siège sur lequel Bessie et Miss Abbot m'avaient laissée rivée était une petite ottomane placée près de la cheminée. Je ne savais pas si la porte avait été fermée, et, dès que j'osai remuer, je me levai pour m'en assurer.

Hélas ! jamais criminel n'avait été mieux emprisonné. En m'en retournant, je fus obligée de passer devant la glace. Mon regard fasciné y plongea involontairement. Tout y était plus froid, plus sombre que dans la réalité ; et l'étrange petite créature qui me regardait avec sa figure pâle, ses bras se détachant dans l'ombre, ses yeux brillants, et s'agitant avec crainte dans cette chambre silencieuse, me fit soudain l'effet d'un esprit. Je retournai à ma place.

Cependant, je continuais à souffrir, et ma tête saignait encore du coup que j'avais reçu. Je la touchai doucement et grimaçai. J'avais peine à croire que John m'ait traitée ainsi. Il avait un caractère emporté et agressif, mais je ne le savais pas si cruel. Était-ce la jalousie qui l'avait rendu ainsi ?

« C'est injuste ! injuste ! » criait ma raison, car Mrs Reed ne l'avait pas réprimandé pour sa violence. Cette cruauté, il la tenait de sa mère.

La lumière du jour commençait à se retirer de la chambre rouge. Il était quatre heures passées. Les nuages qui couvraient le ciel devaient amener bientôt un sinistre crépuscule. J'entendais la pluie battre continuellement contre les vitres de l'escalier et le vent hurler dans les bosquets. Peu à peu je devins froide comme la pierre et je perdis tout courage.

Mes pensées revinrent à Mr Reed et je me mis à réfléchir à sa mort avec une terreur croissante. Je ne pouvais me souvenir de lui, mais je savais qu'il était mon oncle, le frère de ma mère ; qu'il m'avait prise chez lui alors que j'étais une pauvre enfant orpheline, et qu'à ses derniers moments, il avait arraché à Mrs Reed la promesse que je serais élevée comme ses propres enfants. Une singulière idée s'empara de moi : je ne doutais pas, je n'avais jamais douté que, si Mr Reed eût vécu, il ne m'eût traitée avec bonté. Et maintenant, pendant que je regardais le lit recouvert de blanc et les murs couverts d'ombre, dirigeant de temps en temps mon regard fasciné vers la glace qui n'envoyait plus que de sombres reflets, je commençai à me rappeler ce que j'avais entendu dire sur les morts qui, troublés dans leurs tombes par la violation de leurs dernières volontés, reviennent sur la terre pour punir le parjure et venger l'opprimé. Je pensais que l'esprit de Mr Reed, fatigué par les souffrances de l'enfant de sa sœur, quitterait peut-être sa demeure et apparaîtrait devant moi dans cette chambre.

J'essuyai mes larmes et étouffai mes sanglots, craignant que les signes d'une douleur trop violente n'éveillent quelque voix surnaturelle et consolatrice, ou ne fissent sortir de l'obscurité quelque figure auréolée, qui se pencherait vers moi avec une étrange pitié.

À ce moment, une lumière glissa le long du mur. Était-ce, me demandai-je, un rayon de lune pénétrant à travers les jalousies ? Non, la lune était immobile, et cette lumière vacillait. Pendant que je la regardais, elle glissa sur le plafond et vint se poser au-dessus de ma tête. Or, préparé à l'horreur comme l'était mon esprit, les nerfs ébranlés par l'agitation, je pris ce timide rayon pour le messager d'une vision venant d'un autre monde. Mon cœur battait avec violence, ma tête était brûlante. Un son que je pris pour un bruissement d'ailes emplit mes oreilles. Quelque chose se tenait près de moi. J'étais oppressée, suffoquée. Ne pouvant me contenir plus longtemps, je me précipitai vers la porte et secouai la serrure avec des efforts désespérés. Des pas rapides se dirigèrent de ce côté. La clé tourna. Bessie et Miss Abbot entrèrent.

— Emmenez-moi ! Laissez-moi aller dans la nursery ! m'écriai-je.

— Pourquoi ? Avez-vous mal ? Avez-vous vu quelque

chose ? demanda Bessie.

— Oh ! j'ai vu une lumière et j'ai cru qu'un fantôme allait venir.

Je m'étais emparée de la main de Bessie, et elle ne me la retira pas.

— Elle a crié exprès, déclara Miss Abbot avec une sorte de dégoût. Et quels cris ! On aurait pu l'excuser si elle ressentait quelque douleur, mais elle voulait seulement nous faire venir. Je connais ses méchantes ruses.

— Que signifie tout ceci ? demanda une voix impérieuse.

Mrs Reed arrivait par le corridor. Son bonnet était soulevé par le vent, et sa marche précipitée agitait violemment sa robe.

— Bessie et Abbot, je croyais avoir donné ordre de laisser Jane dans la chambre jusqu'au moment où je viendrais la chercher moi-même.

— Madame, Miss Jane criait si fort ! plaida Bessie.

— Oh ! ma tante, ayez pitié de moi ! Pardonnez-moi ! l'implorai-je d'une voix stridente. Je ne supporte pas d'être ici, punissez-moi d'une autre manière ! Je vais mourir si…

— Taisez-vous, votre violence me fait horreur !

À ses yeux j'étais une comédienne précoce. Elle me regardait sincèrement comme un être chez lequel se trouvaient mélangés des passions virulentes, un esprit bas et une hypocrisie dangereuse.

Bessie et Abbot s'étaient retirées. Mrs Reed, impatientée de mes terreurs et de mes sanglots frénétiques, me repoussa brusquement dans la chambre et m'y renferma. Je l'entendis s'éloigner.

Je hurlai et perdis connaissance.

CHAPITRE III

La première chose dont je me souvienne ensuite est de m'être réveillée avec la sensation d'être manipulée par quelqu'un qui me soulevait pour m'installer dans une position commode. Personne ne m'avait jamais prise dans ses bras et soutenue avec autant de douceur, même pas John lorsque nous faisions l'amour. Ma tête reposait sur un oreiller ou un bras, et je me sentais bien.

Cinq minutes après, le nuage de confusion qui s'était engouffré en moi était dissipé. Je m'aperçus que j'étais dans mon lit. La nuit était tombée, une chandelle brûlait sur la table. Bessie, debout au pied du lit, tenait une bassine dans sa main, et un monsieur, assis sur une chaise près de mon oreiller, se penchait vers moi.

Détournant mon regard de Bessie (quoique sa présence fût pour moi bien moins gênante que ne l'aurait été par exemple celle d'Abbot), j'examinai la figure de l'étranger. Je le reconnus : c'était Mr Lloyd, le pharmacien. Mrs Reed l'appelait quelquefois quand les domestiques étaient souffrants. Pour elle et pour ses enfants, elle avait recours à un médecin.

— Eh bien, qui suis-je ? me demanda-t-il.

Je prononçai son nom en lui tendant la main. Il la prit et me dit avec un sourire :

— Tout ira pour le mieux dans peu de temps.

Puis il m'étendit soigneusement, recommandant à Bessie de veiller à ce que je ne sois pas dérangée pendant la nuit.

Après avoir donné quelques indications et déclaré qu'il reviendrait le jour suivant, il partit, à mon grand regret. Je me sentais si bien protégée pendant qu'il se tenait assis sur cette chaise au chevet de mon lit ! Quand il eut fermé la porte derrière lui, la chambre s'obscurcit pour moi, et mon cœur s'alourdit de nouveau.

— Croyez-vous que vous allez dormir, Miss ? demanda Bessie assez doucement.

— Je vais essayer.

— Alors je pense que je vais aller me coucher, car il est minuit passé. Mais vous pourrez m'appeler si vous avez besoin de quelque chose pendant la nuit.

Quelle merveilleuse politesse ! Aussi je m'enhardis jusqu'à poser une question.

— Bessie, qu'ai-je donc ? Suis-je malade ?

— Je suppose qu'à force de pleurer, vous vous serez trouvée mal dans la chambre rouge. Vous vous remettrez bientôt, cela ne fait aucun doute.

Bessie passa dans la pièce voisine, qui était destinée aux domestiques, et je l'entendis dire :

— Sarah, venez dormir avec moi dans la nursery, je ne voudrais pour rien au monde rester seule la nuit avec cette pauvre petite ; si elle allait mourir ! L'accès qu'elle a eu est si étrange ! Elle aura probablement vu quelque chose. Madame est aussi par trop dure.

Sarah revint avec Bessie et elles se mirent toutes les deux au lit. Elles chuchotèrent encore une demi-heure avant de s'endormir. Saisissant des bribes de leur conversation, je ne pus que trop bien en deviner le sujet.

— Une forme tout habillée de blanc passa devant elle et disparut… Un grand chien noir était derrière lui… Trois violents coups à la porte de la chambre… Une lumière dans le cimetière, juste au-dessus de son tombeau…

À la fin toutes les deux s'endormirent. Le feu et la chandelle s'éteignirent. Je m'efforçai de dormir, mais j'étais trop tendue par la frayeur pour y parvenir. Même la douce respiration d'Eliza et de Georgiana qui reposaient dans leur lit à la nursery ne pouvait me calmer.

Soudain, la porte s'ouvrit. J'allais crier quand j'entendis la voix familière de John.

— Jane ?

Je ne répondis pas, espérant qu'il s'en irait. Je n'avais pas oublié – et n'oublierais jamais – qu'il m'avait frappée. Durant ces quelques heures dans la chambre rouge, j'avais soudain pris conscience que John ne m'aimait pas. Ç'avait été un choc froid et brutal mais la plaie que j'avais au front était encore là pour me le prouver. Connaissant la nature égoïste de sa mère et de ses sœurs, je n'aurais jamais dû le croire quand il m'assurait de son amour, et c'est avec quelque soulagement que je me rendis compte que je ne l'aimais pas vraiment non plus. Privée d'affection depuis toujours, j'en avais si aveuglément besoin que, pendant un moment, j'avais cru trouver un substitut dans la personne de John Reed. Or cette scène violente m'avait fait perdre toutes mes illusions.

— Jane, je suis désolé pour ce qui s'est passé. Je ne voulais pas te faire mal, je faisais semblant devant Eliza et Georgiana, tu le sais bien.

Je savais surtout à quoi m'en tenir, et c'est pourquoi je me tins coite.

Mais John ne se laissait pas décourager si facilement : se faufilant dans la nursery, il alla droit vers mon lit. Il était souvent venu me voir au milieu de la nuit. Par chance, ses sœurs avaient le sommeil lourd. C'est lors d'une telle visite nocturne que notre relation avait commencé. Six mois plus tôt, John avait passé sa semaine de vacances à me poursuivre. Naïve et en manque de tendresse comme je l'étais, je lui avais cédé aussitôt.

— Jane, tu sais que je t'aime, dit-il en caressant doucement une de mes mèches de cheveux.

Je cessai de faire semblant de dormir. Il ne m'aimait

pas, je le savais, mais j'avais besoin de quelqu'un. Je léchai lentement mes lèvres, sachant combien cela l'excitait.

Son regard devint vitreux. Il se pencha sur moi et s'allongea sur le lit, puis se pressa doucement contre moi. Seul le drap nous séparait, et son érection appuyait contre mon ventre. Mon ventre se mit à palpiter, lui retournant son désir.

— Oh, Jane, me souffla-t-il à l'oreille, chatouillant les petits cheveux sur ma nuque.

Mon corps s'abandonna complètement à cette éruption de plaisir. Les yeux fermés, j'envoyai la tête en arrière en haletant doucement. En pensée je vis alors mon amant aux yeux noirs. C'était lui, et non John, que je sentais se glisser sous les draps avec moi ; c'était lui encore qui balbutiait mon nom : « Oh, Jane ! »

Des lèvres brûlantes cherchèrent les miennes, les embrassant d'abord avec douceur, puis avec de plus en plus de fougue et de hâte. Il m'enfonça sa langue dans la bouche et goûta la douceur de ma salive en y mêlant la sienne. Pendant ce temps, sa main enveloppait mon petit sein d'adolescente avant de descendre plus bas, entre mes jambes. Là, je sentis un doigt frotter mon bouton en cercles délicieux. Bientôt mon corps ondulait, agité de décharges de plaisir. Je me mordis durement les lèvres pour m'empêcher de crier. Mes hanches étaient secouées de soubresauts d'excitation.

Il interrompit sa caresse et, pour attiser mon désir, passa ses doigts de haut en bas sur mon ventre, entre mon nombril et mes jambes, pinçant de temps à autre la peau si délicatement sensible.

— J'ai envie de toi, haleta-t-il, en retroussant un peu plus ma chemise de nuit et en se débarrassant avec précipitation de ses propres vêtements.

De nouveau, c'était mon amant aux yeux noirs que je sentais monter sur moi et m'écarter les jambes. Je retins mon souffle quand il me pénétra. Un frisson de volupté me traversa le corps. Puis, doucement, il se retira pour revenir à nouveau, me remplissant et m'abandonnant tour à tour. Le rythme de mes sensations martelait les profondeurs de mon ventre.

Soudain il s'arrêta, se retira et jouit dans un soupir.

— Bonne nuit, Jane.

Je me retrouvai insatisfaite, comme à l'habitude, avec cette fois la certitude de ne pas être aimée.

*
**

Le jour suivant, vers midi, après m'être habillée, je m'étais assise, enveloppée dans un châle, près du foyer de la nursery. Je me sentais faible et brisée. Mais ma plus grande souffrance provenait d'un indicible abattement qui m'arrachait des larmes silencieuses. À peine en avais-je essuyé une qu'une autre la suivait, et pourtant j'aurais dû être heureuse, car personne de la famille Reed n'était là. Les trois enfants étaient sortis dans la voiture avec leur mère. Mais j'avais honte de moi pour avoir cédé à John la nuit précédente quand j'aurais dû rester ferme, sans compter le contrecoup de ma crise dans la chambre rouge.

Bessie m'apporta une petite tarte sur une assiette de porcelaine de Chine, mais j'étais incapable de manger et repoussai le gâteau. Ensuite elle me demanda si je voulais un livre. Le mot « livre » agit comme un stimulant éphémère. Je la priai de m'apporter *Les Voyages de Gulliver*. Je songeai un moment à réclamer mon recueil de portraits mais, craignant les questions que Bessie ne manquerait pas de poser, je me ravisai. J'avais lu et relu *Les Voyages de Gulliver* avec délices, et m'attendais à y trouver un baume pour mon âme agitée. Cependant, quand ce volume chéri fut placé dans mes mains, tout m'apparut sombre et nu. Je le plaçai sur la table, à côté de cette tarte que je n'avais pas goûtée.

Mr Lloyd revint dans la matinée.

— Comment, déjà debout ? s'exclama-t-il en entrant. Eh bien, Bessie, comment est-elle ?

Bessie répondit que j'allais très bien.

— Alors elle devrait être plus joyeuse… Vous avez pleuré, Miss Jane Eyre. Pourriez-vous me dire pourquoi ? Souffrez-vous ?

— Non, monsieur.

— Oh ! elle pleure sans doute parce qu'elle n'a pas pu aller avec madame dans la voiture, intervint Bessie.

— Oh non ! elle est trop âgée pour un tel enfantillage.

Blessée dans mon amour-propre par la fausse accusation de Bessie, je m'empressai d'ajouter :

— Jamais je n'ai pleuré pour si peu de chose. Je déteste sortir dans la voiture. Je pleure parce que je suis malheureuse.

Le bon pharmacien sembla un peu embarrassé. Il fixa sur moi des yeux scrutateurs. Ils étaient gris, petits, et manquaient d'éclat. À présent, toutefois, je crois que je les trouverais pénétrants. Il avait des traits taillés à la hache dans un visage qui exprimait la bonté. Après m'avoir considérée longuement, il me demanda :

— Qu'est-ce qui vous a rendue malade hier ?

— Elle est tombée, dit Bessie en plaçant de nouveau son mot.

— Tombée ? En voilà, un bébé ! Ne sait-elle donc pas marcher à son âge ? Elle doit avoir douze ans !

— On m'a frappée, déclarai-je de but en blanc dans un nouvel élan d'orgueil blessé. Et j'ai seize ans. Mais ce n'est pas là ce qui m'a rendue malade, ajoutai-je.

— Mais à seize ans on a quitté la nursery ! s'étonna-t-il encore en regardant autour de lui.

Je le savais, et Mrs Reed aussi, mais c'était une autre façon de me punir. Elle aimait me traiter comme une enfant et mon apparence chétive se prêtait à ce genre de cruauté.

Une cloche se fit entendre pour annoncer le repas des domestiques.

— C’est pour vous, Bessie, dit le pharmacien. Vous pouvez descendre, je vais faire la leçon à Miss Jane jusqu’au moment où vous reviendrez.

Bessie eût préféré rester, mais elle fut obligée de sortir : l’exactitude aux repas était de rigueur à Gateshead Hall.

— Si ce n’est pas la chute qui vous a rendue malade, qu’est-ce donc ? continua Mr Lloyd quand Bessie fut partie.

— Je suis malheureuse, très malheureuse, pour d’autres raisons.

— Quelles autres raisons ? Dites-m’en quelques-unes.

Combien j’aurais désiré pouvoir répondre entièrement à cette question ! mais combien c’était difficile pour moi ! Craignant cependant de perdre cette première et peut-être unique occasion d’adoucir ma tristesse en l’épanchant, je parvins, après un instant de trouble, à formuler cette réponse aussi maigre que vraie :

— D’abord, je n’ai ni père, ni mère, ni frère, ni sœur.

— Mais vous avez une tante et des cousins qui sont bons pour vous.

Je m’arrêtai encore un instant, puis j’énonçai simplement :

— C’est John Reed qui m’a frappée, et c’est ma tante qui m’a enfermée dans la chambre rouge.

— Mais ne trouvez-vous pas que Gateshead Hall est une bien belle demeure ? s’enquit Mr Lloyd. N’êtes-vous pas reconnaissante de pouvoir vivre dans un tel endroit ?

— Si je pouvais aller ailleurs, je serais bien heureuse de la quitter, mais cela m’est impossible tant que je ne serai pas une femme.

— Peut-être, qui sait ? Avez-vous d’autres parents que Mrs Reed ?

— Je ne pense pas, monsieur.

— Aimeriez-vous aller à l’école ?

Je réfléchis de nouveau. Je savais à peine ce qu’était l’école. Bessie m’en avait parlé comme d’une maison où les jeunes filles étaient assises sur des bancs de bois et portaient des écritoires, et où l'on exigeait d'elles politesse et exactitude. John Reed détestait sa pension et raillait ses maîtres, mais les goûts de John ne pouvaient servir de règle aux miens. Si les détails que m'avait donnés Bessie, détails qui lui avaient été fournis par les jeunes filles d'une maison où elle avait servi avant de venir à Gateshead, étaient un peu effrayants, d'un autre côté, je trouvais bien de l'attrait dans les talents acquis par ces mêmes jeunes filles. Bessie me vantait les beaux paysages et les jolies fleurs qu'elles peignaient ; puis elles savaient chanter des romances, jouer des pièces, tisser des bourses, traduire des livres français. En écoutant Bessie, mon esprit avait été frappé, et je sentais l'émulation s'éveiller en moi. D'ailleurs, la pension amènerait un complet changement de vie.

— Que j'aimerais aller à l'école ! fut la conclusion de toute ma réflexion.

— Eh bien, eh bien ! qui sait ce qui peut arriver ? conclut Mr Lloyd en se levant. Il faudrait à cette enfant un changement d'air et d'entourage, ajouta-t-il, comme se parlant à lui-même. Les nerfs ne sont pas en bon état.

Bessie rentra alors. Au même moment, on entendit la voiture de Mrs Reed qui roulait dans la cour.

— Est-ce votre maîtresse, Bessie ? demanda Mr Lloyd. Je voudrais bien lui parler avant de partir.

Bessie l'invita à passer dans la salle à manger, et elle marcha devant lui pour lui montrer le chemin. Dans l'entretien qui eut lieu entre lui et Mrs Reed, je suppose que le pharmacien l'engagea à m'envoyer en pension. Cet avis fut sans doute adopté tout de suite ; car le soir même Abbot, en commentant l'affaire avec Bessie tandis que toutes deux faisaient de la couture dans la nursery, déclara, en me croyant endormie :

— Madame est bien contente de se trouver débarrassée d'une enfant aussi fatigante et désagréable, qui semble toujours vouloir surveiller tout le monde ou méditer quelque complot.

Alors, pour la première fois, j'appris par la conversation d'Abbot et de Bessie que mon père avait été un pauvre pasteur, que ma mère l'avait épousé contre l'avis de ses proches, qui considéraient ce mariage comme au-dessous d'elle. Mon grand-père Reed, irrité de cette désobéissance, avait privé ma mère de sa dot. Après un an de mariage, mon père attrapa la fièvre typhoïde. La contagion l'avait atteint pendant qu'il visitait les pauvres d'une grande ville manufacturière, où l'épidémie faisait de rapides progrès. Ma mère tomba malade en le soignant, et tous deux moururent à un mois d'intervalle.

Bessie, après avoir entendu ce récit, soupira et dit :

— Pauvre Miss Jane, elle est bien à plaindre, elle aussi !

— Oui, répondit Abbot. Si c'était un bel enfant, on pourrait avoir pitié de son abandon, mais qui ferait attention à un semblable petit crapaud ?

— C'est vrai, reconnut Bessie en hésitant. Il est certain qu'une beauté comme Miss Georgiana vous toucherait plus, si elle était dans la même position.

— Oui, s'écria l'ardente Miss Abbot, j'adore Miss Georgiana ! La petite chérie ! Avec ses yeux bleus, ses longues boucles et ses couleurs si fines qu'on les dirait peintes ! Bessie, je prendrais bien un peu de lapin pour le souper.

— Moi aussi, avec quelques oignons grillés. Venez, descendons.

Et elles partirent.

CHAPITRE IV

J'espérais un prochain changement. Je désirais et j'attendais en silence, mais tout demeurait dans le même état. Les jours et les semaines s'écoulaient. J'avais recouvré ma santé habituelle. Cependant, il n'était plus question du sujet qui m'intéressait tant. Mrs Reed posait quelquefois sur moi son regard sévère, ne m'adressant que rarement la parole. Depuis ma maladie, la ligne de séparation qui s'était faite entre ses enfants et moi devenait encore plus profonde. Je dormais à part dans un petit cabinet, je prenais mes repas seule, je passais tout mon temps dans la nursery. Ma tante ne parlait jamais de m'envoyer en pension, et pourtant je sentais instinctivement qu'elle ne me supporterait plus longtemps sous le même toit qu'elle, car alors, plus que jamais, chaque fois que ses yeux tombaient sur moi, ils exprimaient une aversion profondément enracinée.

La première nuit que je passai dans mon pauvre réduit, je reçus une nouvelle visite de John – il fallait s'y attendre.

— Jane, chuchota-t-il en se glissant dans la pièce.

— Non, rétorquai-je sèchement en me redressant sur mon lit.

Il s'arrêta, ses yeux cherchaient les miens dans l'obscurité. Au souvenir de ses tendres caresses, mes entrailles s'émurent quelque peu et ma peau frémit d'impatience, mais je me contins avec fermeté. Je ne voulais pas être entraînée par mon propre désir. Je ne laisserais pas John m'utiliser une fois de plus.

Une ride profonde plissait son front hideux ; car John était hideux, je m'en rendais compte maintenant.

— Va voir une des servantes et ne reviens jamais ici, lançai-je.

Je crus qu'il allait me frapper – il avait le visage empourpré de colère et la lippe retroussée –, mais il se détourna brusquement et quitta la pièce. De ce moment, il ne posa jamais plus le regard sur moi.

Le lendemain, je l'entendis se plaindre de ma présence à sa mère.

— Ne me parlez plus d'elle, John, dit Mrs Reed. Je vous ai défendu de l'approcher. Elle ne mérite pas qu'on lui prête attention.

Appuyée sur la rampe de l'escalier, tout près de là, je m'écriai subitement :

— C'est lui qui n'est pas digne de me fréquenter !

Mrs Reed était une femme énergique. En entendant cette étrange et audacieuse déclaration, elle monta vivement l'escalier, m'entraîna comme un tourbillon dans la chambre des enfants et me poussa près de mon lit, en me défendant de quitter cette place et de prononcer une seule parole pendant le reste de la journée.

— Que dirait mon oncle Reed, s'il était là ? fut ma réponse à un tel traitement.

— Comment ! s'écria Mrs Reed, respirant à peine.

Ses yeux gris, ordinairement froids et immobiles, se troublèrent et prirent une expression de terreur. Elle lâcha mon bras et me jaugea, semblant se demander si j'étais une enfant ou un esprit.

— Mon oncle Reed est au ciel, continuai-je. Il voit ce que vous faites et ce que vous pensez, et mon père et ma mère aussi. Ils savent que vous m'enfermez tout le jour et que vous souhaitez ma mort.

Mrs Reed recouvra bientôt ses esprits. Elle me secoua violemment, me donna une paire de gifles et partit sans ajouter un seul mot.

*
**

Novembre, décembre et la moitié de janvier se passèrent. Noël et le jour de l'an s'étaient célébrés à Gateshead avec la pompe ordinaire : des présents avaient été échangés, des dîners, des soirées donnés et reçus. J'étais naturellement exclue de ces plaisirs. Toute ma part de joie était d'assister chaque jour à la toilette d'Eliza et de Georgiana, de les voir descendre dans le salon avec leurs robes de mousseline légère, leurs ceintures écarlates, leurs cheveux soigneusement bouclés. Puis j'écoutais le son du piano et de la harpe, le bruit des verres et des porcelaines au moment où l'on apportait les rafraîchissements dans le salon. Quelquefois même, lorsque la porte s'ouvrait, les murmures interrompus de la conversation arrivaient jusqu'à moi. Quand j'étais fatiguée de cette occupation, je quittais l'escalier pour rentrer dans la nursery abandonnée et silencieuse. Quoique cette pièce fût un peu triste, je n'y étais pas malheureuse. Je m'asseyais en tailleur et rêvais à mon amant aux yeux noirs, ne pouvant imaginer personne d'autre qui eût apprécié ma compagnie. Si Bessie s'était montrée bonne pour moi, j'aurais mieux aimé passer toutes mes soirées tranquillement auprès d'elle, mais Bessie, aussitôt qu'elle avait habillé ses jeunes maîtresses, se rendait dans les régions bruyantes de la cuisine ou de l'office, et elle emportait ordinairement la lumière avec elle. Alors, jusqu'au moment où le feu s'éteignait, je m'asseyais près du foyer avec ma poupée sur mes genoux, jetant de temps en temps un long regard tout autour de moi, pour m'assurer qu'aucun fantôme n'avait pénétré dans cette chambre pleine d'ombre. Lorsque les braises commençaient à pâlir, je me déshabillais promptement, tirant de mon mieux sur les nœuds et sur les cordons, et j'allais chercher dans mon lit un abri contre le froid et l'obscurité. J'emportais ma poupée avec moi ; les êtres humains ont besoin d'aimer quelque chose. C'est dans ces moments-là que j'invoquais avec le plus d'ardeur l'image de mon amant aux cheveux bruns et aux yeux noirs. Je n'avais plus vu son portrait depuis que j'avais été bannie à la nursery, mais je pouvais me rappeler chaque détail de son visage. Comme j'aimais le feu sauvage dans ce regard ! Il me tenait si bien compagnie durant ces heures sombres ! Je le sentais embraser le mien avec toute la passion que mon être réclamait désespérément.

Bessie venait quelquefois chercher son dé et ses ciseaux, ou m'apporter quelque chose pour mon souper. Elle s'asseyait près de mon lit pendant que je mangeais, et quand j'avais fini, elle ramenait les couvertures sur moi et me disait, en m'embrassant deux fois :

— Bonne nuit, Miss Jane.

Alors Bessie me semblait l'être le meilleur, le plus beau, le plus doux de la terre. Je souhaitais du fond de mon cœur la voir toujours aussi bonne et aussi aimable. Elle était jolie, si mes souvenirs sont exacts : c'était une jeune femme élancée, aux cheveux noirs, aux yeux foncés. Je me rappelle ses traits délicats, son teint blanc et transparent, mais son caractère était vif et capricieux. Cependant, telle qu'elle était, je la préférais à tous les autres habitants de Gateshead Hall.

Ce fut le 15 du mois de janvier, vers neuf heures, que mon attente cessa enfin. Bessie était descendue déjeuner, Eliza mettait son chapeau et sa robe la plus chaude pour aller visiter son poulailler, et Georgiana, assise devant une glace sur une chaise haute, arrangeait ses cheveux. Je faisais les lits, ayant reçu de Bessie l'ordre exprès d'avoir terminé avant son retour (Bessie m'employait souvent comme une bonne d'enfants subalterne).

Après avoir étendu le dernier édredon, j'allai à la fenêtre, où quelques livres d'images et meubles de la maison de poupée avaient été oubliés. Je voulus les ranger, mais Georgiana m'ordonna durement de ne pas toucher à ses affaires (les minuscules chaises et miroirs, les assiettes et les tasses de fée étaient à elle). Me trouvant inoccupée, j'approchai mes lèvres des fleurs de glace qui obscurcissaient les carreaux, et bientôt je pus voir le parc au-dehors, où tout était pétrifié par une rude gelée.

Mon haleine avait suffisamment dissous le feuillage argenté qui revêtait les vitres pour que je puisse voir les portes s'ouvrir et une voiture entrer. Je la regardai avec indifférence se diriger vers la maison. Beaucoup de voitures venaient à Gateshead, mais les visiteurs qu'elles contenaient n'étaient jamais intéressants pour moi.

Bessie monta précipitamment l'escalier et arriva dans la nursery en criant :

— Miss Jane, retirez votre tablier. Que faites-vous là ? Avez-vous lavé votre figure et vos mains ce matin ?

— Non, Bessie, je finis d'épousseter.

— Quelle enfant désagréable et sans soin ! Que faisiez-vous là ?

Je n'eus pas l'embarras de répondre, car Bessie semblait trop occupée pour écouter mes explications. Elle m'emmena vers la table de toilette, prit du savon et de l'eau, et m'en frotta sans pitié la figure et les mains, et, me poussant vers l'escalier, m'ordonna de descendre bien vite dans la salle à manger, où j'étais attendue.

J'aurais voulu savoir qui me réclamait ainsi, mais Bessie était déjà partie. Je descendis lentement. Cela faisait plus de trois mois que je n'avais pas été appelée par Mrs Reed. Le salon, la salle à manger et la bibliothèque étaient devenus pour moi des régions terribles et dans lesquelles il m'était pénible d'entrer.

« Qui peut donc vouloir me parler ? » me demandai-je, pendant qu'avec mes deux mains je tournais la dure poignée qui résista une ou deux secondes à mes efforts. La poignée céda, la porte s'ouvrit. Je m'avançai en saluant bien bas, et en me relevant je vis un homme.

Mrs Reed occupait sa place ordinaire, près du feu. Elle me fit signe d'approcher. J'obéis, et elle me présenta à l'étranger, qui était rigide comme la pierre :

— Voici la petite fille dont je vous ai parlé, dit-elle.

Il tourna lentement la tête de mon côté, et, après m'avoir

examinée d'un regard inquisiteur qui perçait sous des sourcils broussailleux, il s'enquit d'un ton solennel et d'une voix très basse :

— Quel est votre nom, enfant ?

— Jane Eyre, monsieur.

En prononçant ces paroles, je levai les yeux. Il me sembla grand, mais je me souviens qu'alors j'étais très petite. Ses traits me parurent grossièrement accentués, et je leur trouvais, ainsi qu'à toutes les autres lignes de sa personne, une expression dure et compassée.

— Eh bien, Jane Eyre, êtes-vous une bonne petite fille ?

Mrs Reed répondit pour moi en secouant la tête d'une manière significative, puis elle ajouta :

— Moins nous parlerons de ce sujet, mieux peut-être cela vaudra, Mr Brockelhurst.

— En vérité, j'en suis fâché ! Il faut que je m'entretienne quelques instants avec elle.

Et, renonçant à sa position perpendiculaire, il s'installa dans un fauteuil en face de celui de Mrs Reed.

— Venez ici, m'ordonna-t-il.

Je m'avançai sur le tapis et il me fit mettre bien d'aplomb devant lui. Quel visage ! me dis-je lorsqu'il se trouva au niveau du mien. Quel grand nez ! Quelle bouche ! Et ces dents en avant !

— Il n'y a rien de si triste que la vue d'un méchant enfant, reprit-il. Savez-vous où vont les réprouvés après leur mort ?

Ma réponse fut rapide et orthodoxe :

— Ils vont en enfer !

— Et qu'est-ce que l'enfer ?

— Un gouffre de flammes.

— Aimeriez-vous être précipitée dans ce gouffre et y brûler pendant l'éternité ?

— Non, monsieur.

— Et que devez-vous donc faire pour éviter une telle destinée ?

Je réfléchis un moment.

— Je dois me maintenir en bonne santé et ne pas mourir.

À cet instant Mrs Reed s'interposa, m'ordonna de m'asseoir et, prenant elle-même le fil de la conversation :

— Je crois, monsieur Brockelhurst, dit-elle, vous avoir mentionné dans ma lettre, il y a trois semaines environ, que cette petite fille n'a pas le caractère et les dispositions que j'eusse voulu voir en elle. Si donc vous l'admettez dans l'école de Lowood, je demanderai que les professeurs aient l'œil sur elle. Je les prierai surtout de se tenir en garde contre son plus grand défaut, je veux parler de sa tendance à la dissimulation.

Cette accusation qui m'était infligée devant un étranger me transperça le cœur. Je voyais vaguement qu'elle venait de briser toutes mes espérances dans cette nouvelle vie où je devais entrer. Je sentais qu'elle semait l'aversion et la malveillance sur le chemin que j'allais parcourir. Je me voyais transformée aux yeux de Mr Brockelhurst en enfant fourbe, et que pouvais-je faire pour effacer cette injustice ?

— La fourberie est un triste défaut chez un être aussi jeune, déclara Mr Brockelhurst, mais elle sera surveillée, Mrs Reed. Je parlerai d'elle à Miss Temple et aux professeurs.

— Je voudrais, continua Mrs Reed, que son éducation fût en rapport avec sa position, qu'on la rendît utile et humble. Quant aux vacances, elle les passera à Lowood.

— Vos projets sont pleins de sagesse, madame, reprit Mr Brockelhurst.

— Alors je peux compter que cette enfant sera reçue comme élève à Lowood ?

— Vous le pouvez, madame.

— Je l'enverrai aussitôt que possible, Mr Brockelhurst. Car j'ai bien hâte, je vous assure, d'être débarrassée d'une responsabilité qui commençait à me peser.

— Sans doute, sans doute, madame. À présent, je me vois obligé de vous faire mes adieux. Je ferai dire à Miss Temple qu'elle a une nouvelle élève à attendre, de sorte qu'il n'y ait pas de difficultés à son arrivée. Adieu, madame.

Sur ces mots, Mr Brockelhurst nous quitta. Je restai seule avec Mrs Reed. Quelques minutes se passèrent en silence. Elle cousait et je l'examinais. Toute cette conversation était encore récente et douloureuse dans mon esprit. Chaque mot m'avait piquée au vif, et j'étais là, agitée par une violente rancune.

Mrs Reed leva les yeux de son ouvrage, les fixa sur moi, et ses doigts s'arrêtèrent.

— Sortez d'ici, retournez dans votre chambre, commanda-t-elle.

Alors que je me dirigeais vers la porte, je revins soudain sur mes pas, traversai la pièce jusqu'à la fenêtre, et enfin m'approchai d'elle. Il fallait que je parle. J'avais été impitoyablement foulée aux pieds, je devais me venger. Faisant appel à tout ce qu'il y avait d'énergie en moi, je lui lançai :

— Je ne suis pas dissimulée. Si je l'étais, j'aurais dit que je vous aimais, mais je déclare que je ne vous aime pas. Je vous déteste plus que personne au monde, excepté toutefois John Reed. Les fourbes, ce sont vos filles Eliza et Georgiana, car ce sont elles qui vous racontent des mensonges.

Les yeux de glace de Mrs Reed continuaient à me fixer froidement.

— Qu'avez-vous encore à me dire ? me demanda-t-elle.

Tremblante des pieds à la tête, aiguillonnée par une invincible irritation, je continuai :

— Je suis heureuse que vous ne soyez pas une de mes parentes. Je ne vous appellerai plus jamais ma tante. Je ne viendrai jamais vous voir lorsque je serai grande, et quand quelqu'un me demandera si je vous aime et comment vous me traitiez, je lui dirai que votre souvenir seul me rend malade, et que vous m'avez traitée avec une cruauté méprisable.

— Comment oseriez-vous affirmer de semblables choses,

Jane Eyre ?

— Comment je l'oserai, Mrs Reed ? Je l'oserai, parce que c'est la vérité. Vous croyez que je n'ai pas de sentiments et que je peux vivre sans un peu d'amour ou de gentillesse ; mais non, et vous n'avez pas eu pitié de moi. Je me rappellerai jusqu'au jour de ma mort avec quelle dureté vous m'avez repoussée et enfermée dans la chambre rouge. Face à mon angoisse, à la détresse qui me faisait suffoquer, et malgré mes appels, vous n'avez montré aucune pitié. Et cette punition, vous me l'aviez infligée parce que j'avais été frappée, jetée à terre par votre horrible fils. On croit que vous êtes bonne, mais votre cœur est dur. C'est vous qui êtes dissimulée !

Avant que j'eusse fini de parler, le plus étrange sentiment de triomphe que j'aie jamais éprouvé s'était emparé de mon âme. Mrs Reed semblait effrayée. Son ouvrage avait glissé de ses genoux, et elle se balançait d'avant en arrière.

— Jane, vous vous trompez. Qu'avez-vous ? Pourquoi tremblez-vous si fort ? Voulez-vous boire un peu d'eau ?

— Non, Mrs Reed.

— Avouez, Jane, que vous êtes emportée. Et maintenant, retournez à la nursery, ma chère enfant, et couchez-vous un peu.

— Je ne suis pas votre chère enfant, et je ne peux pas me coucher ! Envoyez-moi en pension dès que possible, Mrs Reed, car je déteste cette maison.

— Oh oui ! je t'y enverrai bientôt, murmura Mrs Reed en ramassant son ouvrage. Puis elle quitta vivement la chambre.

On m'avait laissée seule, maîtresse du terrain. C'était ma plus rude bataille et ma première victoire. Je restai un moment à la place où s'était assis Mr Brockelhurst, jouissant de ma solitude de conquérant.

Je sus aussitôt quelle serait ma récompense. Envahie par une excitation vrombissante qui gagnait tous mes membres, je courus à la bibliothèque. Mes doigts me démangeaient, mon cœur battait la chamade à l'idée de retrouver les traits sombres qui m'étaient si chers. Je faillis ne pas trouver le livre de portraits car Mrs Reed l'avait changé de place pour le ranger dans un coin. Je l'eus bientôt extrait et, avec une impatience croissante, le feuilletai précipitamment. Mais avec un froncement de sourcils, je dus me rendre à l'évidence : la page avait disparu, arrachée au niveau de la reliure. Mrs Reed me l'avait prise, à moins que ce ne fût John.

D'une certaine façon, je n'étais pas surprise de cette injuste punition supplémentaire. D'une certaine façon, je m'étais attendue à ce que l'image ait disparu. Je fermai le livre et le replaçai sur l'étagère, avant de m'effondrer sur le sol dans un état de tristesse mélancolique. Au moins ne pourrait-on me voler son souvenir, qui s'était imprimé dans mon esprit.

J'entendis tout à coup une voix claire m'appeler :

— Miss Jane, où êtes-vous ? Venez déjeuner.

C'était Bessie, mais je ne bougeai pas. Bientôt le bruit léger de ses pas arriva jusqu'à moi. Elle traversait le couloir et se dirigeait de mon côté.

— Méchante fille, me reprocha-t-elle, pourquoi ne venez-vous pas quand on vous appelle ?

La présence de Bessie me ranima. Je jetai mes bras autour de son cou en lui disant :

— Allons, Bessie, ne me grondez plus !

Je ne m'étais jamais montrée si ouverte, si peu craintive. Cette manière d'être plut à Bessie.

— Vous êtes une étrange enfant, Miss Jane, s'étonna-t-elle en me regardant ; une petite créature vagabonde et solitaire. Vous allez en pension, n'est-ce pas ?

J'opinai du chef.

— Et n'êtes-vous pas triste de quitter la pauvre Bessie ?

— En quoi Bessie se soucie-t-elle de moi ? Elle me gronde toujours.

— C'est qu'aussi vous vous montrez bizarre, timide, effarouchée. Si vous étiez un peu plus hardie…

— Oui, pour recevoir encore plus de coups !

— Sottise ! Mais du reste, il est certain que vous n'êtes pas bien traitée. Allons, venez, j'ai une bonne nouvelle pour vous.

— Je ne le pense pas, Bessie.

— Que voulez-vous dire ? Pourquoi fixer sur moi un regard si triste ? Eh bien, vous saurez que monsieur, madame et mesdemoiselles sont allés prendre le thé chez une de leurs connaissances. Quant à vous, vous le prendrez avec moi. Je demanderai à la cuisinière de vous faire un petit gâteau, et ensuite vous m'aiderez à visiter vos tiroirs, parce qu'il faudra bientôt que je fasse votre malle. Madame veut que vous quittiez Gateshead dans un jour ou deux.

— Bessie, dis-je, promettez-moi de ne plus me gronder jusqu'à mon départ.

— Eh bien, oui. Mais soyez une bonne fille et n'ayez pas peur de moi. Ne reculez pas quand je parle un peu haut, car c'est là ce qui m'irrite le plus.

— Je ne crois pas avoir jamais peur de vous maintenant, Bessie, parce que je suis habituée à vos manières, mais j'aurai bientôt de nouvelles personnes à craindre.

— Et alors, vous êtes contente de me quitter ?

— Pas du tout, Bessie. Et même en ce moment, j'en serais plutôt triste.

— En ce moment, et plutôt ! Comme vous dites cela froidement, ma petite demoiselle ! Je suis sûre que, si je vous demandais un baiser, vous refuseriez.

— Oh non, je veux vous embrasser. Baissez un peu votre tête.

Bessie s'inclina, et nous nous embrassâmes. Puis, toute réconfortée, je la suivis à la maison. L'après-midi se passa dans la paix et l'harmonie. Le soir, Bessie me conta ses histoires les plus attrayantes et me chanta ses chants les plus doux. Même pour moi, la vie avait ses rayons de soleil.

CHAPITRE V

On était au matin du 19 janvier. Cinq heures venaient de sonner au moment où Bessie entra avec une chandelle dans mon petit cabinet. J'étais debout depuis une demi-heure et presque entièrement vêtue. Je devais quitter Gateshead ce jour même et prendre, à six heures, la diligence qui passait devant la loge du portier. Bessie seule était levée. Après avoir allumé le feu, elle fit chauffer mon petit-déjeuner. Il est rare d'avoir faim quand on est excité par la pensée d'un voyage. Pour ma part, je ne pus rien prendre. Ce fut en vain que Bessie me pria d'avaler une ou deux cuillerées de lait bouilli et de pain qu'elle avait préparés. Elle chercha alors quelques biscuits et les fourra dans mon sac. Puis, après m'avoir attaché ma pelisse et mon chapeau, elle s'enveloppa dans un châle, et nous quittâmes ensemble la nursery. Quand je fus arrivée devant la chambre à coucher de Mrs Reed, Bessie me demanda si je voulais dire adieu à sa maîtresse.

— Non, Bessie, répondis-je. Hier soir, elle m'a déclaré que je n'aurais pas besoin de la déranger. Elle m'a aussi dit de ne pas oublier qu'elle avait toujours été ma meilleure amie. Elle m'a priée de parler d'elle, et de lui être reconnaissante pour ce qu'elle avait fait en ma faveur.

— Et qu'avez-vous répondu ?

— Rien. J'ai caché ma figure sous mes couvertures et me suis tournée du côté du mur.

— C'était mal, Miss Jane.

— Non, Bessie, c'était parfaitement juste. Votre maîtresse

n'a jamais été mon amie, elle m'a traitée en ennemie.

— Oh ! Miss Jane, ne dites pas cela !

— Adieu, Gateshead ! m'écriai-je en quittant l'entrée pour passer la grande porte.

La lune s'était couchée, il faisait très noir. Cette matinée d'hiver était glaciale, mes dents claquaient tandis que je me hâtais le long de l'allée. La loge du portier était éclairée. En y arrivant, nous y trouvâmes sa femme qui allumait son feu. Le soir précédent, ma malle avait été descendue, ficelée et déposée à la porte. Un bruit de roues annonça l'arrivée de la diligence. J'allai à la porte pour guetter les lumières qui avançaient rapidement dans l'obscurité.

— Part-elle seule ? demanda la femme du portier.

— Oui.

— Est-ce loin ?

— À cinquante milles.

— C'est bien loin ! Je suis étonnée que Mrs Reed ose l'envoyer si loin toute seule.

La diligence s'arrêta. Le postillon et le conducteur crièrent de se presser. Ma malle fut hissée. On m'arracha des bras de Bessie tandis que j'étais suspendue à son cou.

— Ayez bien soin d'elle, cria-t-elle au conducteur, lorsque celui-ci me hissa à l'intérieur.

— Oui, oui, répondit-il.

On claqua la portière et j'entendis une voix qui criait : « Hue ! »

C'est ainsi que, séparée de Bessie et de Gateshead, je fus emmenée vers des régions inconnues.

*
**

Je ne me rappelle guère mon voyage, sinon que la journée me parut d'une longueur anormale et qu'il me semblait avoir parcouru des centaines de lieues. On traversa plusieurs villes, et dans l'une d'elles, très grande, la diligence s'arrêta. Les chevaux furent changés et les voyageurs descendirent pour dîner. On me mena dans une auberge où le conducteur voulut me faire manger quelque chose. Mais comme je n'avais pas faim, il me laissa dans une salle immense aux deux bouts de laquelle se trouvait une cheminée. Après un long moment, le conducteur revint et, une fois de plus, on m'embarqua dans la voiture, qui repartit avec fracas.

L'après-midi arrivait, humide et brumeux. Et lorsqu'il se fondit dans le crépuscule, je compris que nous étions bien loin de Gateshead : nous ne traversions plus de villes, le paysage était changé. De hautes montagnes grisâtres fermaient l'horizon. L'obscurité augmentait à mesure que nous descendions dans une vallée assombrie par les bois. Longtemps après, alors que la nuit avait entièrement voilé le paysage, j'entendais encore dans les feuilles le murmure du vent.

Bercée par ces sons réguliers, je m'endormis enfin. Je sommeillais depuis longtemps lorsque la voiture s'arrêta tout à coup. Je m'éveillai. Devant moi se tenait une étrangère que je pris pour une domestique. Je pus voir son visage et sa tenue à la lueur de la lanterne.

— Y a-t-il ici une jeune fille du nom de Jane Eyre ? demanda-t-elle.

— Oui, répondis-je.

On me fit descendre. Ma malle fut remise à la servante, et la diligence repartit aussitôt.

Rassemblant mes facultés, je regardai autour de moi. Le vent, la pluie et l'obscurité remplissaient l'espace. Je pus néanmoins distinguer une ou plusieurs maisons – le bâtiment s'étendait loin – avec de nombreuses fenêtres, dont quelques-unes étaient éclairées. On me fit passer par une large allée de gravier, pleine d'eau, et nous entrâmes dans la maison. Un corridor nous conduisit à une pièce où brûlait un feu. La servante m'y laissa seule.

Je demeurais debout devant les flammes, m'efforçant de

réchauffer mes doigts glacés, lorsque quelqu'un entra avec une lumière. Derrière se tenait une seconde personne. La première était une femme de grande taille. Ses cheveux et ses yeux étaient noirs ; son front, élevé et pâle, et sa contenance grave.

— Il faudra la coucher tout de suite. Elle a l'air fatiguée. Êtes-vous fatiguée ? s'enquit-elle en posant sa main sur mon épaule.

— Un peu, madame.

— Et vous avez faim, sans doute ? Avant de l'envoyer au lit, faites-lui donner à manger, Miss Miller. Est-ce la première fois que vous quittez vos parents pour venir en pension, mon enfant ?

Je lui répondis que je n'avais pas de parents. Elle me demanda depuis quand ils étaient morts, quels étaient mon âge et mon nom, si je savais lire, écrire et coudre. Ensuite elle me caressa doucement la joue en me disant : « J'espère que vous serez sage », puis elle me remit entre les mains de Miss Miller.

Celle-ci me conduisit de pièce en pièce, de corridor en corridor, à travers un vaste bâtiment irrégulier. Nous entrâmes dans une salle immense. À chaque bout se dressaient deux tables éclairées chacune par deux chandelles. Autour étaient assises sur des bancs des jeunes filles dont l'âge variait entre dix et vingt ans. À la faible lumière de la pièce, elles me semblèrent innombrables, quoique en réalité elles ne fussent pas plus de quatre-vingts. Elles étaient vêtues d'un uniforme d'étoffe brune curieusement coupé et d'un long tablier de toile de Hollande. C'était l'heure de l'étude. Elles révisaient leurs leçons pour le lendemain.

Miss Miller me fit signe de m'asseoir sur un banc près de la porte. Puis, se dirigeant vers le bout de cette longue chambre, elle s'écria :

— Monitrices, ramassez les livres de leçons et rangez-les !

Quatre grandes filles se levèrent des différentes tables, prirent les livres et les mirent de côté. Miss Miller s'écria de nouveau :

— Monitrices, allez chercher le souper !

Les quatre jeunes filles sortirent et revinrent au bout de quelques instants, portant chacune un plateau sur lequel étaient disposés des parts de cake, un pichet et un gobelet. Les parts furent distribuées aux élèves, et celles qui avaient soif se servirent un peu d'eau dans le gobelet commun. Quand arriva mon tour, je bus, car j'avais très soif, mais l'excitation et la fatigue m'avaient rendue incapable de manger.

Le repas achevé, Miss Miller lut la prière, et les jeunes filles montèrent l'escalier deux par deux. Épuisée par la fatigue, je fis peu d'attention au dortoir. Cependant, il me parut très long, comme la salle d'étude. Cette nuit-là, je devais dormir avec Miss Miller. Au bout de dix minutes, l'unique lumière qui nous éclairait fut éteinte, et le silence fut complet. Je me souviens m'être dit avec soulagement que je n'avais plus à redouter la visite nocturne de John Reed. Cette tentation-là, au moins, était loin derrière moi. Après quoi je m'endormis.

La nuit se passa rapidement. J'étais trop fatiguée même pour rêver. Je ne m'éveillai qu'une fois, et j'entendis le vent mugir en tourbillons furieux et la pluie tomber par torrents. Alors seulement je m'aperçus que Miss Miller avait pris place à mes côtés. Quand mes yeux se rouvrirent, on sonnait une cloche. Toutes les jeunes filles étaient debout et s'habillaient. Je me levai à contrecœur car le froid était vif, et tout en grelottant, je m'habillai de mon mieux. Aussitôt qu'une des cuvettes fut libre, je me lavai. La cloche retentit de nouveau. Toutes les élèves se placèrent en rang, deux par deux, descendirent l'escalier et entrèrent dans une salle d'étude froide et à peine éclairée. Les prières furent lues par Miss Miller, qui, après les avoir achevées, s'écria :

— Formez les classes !

Le travail commença. On récita quelques textes de

l'Écriture sainte. Vint ensuite une longue lecture de la Bible, durant environ une heure. Lorsque tous ces exercices furent terminés, il faisait grand jour. La cloche infatigable sonna. Les élèves se séparèrent de nouveau et se dirigèrent vers le réfectoire. Comme j'étais heureuse à la perspective de manger un peu ! J'avais pris si peu de chose la veille que je tombais presque d'inanition.

Le réfectoire était une grande salle basse et sombre. Sur deux longues tables fumaient des soupières dont le contenu, à ma consternation, dégageait une odeur bien peu appétissante. Il y eut un mouvement général de mécontentement lorsque le fumet de ce plat arriva aux narines de celles auxquelles il était destiné. Les plus âgées murmurèrent ces mots :

— C'est répugnant, le porridge est encore brûlé !

— Silence ! hurla une voix.

Affamée et défaillante, j'engloutis quelques cuillerées de mon bouillon sans penser au goût qu'il pouvait avoir. Mais quand ma faim fut un peu apaisée, je m'aperçus que je mangeais une pâtée nauséabonde. Le porridge brûlé est presque aussi ignoble que les pommes de terre pourries. Je voyais chaque fille remuer lentement sa cuiller, goûter sa part, essayer de l'avaler, mais dans la plupart des cas, l'effort était inutile. Le déjeuner finit sans que personne eût mangé.

On ne se remit au travail qu'au bout d'un quart d'heure. Pendant ce temps, il était permis de parler haut et librement. Toutes profitaient du privilège. La conversation roula sur le déjeuner, et chacune des élèves déclara qu'il n'était pas mangeable. Pauvres créatures, c'était leur seule consolation ! Il n'y avait d'autre professeur dans la chambre que Miss Miller. De grandes jeunes filles l'entouraient et parlaient d'un air sérieux et triste. J'entendis prononcer le nom de Mr Brockelhurst. Miss Miller secoua la tête d'un air réprobateur, mais elle ne parut pas faire de grands efforts pour calmer l'irritation générale – que sans doute elle partageait.

L'horloge sonna neuf heures. Miss Miller se plaça au

centre de la chambre et s'écria :

— Silence ! À vos places !

L'ordre se rétablit. Au bout de dix minutes, la confusion avait cessé, et toutes ces voix bruyantes étaient rentrées dans le silence. Les enseignantes avaient repris leur poste. L'école entière semblait dans l'attente. Pendant que mes yeux allaient de l'une à l'autre, toute l'école se leva simultanément et comme par une même impulsion.

De quoi s'agissait-il ? Avant que j'aie le temps de comprendre, la classe s'était rassise, et tous les yeux se tournèrent vers un même point. Je suivis le mouvement et aperçus la personne qui m'avait reçue la veille. Debout au fond de la longue pièce, elle examina gravement et en silence la double rangée de jeunes filles.

— Monitrice de la première classe, apportez les globes terrestres !

Pendant que l'ordre était exécuté, la nouvelle venue se promena lentement dans la chambre. Vue en plein jour, elle m'apparut belle, grande et bien faite. C'était Miss Temple – Mary Temple, ainsi que je l'appris plus tard, en voyant son nom écrit sur un livre de prières qu'elle m'avait confié pour le porter à l'église. La directrice de Lowood, car c'était elle, s'assit devant la table où avaient été placées deux sphères. Elle réunit la première classe autour d'elle et commença une leçon de géographie. Les classes inférieures furent appelées par les autres professeurs, et pendant une heure, on continua les répétitions de grammaire et d'histoire, puis vinrent l'écriture et l'arithmétique. Le cours de musique fut fait par Miss Temple à quelques-unes des plus âgées. L'horloge avertissait lorsque l'heure fixée pour chaque leçon s'était écoulée. Au moment où elle sonna midi, la directrice se leva.

— J'ai un mot à adresser aux élèves de Lowood, dit-elle.

Le murmure qui suivait chaque leçon avait déjà commencé à se faire entendre mais, à la voix de Miss Temple, il cessa immédiatement. Elle continua :

— Vous avez eu ce matin un déjeuner que vous n'avez pu manger. Vous devez avoir faim, j'ai donné ordre de vous servir une collation de pain et de fromage.

Les professeurs se regardèrent avec surprise.

— Je prends sur moi la responsabilité de cet acte, ajouta-t-elle, comme pour expliquer sa conduite. Puis elle quitta la salle d'étude.

Le pain et le fromage furent apportés et distribués, au grand contentement de toute l'école. On donna ensuite ordre de se rendre au jardin. Chacune mit un grossier chapeau de paille et s'enveloppa d'un manteau de drap gris. Je fus habillée comme les autres et, en suivant le flot, je me retrouvai au grand air.

Le jardin était un vaste terrain, entouré de murs si hauts qu'ils ne laissaient rien voir du paysage. D'un des côtés se trouvait une galerie couverte. Le milieu, entouré de larges allées, était partagé en quelques dizaines de petits parterres. Toutes les élèves recevaient en entrant un de ces parterres pour le cultiver, de sorte que chaque carré avait son propriétaire. En été, lorsque la terre était couverte de fleurs, ces petits jardins devaient être charmants à voir. Mais, à la fin janvier, tout était gelé, noir et triste. Je frissonnai en regardant autour de moi, lorsque le son d'une toux creuse me fit tourner la tête.

J'aperçus une jeune fille assise près de moi sur un banc de pierre. Elle était penchée sur un livre qui semblait l'absorber tout entière. D'où j'étais, je pus lire le titre : *Rasselas*. En tournant une page, la jeune fille leva les yeux, et j'en profitai pour lui parler.

— Votre livre est-il intéressant ? demandai-je.

J'avais déjà formé le projet de le lui emprunter un jour à venir.

— Je l'aime, me répondit-elle après une courte pause qui lui permit de m'examiner.

— De quoi y parle-t-on ? continuai-je.

Je ne pouvais comprendre comment j'avais la hardiesse de

lier ainsi conversation avec une étrangère. Cette avance était contraire à ma nature et à mes habitudes. L'occupation dans laquelle je l'avais trouvée plongée avait sans doute touché dans mon cœur quelque corde sympathique, car j'aimais lire. Jusqu'à présent, je n'avais encore parlé à personne et j'aspirais à un peu de compagnie.

— Vous pouvez le regarder, me dit l'inconnue en m'offrant le livre.

Je fus convaincue par un rapide examen que le contenu était moins intéressant que le titre. Je le rendis donc à sa propriétaire. Elle le reçut tranquillement et sans me rien dire. Elle allait même recommencer sa lecture attentive lorsque je l'interrompis de nouveau.

— Pouvez-vous me dire ce que signifie l'inscription gravée sur cette pierre ? Qu'est-ce que l'institution de Lowood ?

— C'est la maison où vous êtes venue demeurer.

— Pourquoi l'appelle-t-on « institution » ? Est-elle différente des autres écoles ?

— C'est en partie une école de charité. Vous et moi et toutes les autres élèves sommes des enfants de charité. Vous devez être orpheline. N'avez-vous pas perdu votre père ou votre mère ?

— Tous deux sont morts à une époque dont je ne peux me souvenir.

— Eh bien, toutes les élèves que vous verrez ici ont perdu au moins un de leurs parents, et voilà pourquoi l'école a le nom d'institution pour l'éducation des orphelines.

— La maison appartient-elle à cette dame qui nous a fait donner du pain et du fromage ?

— À Miss Temple ? Oh non, et c'est bien regrettable, car elle doit rendre compte à Mr Brockelhurst de tous ses actes. C'est lui qui achète notre nourriture et nos vêtements.

— Habite-t-il ici ?

— Non, à deux milles, dans un grand manoir.

— Est-il bon ?

— C'est un pasteur, et on prétend qu'il fait beaucoup de bien.

— N'avez-vous pas dit que cette grande dame s'appelait Miss Temple ?

— Oui.

— Aimez-vous les professeurs ici ?

— Assez.

— Mais Miss Temple est la meilleure, n'est-ce pas ?

— Oh ! Miss Temple est très bonne et très intelligente. Elle est supérieure aux autres enseignantes parce qu'elle est plus instruite qu'elles toutes.

— Y a-t-il longtemps que vous demeurez à Lowood ?

— Deux ans.

— Êtes-vous orpheline ?

— Ma mère est morte.

— Êtes-vous heureuse ici ?

— Vous me posez trop de questions. Nous avons assez causé pour aujourd'hui. Maintenant j'ai envie de lire.

CHAPITRE VI

Le jour suivant commença, comme le précédent, par le lever à la lueur de la veilleuse, sauf que nous fûmes dispensées de la cérémonie du lavage car l'eau était gelée dans les bassins. La veille au soir, il y avait eu un changement de température : un vent du nord-est, soufflant toute la nuit à travers les crevasses de nos fenêtres, nous avait fait frissonner dans nos lits et avait glacé l'eau.

Ce jour-là, je fus enrôlée dans la quatrième classe, et on me donna des devoirs à faire. Jusque-là je n'avais été que spectatrice à Lowood. J'allais devenir actrice. Comme j'étais peu habituée à apprendre par cœur, les leçons me semblèrent d'abord longues et difficiles. Aussi, je fus bien contente lorsque, vers trois heures de l'après-midi, Miss Smith me remit une bande de mousseline longue de deux mètres, un dé et des aiguilles, et m'envoya dans un coin de la chambre coudre un ourlet.

Presque tout le monde cousait à cette heure, excepté toutefois quelques élèves qui lisaient tout haut, groupées autour de la chaise de Miss Scatcherd. La classe était silencieuse, de sorte qu'il était facile d'entendre le sujet de la leçon, de remarquer la manière dont chaque élève s'en tirait. On lisait l'histoire d'Angleterre. Parmi les lectrices se trouvait la jeune fille que j'avais rencontrée sous la galerie. Au commencement de la leçon, elle était sur les premiers rangs. Mais pour quelque erreur de prononciation ou de ponctuation, elle fut renvoyée au fond de la pièce. Miss

Scatcherd continua jusque dans cette place obscure à faire d'elle l'objet de ses incessantes remarques. Elle se tournait continuellement vers la jeune fille pour lui dire :

— Burns (ici on appelait les élèves par leur nom de famille, comme cela se pratique dans les écoles de garçons), vous tenez votre pied de côté. Remettez-le droit immédiatement… Burns, vous plissez votre menton de la manière la plus déplaisante. Cessez tout de suite… Burns, je vous ai dit de tenir la tête droite. Je ne veux pas vous voir devant moi dans une telle attitude…

Lorsque le chapitre eut été lu deux fois, on ferma les livres et l'interrogation commença. La leçon comprenait une partie du règne de Charles Ier. Il y avait plusieurs questions sur le tonnage, l'impôt et le droit payé par les bateaux. La plupart des élèves étaient incapables de répondre mais toutes les difficultés étaient immédiatement résolues dès qu'il venait à Miss Burns le tour de répondre. Elle semblait avoir retenu toute la leçon et avait une réponse prête pour chaque question. Je m'attendais à voir Miss Scatcherd louer son attention. Je l'entendis, au contraire, s'écrier tout à coup :

— Petite malpropre, vous n'avez pas nettoyé vos ongles ce matin !

Burns ne répondit rien. Je m'étonnai de son silence.

Miss Scatcherd donna un ordre dont je ne saisis pas bien l'importance, mais je vis Burns quitter immédiatement la salle, se diriger vers une petite chambre où l'on disposait les livres, et revenir au bout d'une minute, portant dans ses mains un paquet de verges liées ensemble. Elle présenta avec respect ce sinistre instrument à Miss Scatcherd, puis elle détacha son tablier tranquillement et sans en avoir reçu l'ordre. Aussitôt l'enseignante lui infligea rudement une douzaine de coups sur les épaules.

Je tressaillais chaque fois que les verges s'abattaient sur la jeune fille. Pourtant, pas une larme ne s'échappa de ses yeux, pas un trait de son visage pensif ne changea d'expression.

— Petite endurcie ! s'écria Miss Scatcherd. Rien ne peut-il donc vous corriger de vos manières de souillon ? Rapportez ces verges !

Burns obéit. Je la regardai furtivement au moment où elle sortit de la chambre : on ne voyait pas une larme sur ses joues amaigries.

Ce soir-là, je me promenais, comme d'ordinaire, au milieu des tables et des groupes qui riaient. Bien que privée de compagnie, je ne me sentais pas seule. Quand je passais devant les fenêtres, je relevais de temps en temps les rideaux et je regardais au-dehors la neige tomber. Elle s'était déjà amoncelée contre les vitres du bas. Approchant mon oreille de la fenêtre, je pus distinguer, malgré le bruit intérieur, le triste mugissement du vent.

Sautant par-dessus les bancs, rampant sous les tables, j'arrivai jusqu'à la cheminée et m'agenouillai devant le garde-feu. Là je trouvai Burns, absorbée et silencieuse, étrangère à ce qui se passait autour d'elle.

— Quel est votre prénom ? demandai-je.

Elle me regarda avec surprise.

— Helen.

— Vous devez avoir envie de quitter Lowood ?

Je pris un siège à côté d'elle.

— Non, pourquoi cela ? J'ai été envoyée à Lowood pour mon instruction.

— Mais Miss Scatcherd est si cruelle envers vous !

— Cruelle ? Pas du tout ! Elle est sévère parce qu'elle déteste mes défauts.

Je la regardai, abasourdie.

— Si j'étais à votre place, je la détesterais, déclarai-je. Si elle me frappait avec des verges, je les lui arracherais des mains, je les lui briserais à la figure !

Je crus la voir rougir mais ce devait être la lueur du feu.

— Ça m'est égal.

— Ça vous est égal de recevoir des coups de verge ? répétai-je, stupéfaite.

Je vis sa main se diriger involontairement vers ses épaules pour toucher légèrement la blessure. Elle grimaça, mais je crus apercevoir le coin de sa bouche se relever, comme dans un sourire.

— Ce n'est pas si terrible, éluda-t-elle.

Je pensai aux verges longues et dures, liées ensemble à une extrémité, et au sifflement aigu lorsqu'elles fouettaient l'air et mordaient la chair.

— Ça doit faire mal.

— Pas si vous pensez à autre chose, chuchota Helen.

Soudain je me rappelai mes bagarres avec John Reed, et comment je transformais en imagination ses attaques en assauts enflammés de mon amant aux yeux noirs. C'est à mon tour de cacher mes joues embrasées dans la lueur ambrée des flammes. Je me demandais comment je réagirais si mon amant me traitait ainsi. Une fois, pendant que nous faisions l'amour, John m'avait tiré les cheveux violemment et j'avais hurlé, mais la douleur cuisante avait été suivie d'une chaleur délicieuse. Était-ce à ce plaisir en demi-teinte qu'Helen faisait référence ? Malgré ma haine farouche à l'égard de John, dans cet endroit désolé, abandonné, je ressentis soudain le besoin qu'il me touche.

— Vous dites que vous avez des défauts, Helen, mais quels sont-ils ? demandai-je pour changer de sujet. Vous me semblez si bonne.

— Alors apprenez de moi à ne pas juger d'après l'apparence. Comme le dit Miss Scatcherd, je suis très négligente. Cela est très irritant pour elle, qui est naturellement propre, ponctuelle et exigeante.

— Et intraitable et cruelle, ajoutai-je, mais Helen ne voulut pas approuver cet ajout.

— « Aimez vos ennemis ; bénissez ceux qui vous maudissent, et faites du bien à ceux qui vous haïssent et vous traitent avec mépris. »

Je soupirai.

— Alors il me faudrait aimer Mrs Reed ? J'en suis incapable. Il faudrait bénir son fils John ? C'est impossible !

À son tour, Helen me demanda de m'expliquer. Je commençai à ma manière le récit de mes souffrances et de mes ressentiments (en me retenant, bien sûr, d'évoquer ma relation avec John). Helen m'écouta avec patience jusqu'au bout. Je m'attendais à ce qu'elle fasse une remarque, mais elle ne dit rien.

— Eh bien, dis-je, impatientée, Mrs Reed n'est-elle pas une femme dure et sans cœur ?

— Elle a manqué de bonté envers vous parce qu'elle n'aimait pas votre caractère, de même que Miss Scatcherd n'aime pas le mien. Mais avec quelle acuité vous vous rappelez la moindre de ses paroles et de ses actions ! Quelle profonde impression son injustice semble avoir faite sur votre cœur ! Ne seriez-vous pas plus heureuse si vous essayiez d'oublier sa sévérité, ainsi que les émotions passionnées qu'elle a suscitées en vous ?

Une monitrice, arrivée presque au moment où nous finissions notre entretien, s'écria avec un fort accent du Cumberland :

— Helen Burns, si vous ne mettez pas vos tiroirs en ordre et si vous ne pliez pas votre ouvrage, je vais dire à Miss Scatcherd de venir tout examiner !

Helen soupira et, sans rien répondre, obéit immédiatement à la monitrice.

CHAPITRE VII

Pendant les mois de janvier, de février et une partie de mars, les neiges épaisses et les dégels avaient rendu les routes impraticables : aussi ne nous obligeait-on pas à sortir, si ce n'est pour aller à l'église. Nos vêtements étaient insuffisants pour nous protéger contre un froid aussi rude. Au lieu de bottines, nous n'avions que des souliers dans lesquels la neige entrait facilement. Nos mains, n'étant pas protégées par des gants, se couvraient d'engelures, ainsi que nos pieds. Je me rappelle encore combien ceux-ci me faisaient souffrir chaque soir lorsque la chaleur les gonflait, et chaque matin lorsqu'il fallait me rechausser.

En outre, l'insuffisance de nourriture était un vrai supplice. Douées de ces grands appétits des enfants en croissance, nous avions à peine de quoi soutenir un malade affaibli. Il en résultait un abus qui s'exerçait sur les plus petites. Chaque fois qu'elles en trouvaient l'occasion, les grandes, toujours affamées, cajolaient ou menaçaient les petites pour extorquer une part de leur nourriture. Bien des fois j'ai partagé entre deux de ces quémandeuses le précieux morceau de pain noir donné avec le café. Et, après avoir versé à une troisième la moitié de ma tasse, j'avalais le reste en pleurant de faim tout bas.

En hiver, les dimanches étaient de tristes jours. Nous devions marcher jusqu'à l'église de Brocklebridge, à deux milles de là, où officiait notre protecteur. Nous partions glacées et arrivions plus glacées encore. Et avant la fin de l'office du matin, nos membres étaient paralysés. Trop loin pour retourner dîner, nous recevions entre les deux services du pain et de la viande froide, et des parts aussi insuffisantes que dans nos repas ordinaires. Après l'office du soir, nous nous en retournions par une route escarpée. Le vent du nord soufflait si rudement sur le sommet des montagnes qu'il nous gerçait la peau.

Combien toutes nous désirions la lumière et la chaleur d'un feu pétillant, lorsque nous arrivions à Lowood ! Mais cette douceur était refusée aux plus jeunes ou aux plus faibles. Chacune des cheminées était immédiatement occupée par un double rang de grandes élèves ; et les plus petites, se pressant les unes contre les autres, cachaient sous leurs tabliers leurs bras transis.

Une petite consolation nous était pourtant réservée : à cinq heures, on nous distribuait une double ration de pain – une tranche entière au lieu d'une demie – avec l'exquise addition d'une infime couche de beurre. C'était le festin hebdomadaire auquel nous pensions d'un dimanche à l'autre.

*
**

Je n'ai pas encore parlé des visites de Mr Brockelhurst, car il se trouva que ce gentleman fut absent une partie du premier mois. Il avait peut-être prolongé son séjour chez son ami l'archidiacre. Cette absence était un soulagement pour moi. Je n'ai pas besoin de dire que j'avais des raisons de craindre son arrivée. Il revint pourtant.

J'habitais Lowood depuis trois semaines environ. Un après-midi, comme j'étais assise, une ardoise sur mes genoux, à peiner sur une longue addition, mes yeux se levèrent avec distraction et se dirigèrent du côté de la fenêtre. Il me sembla voir passer une silhouette décharnée. Je la reconnus presque instinctivement, et lorsque, deux minutes après, toute l'école, les professeurs y compris, se leva *en masse*[1], je n'eus pas besoin de regarder pour savoir qui l'on venait de saluer ainsi : un pas allongé retentit en effet dans la salle, et le grand fantôme noir qui avait si désagréablement froncé le sourcil en m'examinant à Gateshead apparut à côté de Miss Temple.

J'avais mes raisons pour craindre cette apparition. Je ne me rappelais que trop bien les dénonciations perfides de Mrs Reed, la promesse faite par Mr Brockelhurst d'instruire Miss Temple et les autres enseignantes de ma nature corrompue. Depuis trois semaines, je craignais l'accomplissement de cette promesse. Chaque jour, je regardais si cet homme n'arrivait pas, car ce qu'il allait dire de ma conversation avec lui et de ma vie passée allait me flétrir par avance.

À présent il était là, à côté de Miss Temple, et il lui parlait bas. J'étais convaincue qu'il révélait mes fautes, et j'examinais avec une douloureuse anxiété les yeux de la directrice, m'attendant sans cesse à voir leurs noires prunelles me lancer un regard d'aversion et de mépris. Je prêtai aussi l'oreille, étant assez près d'eux pour entendre presque tout ce qu'ils disaient. Le sujet de leur conversation me délivra momentanément de mes craintes.

— La blanchisseuse m'a dit que quelques-unes des petites filles avaient eu deux collerettes propres dans une semaine. C'est trop, la règle n'en permet qu'une.

— Je crois pouvoir expliquer cela, monsieur. Jeudi dernier, Agnes et Catherine Johnstone avaient été invitées à prendre le thé avec quelques amies à Lowton, et je leur ai permis, pour cette occasion, de mettre des collerettes blanches.

— Eh bien, pour une fois, cela passera, mais il y a encore une chose qui m'a surpris. En faisant les comptes avec l'intendante, j'ai vu qu'une collation de pain et de fromage

1 En français dans le texte. Dans la suite du texte, les mots et expressions en français seront en italique et indiqués par un astérisque.

avait été deux fois servie à ces enfants pendant la dernière quinzaine. D'où cela vient-il ? J'ai regardé sur le règlement et je n'ai pas vu qu'il mentionnât cette collation. Qui a introduit une telle innovation, et de quel droit ?

— Je suis responsable de cela, monsieur, reprit Miss Temple. Le déjeuner était si mal préparé que les élèves n'ont pas pu le manger, et je n'ai pas voulu qu'elles restent à jeun jusqu'à l'heure du dîner.

— Un instant, madame ! Vous savez qu'en élevant ces jeunes filles, mon but n'est pas de les habituer au luxe, mais de les rendre patientes et dures à la souffrance, de leur apprendre à se refuser tout à elles-mêmes. Même si leur appétit subit une petite déception accidentelle telle qu'un repas gâté, il faut qu'elles mangent ce repas quand même.

Mr Brockelhurst s'arrêta de nouveau, comme s'il eût été trop ému par ses propres pensées. Miss Temple avait baissé les yeux lorsqu'il avait commencé à parler, mais alors elle regardait droit devant elle, et son visage était fermé.

Debout devant la cheminée, les mains derrière le dos, Mr Brockelhurst surveillait toute l'école, lorsqu'il fit un mouvement comme si son regard eût rencontré quelque objet choquant. Il se retourna et s'écria plus vivement qu'il ne l'avait encore fait :

— Miss Temple ! Miss Temple ! Que… qu'est-ce que cette fille avec des cheveux bouclés, des cheveux rouges, madame, bouclés tout autour de la tête ?

Il étendit sa canne vers l'objet de son horreur. Sa main tremblait.

— C'est Julia Severn, répondit Miss Temple très tranquillement.

— Julia Severn, madame. Eh bien, pourquoi, au mépris de tous les principes de cette maison, suit-elle aussi ouvertement les lois du monde ? Ici, dans un établissement évangélique, porter une telle masse de boucles !

— Les cheveux de Julia bouclent naturellement, répliqua

Miss Temple avec plus de calme encore.

— Naturellement, oui, mais nous ne nous conformons pas à la nature. Je veux que ces jeunes filles soient les enfants de la Grâce ! Et pourquoi cette abondance ? J'ai dit bien des fois que je désirais voir les cheveux modestement aplatis. Miss Temple, il faut que les cheveux de cette petite soient entièrement coupés. J'enverrai un barbier demain, mais j'en vois d'autres qui ont beaucoup trop de cette superfluité. Dites à cette grande fille de se tourner vers moi, ou plutôt dites à tout le premier banc de se lever et de regarder du côté du mur.

Miss Temple passa son mouchoir sur ses lèvres comme pour réprimer un sourire involontaire. Néanmoins elle donna l'ordre, et la première classe obéit.

En me penchant sur mon banc, je pus apercevoir les regards et les grimaces avec lesquels elles exécutaient la manœuvre. Je regrettais que Mr Brockelhurst ne pût pas les voir aussi. Il eût peut-être alors compris que, quelque soin qu'il prît pour l'extérieur de la coupe et du plat, l'intérieur lui échappait bien plus que ce qu'il imaginait.

Il examina pendant cinq minutes le revers de ces médailles vivantes, puis il prononça la sentence. Elle retentit à mes oreilles comme le glas d'un arrêt mortel.

— Tous ces cheveux, dit-il, seront coupés.

Miss Temple voulut faire une observation.

— Madame, poursuivit-il, j'ai à servir un maître dont le royaume n'est pas de ce monde. Ma mission est de mortifier dans ces jeunes filles les convoitises de la chair, de leur apprendre à s'habiller pudiquement et simplement, et non pas à tresser leurs cheveux et à se parer de vêtements somptueux.

Je souris légèrement à la mention des « convoitises de la chair », me demandant à quelle punition extraordinaire me condamnerait Mr Brockelhurst s'il connaissait mes actions passées. Fort heureusement, il n'en savait rien.

— Chacune des jeunes personnes placées devant nous, poursuivit-il, a arrangé ses longs cheveux en nattes que la vanité elle-même semble avoir tressées. Oui, je le répète, tout ceci doit être coupé. Pensez au temps perdu, au…

Ici Mr Brockelhurst fut interrompu. Trois dames entrèrent dans la chambre. Elles auraient dû arriver un peu plus tôt pour entendre le sermon sur la parure, car elles étaient splendidement vêtues de velours, de soie et de fourrure. Deux d'entre elles, belles jeunes filles de seize à dix-sept ans, portaient des chapeaux de castor ornés de plumes d'autruche. Une quantité de boucles légères et soigneusement peignées sortaient de ces gracieuses coiffures. La plus âgée de ces dames était enveloppée dans un magnifique châle de velours bordé d'hermine. Elle portait un faux tour de boucles à la française.

Ces dames, qui n'étaient autres que Mrs Brockelhurst et ses filles, furent reçues avec déférence par Miss Temple. On les conduisit au bout de la chambre à des places d'honneur. Venues, à ce qu'il semble, dans la voiture avec leur vénérable parent, elles avaient scrupuleusement examiné les chambres de l'étage supérieur, pendant que Mr Brockelhurst faisait ses comptes avec l'intendante, questionnait la blanchisseuse et sermonnait la directrice. Pour le moment, elles adressaient diverses observations et critiques à Miss Smith, qui était chargée de l'entretien du linge et de l'inspection des dortoirs, mais je n'eus pas le temps de les écouter, mon attention ayant été bientôt détournée par autre chose.

Jusque-là, tout en prêtant l'oreille à la conversation de Mr Brockelhurst et de Miss Temple, je n'avais pas négligé les précautions nécessaires à ma sûreté personnelle. Je pensais que tout irait bien si je pouvais éviter d'être aperçue. À cette fin, je m'étais bien enfoncée sur mon banc, et, faisant semblant d'être très occupée par mon addition, je m'étais arrangée de manière à cacher ma figure derrière mon ardoise. J'aurais sûrement échappé aux regards si elle n'eût glissé de mes mains et ne fût tombée à terre avec grand bruit. Tous les yeux se dirigèrent de mon côté. Je compris que tout était perdu, et je rassemblai mes forces contre ce qui allait arriver. L'orage ne se fit pas attendre.

— Une enfant sans soin ! s'indigna Mr Brockelhurst, avant de constater : Il me semble que c'est la nouvelle élève. Il ne faut pas que j'oublie ce que j'ai à dire sur son compte.

Et il s'écria, sans me laisser reprendre mon souffle :

— Faites venir l'enfant qui a brisé son ardoise !

Seule, je n'aurais pu bouger, j'étais paralysée. Mais deux grandes filles qui étaient à côté de moi me forcèrent à me lever et me poussèrent vers le juge redouté. Miss Temple m'aida doucement à approcher, et murmura à mon oreille :

— Ne soyez pas effrayée, Jane. J'ai vu que c'était un accident, vous ne serez pas punie.

Ces bonnes paroles me frappèrent le cœur comme un poignard.

« Dans une minute elle me méprisera et verra en moi une hypocrite », pensai-je. Et alors un sentiment de rage contre les Reed, Brockelhurst et compagnie alluma mon sang : je n'étais pas une Helen Burns.

— Avancez cette chaise, dit Mr Brockelhurst, en indiquant un siège très élevé d'où venait de descendre une monitrice.

On l'apporta.

— Placez-y la fille.

J'y fus placée. Par qui ? Je l'ignore. J'étais bien incapable de remarquer quoi que ce soit. Je m'aperçus seulement qu'on m'avait hissée à la hauteur du nez de Mr Brockelhurst et qu'il n'était même pas à un mètre de moi.

— Mesdames, dit Mr Brockelhurst en se tournant vers sa famille, Miss Temple, professeurs et élèves, vous voyez toutes cette jeune personne.

Sans doute elles me voyaient toutes. Leurs regards étaient pour moi comme des miroirs ardents sur ma figure brûlante.

— C'est une bien malheureuse et bien triste chose, et il est de mon devoir de vous en avertir : cette jeune fille, qui aurait dû être un des agneaux de Dieu, est une réprouvée. Loin de demeurer membre du troupeau fidèle, ce n'est plus qu'une étrangère. Soyez sur vos gardes, défiez-vous de son exemple. S'il est nécessaire, évitez sa compagnie, excluez-la de vos jeux, éloignez-la de vos conversations. Et vous, professeurs, ayez les yeux sur tous ses mouvements, pesez ses paroles, examinez ses actes, châtiez son corps afin de sauver son âme, si toutefois la chose est possible. Cette enfant est une menteuse !

Il s'arrêta une dizaine de minutes, pendant lesquelles, étant en parfaite possession de moi-même, je pus voir les dames Brockelhurst tirer des mouchoirs de leurs poches et les porter à leurs yeux. La plus âgée de ces dames inclinait sa tête à droite et à gauche. Quant aux plus jeunes, elles murmuraient sans cesse : « Quelle honte ! »

Mr Brockelhurst s'écria pour finir :

— Toutes ces choses, je les ai apprises de sa bienfaitrice, de cette pieuse et charitable dame qui l'a adoptée alors qu'elle était une orpheline, qui l'a élevée comme sa propre fille. Et cette malheureuse enfant a payé sa bonté et sa générosité par une ingratitude si grande que l'excellente Mrs Reed a été forcée de séparer Jane de ses enfants.

Après cette sublime conclusion, Mr Brockelhurst attacha le dernier bouton de son pardessus et dit quelque chose tout bas à sa famille. Celle-ci se leva, salua Miss Temple et quitta cérémonieusement la salle d'étude. Arrivé à la porte, mon juge se retourna et dit :

— Laissez-la encore une demi-heure sur cette chaise, et que personne ne lui parle pendant le reste du jour.

J'étais donc assise là-haut. Moi qui avais déclaré ne jamais pouvoir supporter la honte d'être debout au milieu de la salle, je me trouvais maintenant exposée à tous les regards sur ce piédestal de honte. Aucun langage ne peut exprimer mes sensations, mais au moment où elles gonflaient ma poitrine, une jeune fille passa à mes côtés. Elle leva les yeux sur moi.

Quelle flamme étrange y brillait ! Quelle impression

extraordinaire me produisit leur lumineux regard ! Je me sentis animée d'une force nouvelle.

Helen Burns fit à Miss Smith une question sur son travail. Elle fut grondée pour avoir demandé une chose aussi simple et, en s'en retournant à sa place, elle me sourit de nouveau. Quel sourire ! Il éclaira ses traits accentués, sa figure amaigrie, ses yeux abattus, comme l'aurait fait le regard d'un ange.

CHAPITRE VIII

Avant que ma demi-heure de pénitence fût écoulée, j'entendis sonner cinq heures. On cessa le travail, et tout le monde se rendit au réfectoire pour prendre le café. Je me hasardai à descendre de mon tabouret. La nuit tombait. Je me glissai dans un coin et je m'assis sur le parquet. Le charme qui m'avait soutenue jusqu'alors était sur le point de se rompre. Bientôt le chagrin qui s'empara de moi devint si accablant que je tombai, prostrée, face contre terre. Je me mis à pleurer.

Helen Burns n'était pas là. Rien ne venait à mon secours. Laissée seule, je m'abandonnai moi-même et versai des larmes abondantes. En arrivant à Lowood, j'étais décidée à être si bonne, à faire tant d'efforts, à me faire tant d'amis, à obtenir le respect et à mériter l'affection. J'avais déjà fait des progrès visibles : le matin même on m'avait placée à la tête de ma classe. Miss Miller m'avait chaudement complimentée ; Miss Temple m'avait accordé un sourire approbateur et s'était engagée à m'enseigner le dessin et à me faire apprendre le français si mes progrès continuaient pendant deux mois. Et maintenant j'allais être de nouveau rejetée et foulée aux pieds sans savoir si je pourrais jamais me relever.

« Non, je ne le pourrai pas », pensai-je, et je me mis à désirer sincèrement la mort. Comme je murmurais ce souhait au milieu de mes sanglots, quelqu'un s'approcha. Je tressaillis. Helen Burns était près de moi, la flamme du feu me l'avait montrée traversant la longue chambre déserte. Elle m'apportait mon pain et mon café.

— Mangez quelque chose, me dit-elle.

Mais je repoussai ce qu'elle m'avait offert, sentant que, dans la situation où je me trouvais, une goutte de café ou une miette de pain me ferait mal. Helen me regarda probablement avec surprise. Quels que fussent mes efforts, je ne pouvais pas faire cesser mon agitation. Je continuais à pleurer tout haut.

Elle s'assit près de moi, tenant ses genoux entre ses bras et y appuyant sa tête, mais elle demeurait silencieuse. Je fus la première à parler.

— Helen, dis-je, pourquoi restez-vous avec une fille que tout le monde considère comme une menteuse ?

— Mr Brockelhurst n'est pas un Dieu ni un homme que l'on admire. Personne ne l'aime ici, car il n'a jamais rien fait pour gagner notre affection. S'il vous avait accordé des faveurs spéciales, vous auriez sans doute trouvé tout autour de vous des ennemies. Mais, après ce qui s'est passé, presque toutes voudraient vous témoigner de la sympathie, si elles l'osaient. Professeurs et élèves pourront vous regarder froidement pendant un jour ou deux, mais des sentiments amis sont cachés dans leurs cœurs et paraîtront bientôt.

Je n'en avais que faire. Les paroles d'Helen glissaient sur moi, tant j'étais triste. Je ne pouvais penser qu'à la vie froide et sans amour que j'avais quittée et mon peu d'envie d'y retourner.

— Si les autres ne m'aiment pas, je préfère mourir plutôt que de vivre ainsi, sanglotai-je. Pour obtenir une véritable affection, je consentirais à avoir le bras brisé, à être roulée à terre par un taureau, ou à me tenir debout derrière un cheval furieux qui m'enverrait son sabot dans la poitrine.

— Silence, Jane ! Vous placez trop haut l'amour des humains.

Sans doute était-ce le cas. Mes heures de veille se consumaient dans un besoin languissant de mon amant aux yeux noirs. J'étais tellement avide de l'affection qu'il était supposé me prodiguer et me délectais tant de ces vagues brûlantes d'excitation qui déferlaient en moi quand il hantait mes pensées et mes rêves ! Je devais bien avoir vaguement conscience de penser un peu trop à lui, mais on ne saurait reprocher à un cœur aussi solitaire que celui de mon adolescence de chercher à répondre à cette nécessité humaine qu'est l'amour. De plus, n'était-ce pas cette même Helen Burns qui m'avait dit penser à autre chose quand elle était fouettée ? Je rougis à ce souvenir. Après tout, les idées avec lesquelles elle trompait la souffrance étaient peut-être bonnes et ordinaires, elle songeait sans doute à la famille qu'elle avait eue autrefois et non point à la main brutale d'un amant.

Inclinant ma tête sur l'épaule d'Helen, je passai mon bras autour de sa taille. Elle m'attira vers elle, et nous restâmes ainsi en silence. Pas longtemps cependant, car Miss Temple entra.

— Je venais vous chercher, Jane, dit-elle. J'ai à vous parler dans ma chambre, et, puisque Helen est avec vous, elle peut venir aussi.

Nous nous levâmes pour suivre la directrice. Il nous fallut traverser tout un labyrinthe de couloirs et monter un escalier avant d'arriver à son appartement. Éclairé par un bon feu, il me parut fort gai. Mlle Temple dit à Hélène de s'asseoir dans un petit fauteuil d'un côté de la cheminée, et, en ayant pris un autre elle-même, elle m'invita à ses côtés.

— C'est fini ? me demanda-t-elle, en me regardant en face. Vos larmes ont-elles expulsé votre chagrin ?

— C'est impossible.

— Pourquoi ?

— Parce que j'ai été accusée injustement ; parce que tout le monde, et vous-même, madame, vous me croyez coupable.

— Nous croirons ce que nous verrons, et nous formerons notre opinion d'après vos actes, mon enfant. Continuez à être bonne, et vous me contenterez. Et maintenant, dites-moi quelle est cette dame que Mr Brockelhurst appelle votre bienfaitrice ?

— C'est Mrs Reed, la femme de mon oncle. Mon oncle est mort et m'a confiée à elle.

— Elle ne vous a donc pas librement adoptée ?

— Non, madame. Mrs Reed en était fâchée, mais sur son lit de mort, mon oncle lui avait fait promettre de me garder toujours près d'elle.

— Eh bien, Jane, vous savez, ou, si vous ne le savez pas, je vous apprendrai que, lorsqu'un criminel est accusé, on lui permet toujours de prendre la parole pour sa défense. Vous avez été chargée d'une faute qui n'est pas la vôtre. Défendez-vous aussi bien que vous le pourrez. Dites tout ce que vous suggérera votre mémoire, mais n'ajoutez rien, n'exagérez rien.

Je résolus, au fond de mon cœur, d'être modérée et exacte. Et, après avoir réfléchi quelques minutes pour mettre de l'ordre dans ce que j'avais à dire, je me mis à raconter toute l'histoire de ma triste enfance. J'étais épuisée par l'émotion. Aussi mes paroles furent-elles plus douces qu'elles ne l'étaient d'ordinaire lorsque j'abordais ce sujet douloureux. Me rappelant ce qu'Helen m'avait dit sur l'indulgence, je mis dans mon récit bien moins de fiel que je n'en mettais d'habitude. Raconté ainsi, il était plus vraisemblable, et, à mesure que j'avançais, je sentais que Miss Temple me croyait entièrement.

Lorsque j'eus terminé, Miss Temple me regarda en silence pendant quelques minutes, puis elle me dit :

— Je connais Mr Lloyd, je lui écrirai. Si sa réponse s'accorde avec ce que vous avez dit – votre malaise dans la chambre rouge –, vous serez publiquement déchargée de toute accusation. Pour moi, Jane, dès à présent je vous considère comme innocente.

Elle m'embrassa et me garda près d'elle. Se tournant vers Helen, elle lui demanda :

— Comment êtes-vous ce soir, Helen ? Avez-vous beaucoup toussé aujourd'hui ?

— Pas tout à fait autant que d'habitude, je crois, madame.

— Et comment vont vos douleurs de poitrine ?

— Un peu mieux.

Miss Temple se leva, prit la main d'Helen et tâta son pouls, puis elle retourna à sa place et je l'entendis soupirer. Elle demeura pensive quelques minutes, mais, sortant tout à coup de sa réflexion, elle nous annonça gaiement :

— Vous êtes mes hôtes ce soir, et je veux vous traiter comme telles.

Et sur ces mots, elle sonna.

— Barbara, dit-elle à la servante qui entra, je n'ai pas encore eu mon thé. Apportez le plateau et donnez des tasses pour ces deux jeunes filles.

Le plateau fut apporté. Combien mes yeux furent charmés par ces tasses de porcelaine, et cette théière, placée sur une petite table ronde près du feu ! Combien me semblèrent délicieux le parfum du thé et l'odeur des tartines !

— Barbara, dit-elle, ne pourriez-vous pas nous apporter un peu plus de pain et de beurre ? Il n'y en a pas assez pour trois.

La servante sortit et revint bientôt avec cette réponse :

— Mademoiselle, Mrs Harden dit qu'elle a envoyé la quantité ordinaire.

Mrs Harden était l'intendante. Elle était taillée sur le même modèle que Mr Brockelhurst. Elle semblait faite de la même chair et des mêmes os.

— Oh ! très bien, répondit Miss Temple. Nous nous en passerons alors.

Au moment où la servante s'en allait, elle ajouta en souriant :

— Heureusement que, pour cette fois, j'ai de quoi suppléer à ce qui manque.

Ella invita Helen et moi à nous approcher de la table, et plaça devant chacune de nous une tasse de thé et une délicieuse mais petite tartine de beurre. Puis elle se leva, ouvrit un tiroir et en tira un paquet enveloppé de papier : un pain d'épice d'une majestueuse grandeur s'offrit à nos regards.

— J'aurais voulu vous en donner à chacune un morceau pour l'emporter, s'excusa-t-elle, mais, puisque nous n'avons pas assez de pain et de beurre, il faudra bien le manger maintenant.

Et sa main généreuse nous en coupa de grosses tranches.

Ce soir-là, il nous sembla que nous étions nourries de nectar et d'ambroisie. Le sourire de satisfaction avec lequel Miss Temple nous regardait pendant que nous apaisions nos appétits voraces sur le mets délicat qu'elle nous avait libéralement réparti, ne fut pas la moindre de nos joies.

Le thé achevé et le plateau enlevé, elle nous rappela près du feu. Chacune de nous fut placée à ses côtés, et une conversation s'engagea entre elle et Helen. Ce n'était pas un petit privilège que d'être admise à l'entendre. Elles parlèrent de choses qui m'étaient étrangères, des peuples et des temps passés, des contrées éloignées, des secrets de la nature découverts ou devinés. Elles parlèrent de différents livres ; combien elles en avaient lu ! que de connaissances elles possédaient ! Les noms des auteurs français leur semblaient familiers. Mais mon étonnement fut au comble quand Miss Temple demanda à Helen si elle trouvait quelquefois un moment pour revoir le latin que son père lui avait enseigné, et, prenant un livre dans sa bibliothèque, elle lui dit de lire et de traduire une page de Virgile. Au moment où elle finissait, la cloche annonça qu'il était temps de se coucher. Miss Temple nous embrassa et, nous pressant sur son cœur, elle nous dit :

— Dieu vous bénisse, mes enfants !

Elle retint Helen pressée contre elle un peu plus longtemps que moi et la laissa partir plus difficilement. Ce fut Helen que son œil suivit ; ce fut pour elle qu'elle soupira tristement une seconde fois et qu'elle essuya une larme.

En atteignant le dortoir, nous entendîmes la voix de Miss Scatcherd. Elle examinait les tiroirs, elle était justement à celui d'Helen Burns, et, en entrant, celle-ci fut vivement réprimandée. On lui déclara que le lendemain on lui attacherait à l'épaule une demi-douzaine d'objets dépliés.

— Mes tiroirs étaient vraiment dans un désordre terrible, m'avoua tout bas Helen. J'avais l'intention de les ranger et j'ai oublié.

Le lendemain, Miss Scatcherd écrivit en gros caractères, sur un morceau de carton, ce mot : « Souillon », puis elle l'attacha sur le front d'Helen, sur ce front bon, élevé, doux, intelligent. Jusqu'au soir, la jeune fille supporta son châtiment avec patience et sans amertume, car elle le considérait comme une punition méritée. Au moment où Miss Scatcherd s'en alla, après la classe du soir, je courus vers Helen. Je lui arrachai du front ce papier et le jetai au feu. Cette rage, dont Helen était incapable, avait dévoré mon âme pendant tout le jour, et des larmes brûlantes avaient coulé le long de mes joues. La vue de cette triste résignation m'avait mis au cœur une souffrance intolérable.

*
**

Une semaine environ après ce que je viens de raconter, Miss Temple, qui avait écrit à Mr Lloyd, recevait une réponse. Il paraît que son récit s'accordait avec le mien. Miss Temple, ayant donc rassemblé toute l'école, déclara qu'elle avait pris des informations sur les fautes dont Jane Eyre avait été accusée et qu'elle se trouvait heureuse de la déclarer innocente. Les professeurs me donnèrent des poignées de main et m'embrassèrent. Un murmure de plaisir se fit entendre parmi mes compagnes.

Délivrée d'un poids aussi accablant, je pris dès lors la résolution de me mettre à l'œuvre et de me frayer un chemin au milieu de toutes les difficultés. Au bout de quelques semaines, je fus placée dans une classe supérieure, et je n'étais pas à Lowood depuis deux mois lorsqu'on me permit de commencer le français et le dessin. Le même jour, j'appris les deux premiers temps du verbe « être », et je dessinai ma première ferme (dont, par parenthèse, les murs étaient encore plus inclinés que ceux de la fameuse tour penchée à Pise). Ce soir-là, en allant me coucher, j'oubliai l'image de mon amant aux yeux noirs, avec lequel j'avais coutume de tromper mes frustrations. Je me contentai de regarder mille gravures idéales qui se présentaient à mes yeux dans l'obscurité. Je me figurais qu'elles étaient toutes mon ouvrage. Je pensais aussi au jour où je serais capable de traduire couramment un certain petit livre français que mon professeur, madame Pierrot, m'avait montré. Alors mes désirs d'adolescente s'éteignaient avec l'appât du savoir et, enfin repue, je m'endormis avec délice.

CHAPITRE IX

Les privations, ou plutôt les souffrances que nous avions endurées jusque-là, diminuèrent. Les gelées avaient cessé, les neiges étaient fondues, les vents froids soufflaient moins fort ; le printemps arrivait. Mes pauvres pieds, que l'air glacial de janvier avait meurtris et enflés au point de gêner ma marche, commençaient à guérir sous l'influence des brises d'avril. Les nuits et les matins ne figeaient plus le sang dans nos veines. Des fleurs surgissaient entre les feuilles ; on voyait boutonner les perce-neige, les crocus, les oreilles d'ours pourpres et les pensées aux yeux dorés. Les jeudis après-midi, nous allions nous promener, et nous trouvions des fleurs encore plus belles, écloses sous les haies vives.

Le mois d'avril touchait à sa fin, et mai approchait brillant et serein. Chaque jour, c'était un ciel bleu, de doux rayons de soleil, des brises légères qu'envoyaient l'ouest et le sud. La végétation poussait avec force ; Lowood dénoua ses tresses et devint tout vert, tout fleuri. Les squelettes de ses chênes, de ses hêtres, de ses ormeaux retrouvaient une vie majestueuse. Chaque recoin se trouvait envahi de plantes ; d'innombrables variétés de mousses remplissaient ses creux. Je sentais pleinement toutes ces choses. J'en jouissais souvent et librement, mais presque toujours seule. N'ai-je pas fait de Lowood un lieu plaisant à vivre, quand je l'ai dépeint entouré de bois et de montagnes et placé sur le bord d'une rivière ? Sans doute le site était beau, mais était-il sain ? C'est là une autre question.

La vallée boisée où était situé Lowood était le berceau de ces brouillards qui engendrent les épidémies. Avec le printemps les brumes revinrent, s'introduisirent dans l'asile des orphelines et répandirent le typhus dans les dortoirs surpeuplés. L'insuffisance de nourriture et les rhumes négligés avaient disposé une partie des élèves à subir la contagion. Quarante-cinq sur quatre-vingts furent frappées en même temps. On interrompit les classes ; la discipline cessa d'être observée. Miss Temple était entièrement absorbée par les malades. Elle passait ses jours à l'infirmerie et ne la quittait que pour prendre quelques heures de repos. Les professeurs employaient tout leur temps à emballer et à faire les préparatifs de départ pour les élèves privilégiées qui avaient des parents ou des amis disposés à leur faire quitter ce centre de contagion. Plusieurs déjà atteintes n'étaient arrivées chez elles que pour mourir ; d'autres rendirent le dernier soupir à Lowood, et furent enterrées rapidement et en silence, la nature de l'épidémie rendant tout délai dangereux.

Quant à moi et à toutes celles dont la santé s'était maintenue, nous jouissions pleinement des beautés du lieu et de la saison. Depuis le matin jusqu'au soir, on nous laissait courir dans les bois comme des bohémiennes. Nous faisions ce qui nous plaisait, allions où nous voulions. Mr Brockelhurst et sa famille n'approchaient plus de Lowood, toute inspection avait cessé ; effrayée de l'épidémie, l'avare intendante était partie. Celle qui la remplaçait avait été employée au dispensaire de Lowton et distribuait les aliments avec plus de libéralité. Lorsqu'on n'avait pas le temps de préparer le dîner, ce qui arrivait souvent, on nous donnait un gros morceau de pâté froid ou une épaisse tartine de pain et de fromage. Nous emportions alors notre repas dans les bois, où nous choisissions l'endroit qui nous plaisait le mieux, et nous dînions somptueusement sur l'herbe.

Mais, pendant ce temps, que devenait Helen Burns ? Pourquoi ne pouvais-je pas passer avec elle ces douces journées de liberté ? L'avais-je oubliée ? Ou étais-je assez indigne d'elle pour m'être fatiguée d'une compagnie si pure ? Jamais. Mais Helen était malade. Depuis quelques semaines, on l'avait séparée de nous, et je ne savais dans quelle chambre elle avait été transportée. Elle n'habitait pas dans l'infirmerie avec les élèves touchées par l'épidémie, car elle ne souffrait pas du typhus mais d'une maladie de poitrine, et dans mon ignorance, je regardais cette maladie comme une souffrance douce et lente que le temps et les soins devaient sûrement faire disparaître.

Sans Helen je me trouvais abandonnée, car en elle j'avais trouvé l'affection d'une amie, une affection que je n'avais possédée ni imaginée. Ma solitude me frappait cruellement et j'errais tristement dans le parc de Lowood, songeant à ma camarade disparue. C'est à cette époque que je rencontrai un camarade tout à fait différent.

Jack était un valet d'écurie qui s'occupait des poneys que les professeurs utilisaient pour transporter des provisions et des livraisons de Lowton. N'eût été le typhus, je ne l'aurais pas rencontré, car les orphelines faisaient l'objet d'une surveillance incessante et n'avaient aucun contact avec les serviteurs à moins de les croiser dans un couloir. Or, ce jour-là, j'étais dans une de mes randonnées solitaires quand je tombai sur Jack, assis sur un muret. Comme il n'y avait personne d'autre à la ronde, lorsqu'il dit : « Bonsoir », je ne pus faire autrement que de répondre.

Une conversation s'ensuivit, au cours de laquelle Jack me taquina pour connaître la raison de mon humeur morose, puis déplora à grands cris le terrible fléau qui s'était abattu sur Lowood, déclarant qu'il ne resterait pas une minute de plus s'il trouvait du travail ailleurs, mais que, cela étant peu probable, il était bien obligé de rester.

J'aimais la facilité avec laquelle il parlait, ainsi que ses gestes calmes, imposés par la longue fréquentation des poulains farouches et des juments ombrageuses. Il avait de larges mains douces et des yeux verts écartés. Il n'était pas beau avec ses cheveux filasse et sa carrure trapue et lourde, mais je n'étais pas non plus bien jolie ; surtout, chacun reconnut en l'autre sa propre solitude.

À la suite de cette première rencontre, lors de mes promenades quotidiennes je retrouvais souvent Jack assis sur son muret. Chaque fois je m'arrêtais pour discuter avec lui. Je compris qu'il avait souvent observé les jeunes demoiselles de l'école au cours de leurs occupations diverses, sans avoir jamais eu l'occasion de s'adresser à l'une d'entre elles. J'acquis ainsi une place élevée à ses yeux. Ce plaisir raffiné venait compenser le fait que je ne sois pas une beauté.

Je ne me rappelle pas les circonstances qui l'amenèrent à me toucher pour la première fois et même à oser presser ses lèvres crevassées contre les miennes, mais je souviens fort bien que j'avais terriblement envie de lui. Cela faisait un an que je n'avais plus été avec un homme, et Jack était plus âgé et plus plaisant que John Reed. Je ne l'aimais pas, mais il me plaisait, et nous nous mîmes à nous voir deux fois par semaine, nous réconfortant l'un l'autre par des baisers ardents et des caresses brûlantes.

*
**

Le muret était devenu notre point de ralliement. Nous traversions ensemble les broussailles de Lowood avant de rouler sous l'abri d'un arbre en surplomb. Là, nous nous débarrassions de nos vêtements pour nous étreindre avec avidité.

Un soir, au début du mois de juin, Jack me dit :

— Une des écuries est libre.

Comme je m'apprêtais à suivre notre chemin habituel, ces mots me prirent par surprise.

— Il y fera plus chaud si on s'attarde ce soir, ajouta-t-il.

Il faisait en effet assez frais. J'acquiesçai d'un hochement de tête et le suivis le long du muret en direction des écuries. Jusque-là, nous n'avions jamais fait l'amour aussi près du bâtiment principal, et le risque d'être découverts nous envoyait des frissons le long de l'échine.

— Jane, tu souris, dit-il en me tirant la main tandis que nous pénétrions dans une obscure construction en bois. Je crois bien que c'est la première fois.

— Il n'y a pas de quoi sourire, répliquai-je.

Je tentai d'effacer cette gaieté avec une pensée coupable pour mon amie si chère qui gisait malade dans son lit tandis que je suivais avec mon amant.

— Tu ne peux pas tout contrôler.

Et sur ces mots, il ferma la porte de l'écurie et m'attira sur une botte de paille fraîche et douce.

Nous n'avions rencontré personne dans le jardin ; pas le moindre bruit dans l'écurie sinon un poney qui ruminait dans le box d'à côté et le bourdonnement lointain d'une mouche, mais la possibilité d'être surprise nue et en pleins ébats amoureux m'envoyait des pointes d'excitation qui m'élançaient depuis le cœur jusqu'à l'aine. De mes mains tremblantes, je retirai la chemise trop grande et sale de Jack. Il avait la musculature d'un travailleur manuel. Je caressai son torse large et sculpté, agrippant au passage avec mes ongles les touffes de poils blonds de sa poitrine. Je mordillai ses épaules doucement. Il gémit et pressa ses lèvres contre les miennes.

Rugueuses mais tendres, elles luttaient contre les miennes avec avidité. Le désir qui palpitait en moi me forçait à écraser mes seins contre mon corset pour les sentir gonfler sous ma robe. Jack les palpait par-dessus mon uniforme. Ses larges mains en frottaient tantôt les mamelons, tantôt malaxaient la chair jusqu'à ce que je me mette à haleter de plus en plus vite. Pendant ce temps, sa langue taquinait la mienne, m'invitant à lui répondre, et explorait l'intérieur de ma bouche.

Un désir lourd, brûlant, me noyait le ventre. Au plus

profond de moi, mes muscles se crispaient d'impatience. M'enveloppant de ses bras larges et solides, Jack me souleva pour me plaquer contre son corps. D'une main il continuait à me caresser les seins, tandis que l'autre remontait pour m'attraper les cheveux.

Seul le froissement de la paille sous nos corps ondulants troublait le silence de l'écurie. La lumière filtrant par les poutres délabrées du toit se répandait en flaques blondes sur notre peau. L'air était doucement parfumé des senteurs de l'été.

Agrippant l'avant-bras musclé de Jack d'une main, de l'autre je caressai son visage avant de la glisser lentement dans ses cheveux. Il me repoussa sur la paille et se dégagea délicatement pour mieux se pencher sur moi. Je soutins son regard vert tandis que ses mains se posaient sur mes jambes et remontaient lentement sous ma robe.

Ma peau brûlait à son contact. Mes hanches se tendaient de désir pour lui. Les doigts à quelques centimètres de mon ventre, il s'arrêta et me sourit, sachant combien je le voulais. Je haletais, sans le quitter des yeux. Soudain il plongea un doigt à l'intérieur de moi et pressa ses lèvres contre les miennes, me plaquant plus fort contre la paille. Lentement, il retirait puis replongeait son doigt. Mes gémissements l'encouragèrent à en introduire un deuxième. Dilatée et humide de plaisir, j'agrippai la paille à côté de moi.

Soudain il s'arrêta et se mit à m'embrasser autour de la bouche. J'avançai la tête pour lui mordre le cou en pinçant sa peau entre mes dents. En réponse, il attira ma main vers son membre raide et gonflé. Je repoussai ses pantalons, m'emparai de lui, glissai mes doigts de haut en bas pour l'exciter.

Il gémit et retroussa ma robe plus haut. Puis il remua pour se retrouver entre mes jambes, prêt à me pénétrer. J'arquai les hanches, engloutis sa chair dans la mienne en faisant claquer la peau et enroulai mes bras autour de son cou. Il geignit. Son membre sortait et rentrait en moi avec une lenteur délicieuse, m'envoyait des décharges de plaisir qui soulevaient mon corps de frissons.

Il accéléra. En gémissant je poussai mes hanches à la rencontre des siennes. Il saisit ma tête entre ses mains et pressa ses dents contre mes lèvres. Puis il se déplaça légèrement, et je sentis quelque chose se dilater dans le nœud de désir au creux de mon ventre. La conscience anéantie, les sens chavirés, je ne pouvais sentir que sa chair qui s'enfonçait et se retirait de la mienne par à-coups de plus en plus violents qui secouaient mon corps contre la paille.

Soudain il se retira et jouit dans un grognement. Mon désir s'évanouit aussitôt. Je me retrouvai haletante et insatisfaite.

— Oh, Jane, souffla-t-il en s'affalant à côté de moi.

Sans répondre, je baissai les yeux sur son corps massif.

*
**

Un peu plus tard, lorsque je quittai l'écurie, il faisait déjà nuit, ce qui ne laissa pas de me surprendre. La lune s'était levée et, sous sa pâle lumière, comme j'approchais du bâtiment principal de Lowood, j'aperçus devant la porte du jardin un poney que je savais être celui du docteur. Je me dis que quelqu'un devait être très malade pour que Mr Bates soit appelé à cette heure de la soirée.

J'entendis ouvrir la grande porte. Mr Bates sortit avec la garde-malade. Lorsque celle-ci se fut assurée que le médecin était monté sur son cheval et reparti, elle se prépara à fermer la porte. Je courus vers elle.

— Comment va Helen Burns ? demandai-je.

— Très mal.

— Est-ce elle que Mr Bates est venu voir ?

— Oui.

Un accès de mauvaise conscience me déchira la poitrine. Pendant que je m'abandonnais au plaisir, mon amie se tordait de douleur. Je levai lentement la main pour en extraire un brin de paille de mes cheveux et le brisai en deux avant de le jeter par terre.

— Et que dit Mr Bates à son sujet ?

— Il dit qu'elle ne restera plus longtemps ici.

Mon premier sentiment fut l'effroi, puis une violente douleur. Enfin j'éprouvai le besoin de la voir. Je demandai dans quelle chambre elle était.

— Elle est dans la chambre de Miss Temple, me dit la garde.

— Puis-je monter lui parler ?

— Oh non, mon enfant ! Et puis il est temps de rentrer. Vous attraperez mal si vous restez dehors quand la rosée tombe.

La garde ferma la porte d'entrée, et je rentrai par une porte latérale qui conduisait à la salle d'étude. Tout était calme. Je m'y glissai puis me mis en quête de la chambre de Miss Temple. Elle était à l'autre bout de la maison. Je connaissais le chemin, et la lumière de la lune entrant par les fenêtres me le fit trouver sans peine. J'avais peur d'être aperçue et renvoyée au dortoir. Il me *fallait* voir Helen. J'étais décidée à la serrer dans mes bras avant sa mort, à échanger avec elle une dernière parole.

Après avoir descendu un escalier, traversé une partie de la maison et réussi à ouvrir deux portes sans être entendue, j'atteignis la chambre de Miss Temple. On voyait briller la lumière par le trou de la serrure et sous la porte ; tout y était silencieux. En m'approchant je m'aperçus que la porte était entrouverte, probablement pour permettre à l'air de circuler dans l'atmosphère confinée de la maladie. Impatiente et peu disposée à l'hésitation, je poussai la porte et je regardai dans la chambre. Mes yeux cherchaient Helen et craignaient de trouver la mort.

Près du lit de Miss Temple et à moitié recouvert par ses rideaux blancs se trouvait un petit lit. Je vis la forme d'un corps se dessiner sous les couvertures, mais le visage était caché par les rideaux. La garde à laquelle j'avais parlé dans le jardin s'était endormie sur un fauteuil. Une chandelle qu'on avait oublié de moucher brûlait sur la table. Miss Temple n'y était pas. Je sus plus tard qu'elle avait été appelée près d'une jeune fille à l'agonie. Je fis quelques pas et je m'arrêtai devant le lit. Ma main était posée sur le rideau, mais je préférais parler avant de le tirer, car j'avais peur de ne trouver qu'un cadavre.

— Helen, murmurai-je doucement, êtes-vous éveillée ?

Elle se souleva, écarta le rideau, et je vis sa figure pâle, amaigrie, mais parfaitement calme. Elle me parut si peu changée que mes craintes cessèrent immédiatement.

— Est-ce bien vous, Jane ? me demanda-t-elle de sa douce voix.

Je l'embrassai. Son front, ses joues, ses mains, tout son corps enfin était froid, mais elle souriait comme jadis.

— Pourquoi êtes-vous venue ici, Jane ? Il est onze heures passées. Je les ai entendues sonner il y a quelques instants.

— J'étais venue vous voir, Helen. On m'avait dit que vous étiez très malade, je n'ai pas pu m'endormir avant de vous avoir parlé.

— Vous venez alors pour me dire adieu. Vous arrivez bien à temps.

— Allez-vous quelque part, Helen ? Retournez-vous dans votre demeure ?

— Oui, dans ma dernière, dans mon éternelle demeure.

— Oh non, Helen !

Je m'arrêtai, émue. Pendant que je cherchais à dévorer mes larmes, Helen fut prise d'un accès de toux, et pourtant la garde ne s'éveilla pas. L'accès fini, Helen resta quelques minutes épuisée. Puis elle murmura :

— Jane, vos petits pieds sont nus. Allongez-vous, et cachez-vous sous ma couverture.

J'obéis. Elle passa son bras autour de moi et m'attira tout près d'elle. Après un long silence elle me dit, toujours très bas :

— Je suis très heureuse, Jane. Quand on vous dira que je suis morte, croyez-le et ne vous affligez pas, car il n'y a là rien de triste. Je n'ai que mon père. Il s'est remarié dernièrement, et ma mort ne sera pas un grand vide pour lui. En mourant jeune, j'échappe à de grandes souffrances.

— Helen, vous reverrai-je de nouveau après ma mort ?

— Oui, vous viendrez vers cette même région de bonheur. Vous serez reçue par cette même famille toute-puissante et universelle, n'en doutez pas, chère Jane !

Je pressai mon bras plus fortement contre elle. Elle m'était plus chère que jamais. Elle m'avait procuré ce peu d'amour dont j'avais toujours eu tant besoin, et je ne savais pas ce que j'allais faire sans elle. Il me semblait que je ne pouvais pas la laisser partir, et je cachai ma figure contre son cou. Alors elle me dit de l'accent le plus doux :

— Je me sens mieux, mais ce dernier accès de toux m'a un peu fatiguée et j'ai besoin de dormir. Ne m'abandonnez pas, Jane, j'aime à vous sentir près de moi.

— Je resterai avec vous, chère Helen, et personne ne pourra m'arracher d'ici.

— Avez-vous chaud ?

— Oui.

— Bonsoir, Jane.

— Bonsoir, Helen.

Elle m'embrassa, je l'embrassai, et toutes deux nous nous endormîmes.

Quand je me réveillai, il faisait jour. Je fus tirée de mon sommeil par un mouvement inaccoutumé. Je regardai autour de moi, j'étais dans les bras de quelqu'un, la garde me portait. Elle traversa le passage pour me ramener au dortoir. Je ne fus pas réprimandée pour avoir quitté mon lit, on était occupé de bien autre chose. Un ou deux jours après, j'appris que Miss Temple, en rentrant dans la chambre, m'avait trouvée couchée dans le petit lit, ma figure appuyée sur l'épaule d'Helen Burns, mon bras passé autour de son cou. J'étais endormie ; Helen était morte.

Son corps fut déposé dans le cimetière de Brocklebridge. Pendant quinze ans, il ne fut recouvert que d'un monticule de gazon, mais maintenant un marbre gris indique la place où elle repose.

On y lit son nom et ce seul mot : *Resurgam*[2].

2 « Je me relèverai (ressusciterai) » en latin.

CHAPITRE X

Quand le typhus eut achevé sa tâche de destruction, il quitta petit à petit Lowood, mais sa violence et le nombre des victimes avaient attiré l'attention publique sur l'école. On fit des recherches pour connaître l'origine du fléau. Les détails qui furent découverts excitèrent l'indignation au plus haut point. La position malsaine de l'établissement, la quantité et la qualité de la nourriture, l'eau saumâtre et fétide employée pour la préparation des aliments, l'insuffisance des vêtements, tout enfin fut dévoilé. Cette découverte, mortifiante pour Mr Brockelhurst, fut très utile pour l'institution.

Plusieurs personnes riches et bienfaisantes réunirent une somme qui permit de rebâtir Lowood d'une manière plus convenable et dans une meilleure position. De nouveaux règlements remplacèrent les anciens. La nourriture et les vêtements subirent plusieurs améliorations : les fonds de l'école furent confiés à un comité. Mr Brockelhurst ne pouvait être chassé à cause de sa richesse et de ses relations. Il resta donc trésorier, mais on lui associa des hommes d'un esprit plus large et plus compatissants. L'école, ainsi améliorée, devint une institution vraiment noble et utile. Après cette régénération, j'habitai encore trois années les murs de Lowood ; deux à titre d'élève, et une à titre de professeur. Dans l'une et l'autre de ces positions, je pus rendre justice à la valeur et à l'importance de cet établissement.

Pendant ces trois années ma vie fut uniforme mais, comme elle était laborieuse, elle ne me parut pas triste. J'étais à même d'acquérir une excellente éducation. Je me sentais incitée au travail, tant par mon amour pour certaines études et mon désir d'exceller en tout, que par un besoin de plaire à mes professeurs. Quelques mois après le décès d'Helen Burns, Jack vint me dire qu'il partait. Nous ne nous étions plus vus depuis que la discipline était revenue dès la fin de l'épidémie de typhus. Bien que déçue de ne plus pouvoir trouver un peu de réconfort dans ses bras, j'étais heureuse pour lui dans la mesure où il partait avec la perspective d'obtenir ailleurs une situation meilleure que celle de valet d'écurie. Il avait suggéré d'un air penaud que je pourrais souhaiter m'enfuir avec lui, mais pour rien au monde je n'aurais quitté Lowood et l'éducation que m'offrait l'institution. Avec le temps, j'oubliai presque complètement Jack, car je me plongeai à corps perdu dans l'étude. Je parvins à être l'élève la plus forte de la première classe. Alors je passai professeur. Je m'acquittai de ma tâche avec zèle pendant un an, mais au bout de ce temps mes idées prirent un autre cours.

Au milieu de tous les changements dont je viens de parler, Miss Temple était demeurée directrice de l'école. Mais elle se maria alors avec un pasteur, excellent homme et presque digne d'une telle femme. Elle partit avec son mari pour un comté éloigné, de sorte qu'elle fut perdue pour moi. Du jour où elle me quitta, je ne fus plus la même. Avec elle s'envolèrent les doux sentiments, les souvenirs qui m'avaient rendu Lowood si cher. Je me rappelai alors que le monde réel était vaste et que bien des champs d'espoir, de crainte, d'émotion et d'exaltation étaient ouverts à ceux qui avaient assez de courage pour aller de l'avant et le chercher.

Je voulais explorer l'horizon de montagnes que je pouvais voir depuis la fenêtre de ma chambre. J'avais hâte de franchir ces pics bleuâtres. Ce vaste plateau qu'entouraient les bruyères et les rochers me semblait une prison, une terre d'exil. J'avais passé toutes mes vacances à Lowood car Mrs Reed ne m'avait jamais fait demander à Gateshead. Ni elle ni aucun membre de sa famille n'étaient jamais venus me rendre visite. Je n'avais jamais eu de communications, soit par lettre, soit par messager, avec le monde extérieur. Les règles, les devoirs, les habitudes, les voix, les visages, les phrases, les coutumes, les préférences et les antipathies de la pension, voilà tout ce que je savais de l'existence, et je sentais maintenant que ce n'était pas assez. En un seul après-midi, cette routine de trois années était devenue pesante pour moi. Je désirais la liberté.

La nuit était froide. Je jetai un châle sur mes épaules et je me remis à penser de toutes mes forces.

« Qu'est-ce que je veux ? me demandai-je. Un nouveau pays, une nouvelle maison, des visages, des événements nouveaux. Mais comment doit-on faire pour obtenir une nouvelle place ? »

J'étais incapable de le dire, et rien ne venait m'éclairer. Alors j'ordonnai à mon cerveau de trouver promptement une solution. Il travailla de plus en plus rapidement. Je sentais de violentes pulsations dans mes tempes : mais pendant près d'une heure il s'épuisa dans le vide, et aucun résultat ne récompensa ses efforts. Rendue fiévreuse par ce labeur inutile, je me levai et je me mis à marcher dans ma chambre. J'écartai le rideau pour regarder quelques étoiles. Puis, saisie par le froid, je retournai à mon lit.

Pendant mon absence, une bonne fée avait sans doute déposé sur mon oreiller la réponse tant cherchée ; car, au moment où je me couchai, elle me vint à l'esprit tout naturellement : « Ceux qui veulent une place, pensai-je, n'ont qu'à publier une annonce dans le *Herald*, le journal le du comté. »

Le lendemain, je me levai à la pointe du jour et, avant l'heure où sonne la cloche qui devait éveiller toute l'école, ma lettre était écrite et mise sous enveloppe. Voici comment elle était conçue : « Une jeune fille habituée à l'enseignement désire se placer dans une famille où les enfants seraient au-dessous de quatorze ans (je pensais qu'ayant à peine dix-neuf ans, je ne pouvais pas prendre la direction d'élèves plus près de mon âge). Elle peut enseigner les éléments ordinaires d'une bonne éducation anglaise, de même que le français, le dessin et la musique (à cette époque, lecteur, ce catalogue restreint était regardé comme assez étendu). Adresser à J. E., poste restante, Lowton, comté de… »

Je portai cette missive à la poste l'après-midi même.

La semaine suivante me sembla longue. Elle eut pourtant une fin comme toute chose terrestre. Et, par un beau soir d'automne, je suivais de nouveau la route qui conduit à Lowton. Le chemin était pittoresque : il longeait les bords du ruisseau et serpentait à travers les courbes de la vallée. Mais, ce jour-là, la verdure et l'eau m'intéressaient peu, et je songeais plutôt à la lettre que j'allais trouver ou ne pas trouver, dans cette petite ville vers laquelle je dirigeais mes pas.

— Y a-t-il des lettres pour J. E. ? demandai-je au guichet de la poste.

La dame me regarda par-dessus ses lunettes, ouvrit son tiroir et y chercha pendant longtemps, si longtemps que je commençais à perdre tout espoir. Enfin elle prit un papier qu'elle tint devant ses yeux cinq minutes environ, puis elle me le présenta par-dessus le comptoir : la lettre était pour J. E.

— N'y en a-t-il qu'une ? m'étonnai-je.

— C'est tout, me répondit-elle.

Je la mis dans ma poche et retournai à Lowood. Je ne pouvais pas l'ouvrir tout de suite : le règlement m'obligeait à être de retour à huit heures, et il en était presque sept et demie.

Différentes tâches m'attendaient à mon arrivée : il fallait rester avec les enfants pendant l'heure de l'étude. C'était à moi de lire les prières, d'assister au coucher des élèves. Ensuite vint le souper avec les autres professeurs. Enfin seule dans ma chambre, je pris ma lettre, dont le cachet portait l'initiale F. ; je l'ouvris. Elle était courte et ainsi conçue :

« Si J. E., qui a passé une annonce dans le *Herald* de mardi, possède les connaissances indiquées, si elle est en position de donner des références satisfaisantes sur son caractère et ses compétences, une place lui est offerte. Il n'y a qu'une élève, une petite fille de moins de dix ans. Les appointements sont de trente livres par an. J. E. devra envoyer son nom, son adresse et tous les renseignements demandés chez Mrs Fairfax, à Thornfield, près de Millcote, comté de… »

Je me rendis aussitôt chez la directrice et envoyai le certificat à Mrs Fairfax.

Quinze jours plus tard, ma place à Thornfield étant assurée, j'étais assise dans ma chambre avec mes quelques possessions rassemblées dans une boîte devant moi. Trop excitée à l'idée de cette nouvelle vie qui allait commencer, je ne pouvais me résoudre à me reposer pour attendre la voiture qui viendrait me chercher le lendemain.

— Miss, me dit une servante, il y a en bas une personne qui désire vous parler.

« Le voiturier, sans doute », pensai-je, et je descendis rapidement l'escalier sans en demander plus long. Pour arriver à la cuisine, je fus obligée de passer devant le parloir, dont la porte était à demi ouverte. Quelqu'un en sortit et se précipita vers moi.

— C'est elle, j'en suis sûre ! Je l'aurais reconnue partout ! s'écria en me prenant la main la personne qui avait arrêté ma marche.

Je vis une femme habillée comme le serait une bonne élégante. Jeune encore et jolie, elle avait les yeux et les cheveux noirs, le teint plein d'animation.

— Eh bien, qui suis-je ? me demanda-t-elle avec une voix et un sourire que je reconnus à demi. Vous ne m'avez pas complètement oubliée, Miss Jane ?

Une seconde après j'étais dans ses bras, la couvrant de

baisers et m'écriant : « Bessie ! Bessie ! Bessie ! » C'était tout ce que je pouvais dire pendant qu'elle restait là, riant à travers ses larmes. Nous rentrâmes toutes deux dans le parloir. Près du feu se tenait un petit enfant vêtu d'une blouse et d'un pantalon à carreaux.

— C'est Bobby, mon petit garçon, me dit Bessie.

— Alors vous êtes mariée, Bessie ?

— Oui, il y a à peu près trois ans, à Robert Leaven, le cocher.

— Et vous n'êtes plus à Gateshead ?

— Je suis à la loge maintenant. Les vieux portiers l'ont quittée.

— Et comment va-t-on ? Dites-moi tout ce qui concerne la famille. D'abord, asseyez-vous. Bobby, veux-tu venir sur mes genoux ?

Mais Bobby préféra aller vers sa mère.

— Vous n'êtes pas très grande, Miss Jane, ni très forte, continua Mrs Leaven. Ils n'ont pas pris bien soin de vous ici. Miss Eliza a une tête de plus que vous, et Miss Georgiana est deux fois plus forte.

— Georgiana doit être belle, Bessie ?

— Oh ! très belle. L'hiver dernier, elle a été à Londres avec sa mère, et tout le monde l'admirait. Un jeune lord est tombé amoureux d'elle, mais comme les parents ne voulaient pas de ce mariage, lui et Miss Georgiana se sont sauvés ! Mais ils ont été retrouvés et arrêtés.

— Et que devient John Reed ?

Je songeais très rarement à mon premier amant, car il ne m'avait pas laissé les meilleurs souvenirs, mais sur le moment j'étais curieuse de sa situation.

— Il ne tourne pas aussi bien que sa mère le désirerait. Il est allé au collège, ses oncles voulaient le voir avocat et lui ont fait étudier le droit, mais c'est un jeune homme dissipé, je ne pense pas qu'ils en fassent grand-chose de bon.

— Comment est-il ?

— Il est très grand. Quelques personnes le trouvent beau garçon, mais il a des lèvres si épaisses !

— Et Mrs Reed ?

— Madame a l'air assez bien, mais je crois que son esprit est troublé. La conduite de Mr John ne lui plaît pas du tout. Il dépense tant d'argent !

— Est-ce elle qui vous a envoyée ici, Bessie ?

— Oh non, pas du tout ! Il y a longtemps que j'avais envie de vous voir. Et quand j'ai entendu dire que vous aviez écrit et que vous alliez quitter le pays, je me suis décidée à partir pour vous embrasser encore une fois avant que vous soyez tout à fait loin de moi.

— Je crains, Bessie, dis-je en riant, que vous n'ayez été déçue en me revoyant !

En effet, le regard de Bessie, bien qu'il fût respectueux, n'exprimait en rien l'admiration.

— Non, Miss Jane, ce n'est pas cela. Vous êtes distinguée, vous avez l'air d'une dame, et je n'en attendais pas davantage. Vous n'étiez pas une beauté dans votre enfance.

Je souris à la franche réponse de Bessie. Je la sentais juste, mais j'avoue qu'elle ne me fut pas tout à fait indifférente. À dix-neuf ans, presque tout le monde désire plaire, et quand on nous apprend qu'il faut y renoncer, nous éprouvons tout autre chose que de la satisfaction.

— Mais je crois que vous êtes instruite, continua Bessie comme pour me consoler. Que savez-vous faire ? Pouvez-vous jouer du piano ?

— Un peu.

Il y en avait un dans la chambre. Bessie l'ouvrit et me demanda de lui jouer quelques notes. J'exécutai une valse ou deux. Elle fut charmée.

— Les demoiselles Reed ne jouent pas si bien que vous ! s'écria-t-elle avec enthousiasme. J'ai toujours dit que vous les surpasseriez en savoir. Et le dessin ?

— Voilà un de mes tableaux là, au-dessus de la cheminée.

C'était une aquarelle que j'avais offerte à la directrice. Elle l'avait fait encadrer et recouvrir d'un verre.

— C'est magnifique, Miss Jane ! Ce tableau est aussi beau que ceux de n'importe lequel des professeurs des demoiselles Reed. Ne parlons pas de ce que font ces demoiselles, elles n'en approchent que de loin. Avez-vous appris le français ?

— Oui, Bessie, je peux le lire et le parler.

— Savez-vous broder et faire de la tapisserie ?

— Oui.

— Alors vous êtes tout à fait une dame, Miss Jane ! Je savais bien que cela devait arriver. Vous ferez votre chemin, que votre famille le veuille ou non. Ah ! je voulais aussi vous demander quelque chose : avez-vous jamais entendu parler de la famille de votre père, les Eyre ?

— Jamais.

— Eh bien, vous savez que madame disait toujours qu'ils étaient pauvres et misérables ? Il est possible qu'ils soient pauvres, mais je certifie qu'ils sont mieux élevés que les Reed. Il y a trois ans environ, un Mr Eyre est venu à Gateshead et a demandé à vous voir. Madame a répondu que vous étiez dans une pension éloignée de cinquante milles. Il a eu l'air très contrarié, car, disait-il, il n'avait pas le temps de s'y rendre. Il partait pour un pays très éloigné, et le bateau devait quitter Londres dans un ou deux jours. Il avait tout à fait l'air d'un gentleman. Je crois qu'il était un frère de votre père.

— Et vers quel pays allait-il, Bessie ?

— Dans une île qui est à milliers de milles d'ici et où l'on fait du vin, à ce que m'a dit le sommelier.

— Madère ? suggérai-je.

— Oui, c'est cela. C'est juste ce nom-là.

— Et alors, il est parti ?

— Oui, il n'est pas resté longtemps dans la maison. Madame lui a parlé très impérieusement et, derrière son dos, elle l'a traité de vil commerçant. Mon mari pense que c'est un marchand de vin.

— Très probablement, répondis-je, ou un agent dans quelque compagnie pour les vins.

Pendant une demi-heure encore, Bessie et moi causâmes du bon vieux temps, puis elle fut obligée de me quitter. Le lendemain matin, je la vis quelques minutes à Lowton pendant que j'attendais la voiture. Nous nous séparâmes devant l'auberge des *Brockelhurst Arms*. Chacune de nous se dirigea de son côté. Elle alla rejoindre la diligence qui devait la ramener à Gateshead, tandis que je montais dans celle qui allait me conduire vers une nouvelle vie et des devoirs nouveaux, dans les environs inconnus de Millcote.

CHAPITRE XI

Après le long trajet de Lowton à Millcote, j'imaginais qu'une voiture privée m'y attendrait pour m'emmener dans mon nouveau foyer. Je regardai anxieusement autour de moi, indécise. À la fin, j'entrai dans l'auberge et demandai à un serveur :

— Y a-t-il près d'ici un endroit appelé Thornfield ?

— Thornfield ? Je ne sais pas, madame, mais je vais m'en informer.

Il disparut pour revenir presque aussitôt.

— Êtes-vous Miss Eyre ?

— Oui.

— Il y a quelqu'un ici qui vous attend.

Je me levai, pris mon manchon et mon parapluie, et me hâtai de sortir. Je vis un homme devant la porte et, à la lueur d'un réverbère, je pus distinguer dans la rue une voiture tirée par un cheval.

— C'est là votre bagage ? dit assez brusquement l'homme qui m'attendait, en indiquant ma malle.

— Oui.

Il la plaça dans l'espèce de fiacre qui devait nous conduire. Je montai ensuite et, avant qu'il refermât la portière, je lui demandai à quelle distance nous étions de Thornfield.

— À six milles environ.

— Combien mettrons-nous de temps pour y arriver ?

— À peu près une heure et demie.

Il ferma la portière, monta sur son siège et partit. Notre

marche fut lente, et me donna tout le temps pour réfléchir. J'étais heureuse d'être enfin si près d'atteindre mon but et, m'adossant dans la voiture, confortable bien que fort peu élégante, je pus méditer à mon aise.

« Il est probable, me dis-je, à en juger par la simplicité du domestique et de la voiture, que Mrs Fairfax n'est pas une personne aimant à briller ; tant mieux. Une seule fois dans ma vie j'ai vécu chez des gens riches, et j'y ai été malheureuse. Je demande à Dieu que Mrs Fairfax ne soit pas une seconde Mrs Reed. »

Je baissai la vitre pour regarder au-dehors : Millcote était derrière nous. À en juger d'après le nombre des lumières, ce devait être une ville importante. Il me sembla que nous étions à présent dans une sorte de terrain communal. Du reste, il y avait des maisons semées çà et là dans tout le district. Le pays me parut bien différent de celui de Lowood : plus populeux, mais moins pittoresque ; plus animé, mais moins romantique.

Le chemin était difficile et la nuit obscure. Le cocher laissait son cheval aller au pas, de sorte que nous restâmes bien deux heures en route.

Enfin il se tourna sur son siège et me dit :

— Nous ne sommes plus bien loin de Thornfield, maintenant.

Dix minutes après, le cocher descendit et ouvrit deux grandes portes qui se refermèrent dès que nous les eûmes franchies. Nous montâmes lentement une côte et arrivâmes devant la maison. On voyait briller des lumières derrière les rideaux d'une fenêtre cintrée. Tout le reste était dans l'obscurité. La voiture s'arrêta devant la porte du milieu, qui fut ouverte par la servante. Je descendis et entrai dans la maison.

— Par ici, madame, me dit la bonne.

Elle me fit traverser un vestibule carré entouré de portes hautes, puis m'introduisit dans une pièce qui, doublement illuminée par le feu et les bougies, m'éblouit un moment.

Lorsque je fus à même de voir ce qui m'entourait, un agréable tableau se présenta à mes yeux.

J'étais dans une petite chambre. Près du feu se trouvait une table ronde. Sur un fauteuil à dos élevé et de forme antique était assise une petite dame d'un certain âge, la plus soignée qu'on puisse imaginer. Son costume consistait en une coiffe de veuve, une robe de soie noire et un tablier de mousseline blanche. C'était ainsi que je m'étais figuré Mrs Fairfax, mais en plus imposante et avec l'air moins doux. Elle tricotait et avait un énorme chat couché à ses pieds. En un mot, rien ne manquait pour compléter le bel idéal du confort domestique. Au moment où j'entrai, la vieille dame se leva et vint m'accueillir avec empressement.

— Comment vous portez-vous, ma chère ? Vous devez avoir froid, approchez-vous donc du feu.

— Mrs Fairfax, je suppose ? dis-je.

— Oui, en effet. Asseyez-vous, je vous prie.

Elle me conduisit à sa place, puis me demanda :

— Vous avez apporté votre malle avec vous, n'est-ce pas, ma chère ?

— Oui, madame.

— Je vais la faire porter dans votre chambre, m'assura-t-elle. Et elle sortit.

« Elle me traite comme une visiteuse, pensai-je. Je m'attendais bien peu à une telle réception, je croyais ne trouver que des gens froids et raides, mais ne nous réjouissons pas trop vite. »

Elle revint bientôt. Lorsque Leah, la bonne, apporta un plateau, Mrs Fairfax débarrassa elle-même la table de son tricot et de quelques livres qui s'y trouvaient, et m'offrit de quoi me rafraîchir. J'étais confuse en me voyant l'objet des soins les plus attentifs que j'aie jamais reçus, qui plus est de la part de mon employeur, mais je ne fis pas de manières.

— Aurai-je le plaisir de voir Miss Fairfax ce soir ? demandai-je, lorsque j'eus pris ce qu'elle m'offrait.

— Que dites-vous, ma chère ? Je suis un peu sourde, répondit la bonne dame en approchant son oreille de ma bouche.

Je répétai ma question plus distinctement.

— Miss Fairfax ? Oh, vous voulez dire Miss Varens ! Varens est le nom de votre future élève.

— En vérité ? Elle n'est donc pas votre fille ?

— Non, je n'ai pas de famille.

J'allais lui demander comment elle se trouvait liée à Miss Varens, mais je me rappelai qu'il n'était pas poli de poser trop de questions, et d'ailleurs j'étais sûre de l'apprendre tôt ou tard.

— Je suis si contente, poursuivit-elle en s'asseyant en face de moi et en prenant son chat sur ses genoux, je suis si contente que vous soyez arrivée ! Ce sera charmant d'avoir une compagne. Leah est sans doute une gentille fille. John et sa femme sont très bien aussi, mais ce ne sont que des domestiques, et on ne peut pas les traiter en égaux. L'hiver dernier (qui était un dur hiver, si vous vous le rappelez : quand il ne neigeait pas, il faisait de la pluie ou du vent), il n'est venu personne ici, excepté le boucher et le facteur, depuis le mois de novembre jusqu'au mois de février. J'étais devenue mélancolique à force de rester toujours seule. Au printemps et en été, tout va mieux, c'est tellement différent avec le soleil et les longues journées. Maintenant que vous êtes ici, je vais être tout à fait gaie !

Mon cœur se réchauffa en entendant parler ainsi l'excellente dame, et je rapprochai ma chaise de la sienne. Puis je lui exprimai mon désir d'être pour elle une compagne aussi agréable qu'elle l'avait espéré.

— Mais je ne veux pas vous retenir trop tard, dit-elle. Il est bientôt minuit. Vous avez voyagé tout le jour et vous devez être fatiguée. Si vous avez les pieds bien chauds, je vais vous montrer votre chambre. J'ai fait préparer pour vous celle qui se trouve à côté de la mienne. Elle est petite, mais j'ai pensé que vous vous y trouveriez mieux que dans les grandes pièces du devant, qui sont si tristes et si isolées !

Je la remerciai de son choix et, comme j'étais vraiment fatiguée de mon voyage, je me déclarai prête à me retirer. Elle prit la bougie et m'emmena.

*
**

Quand je me réveillai, il faisait grand jour. Combien ma chambre me sembla joyeuse, lorsque le soleil brillant à travers les rideaux de perse bleue de ma fenêtre me montra un tapis étendu sur le parquet et un mur recouvert d'un joli papier ! Je ne pus m'empêcher de comparer cette chambre à celle de Lowood avec ses simples planches et ses murs noircis. Cette vision m'incita à l'optimisme.

Je me levai et je m'habillai avec soin. Bien qu'obligée d'être simple, car je ne possédais rien de luxueux, je n'avais pas l'habitude de dédaigner l'apparence et de faire fi de l'impression que je ferais. Au contraire, j'avais toujours désiré paraître aussi bien que possible, et plaire autant que me le permettait mon manque de beauté. Quelquefois j'avais regretté de ne pas être plus jolie. Quelquefois j'avais souhaité des joues roses, un nez droit, une petite bouche rouge comme une cerise. J'avais souhaité d'être grande, majestueuse et bien faite. Je jugeais malheureux d'être si petite, si pâle, d'avoir des traits si irréguliers et si accentués. Cependant, lorsque j'eus bien lissé mes cheveux, pris un col propre et mis ma robe noire – une vraie robe de quakeresse, mais qui avait au moins le mérite de m'aller très bien –, je pensai que j'étais digne de paraître devant Mrs Fairfax, et que ma nouvelle élève ne reculerait pas en me voyant. Après avoir ouvert la fenêtre et examiné si tout était en ordre sur la table de toilette, je m'aventurai hors de ma chambre.

Je traversai le long corridor recouvert d'une natte et descendis le glissant escalier de chêne. Tout me semblait imposant, mais il faut dire que je n'étais pas accoutumée à la grandeur. La porte vitrée était ouverte, j'en profitai pour sortir. C'était une belle matinée d'automne. Le soleil brillait sans nuage sur les bosquets jaunis et sur les champs encore verts. J'avançai de quelques pas vers la pelouse et je regardai la maison. Elle avait trois étages. Sans être très vaste, elle était pourtant assez spacieuse. Elle ressemblait plutôt au manoir d'un gentleman qu'au château d'un noble. Ses créneaux et sa façade grise lui donnaient quelque chose de pittoresque. Non loin de là étaient nichées de nombreuses familles de corneilles, qui, pour le moment, prenaient leurs ébats dans les airs et s'envolaient au-dessus de la pelouse et du parc. Plus loin on voyait des collines, moins hautes et escarpées que celles qui entouraient Lowood, mais qui semblaient faire de Thornfield une espèce d'ermitage dont on n'aurait pas soupçonné l'existence si près d'une localité remuante telle que Millcote.

Profitant de cet aspect calme, de cet air frais, je songeais combien cette maison était grande pour une seule petite dame telle que Mrs Fairfax, lorsque celle-ci apparut à la porte.

— Quoi, déjà dehors ? s'étonna-t-elle. Je vois que vous êtes matinale.

Je m'avançai vers elle. Elle m'embrassa et me tendit la main.

— Thornfield vous plaît-il ? me demanda-t-elle.

Je lui répondis qu'il me plaisait infiniment.

— Oui, dit-elle, c'est un joli endroit, mais il perdra beaucoup si Mr Rochester ne se décide pas à y demeurer ou à y faire de plus fréquentes visites. Les belles terres et les grandes maisons exigent la présence du propriétaire.

— Mr Rochester ! m'écriai-je. Qui est-ce ?

— Le propriétaire de Thornfield, me répondit-elle tranquillement. Ne saviez-vous pas qu'il s'appelait Rochester ?

Certes, non, je ne le savais pas, car je n'avais jamais

entendu parler de lui, mais la bonne dame semblait croire que l'existence de Mr Rochester était universellement connue et que tout le monde devait en avoir conscience.

— Je pensais, continuai-je, que Thornfield vous appartenait.

— À moi ! Dieu vous bénisse, mon enfant. Quelle idée ! À moi ! Je ne suis que l'intendante.

— Et la petite fille, mon élève ?

— Elle est la pupille de Mr Rochester. Il m'a chargée de lui trouver une gouvernante. Il a l'intention, je crois, de la faire élever dans le comté de... La voilà qui vient avec sa *bonne**, car c'est le nom qu'elle donne à sa nurse.

Ainsi l'énigme était expliquée. Cette petite veuve affable et bonne n'était pas une grande dame, mais une employée comme moi. Je ne l'en aimais pas moins. Au contraire, j'étais plus contente que jamais. L'égalité entre elle et moi était réelle, et non pas seulement le résultat de sa condescendance. Tant mieux, ma position ne devait s'en trouver que plus libre.

Pendant que je réfléchissais à ma découverte, une petite fille accompagnée de sa nurse arriva en courant le long de la pelouse. Je regardai mon élève, qui d'abord ne sembla pas me remarquer : c'était une enfant de sept ou huit ans, délicate, pâle, avec des traits fins et des cheveux abondants tombant en boucles jusqu'à la taille.

— Bonjour, Miss Adèle, dit Mrs Fairfax. Venez saluer la dame qui doit être votre institutrice, et qui fera de vous quelque jour une femme bien savante.

Elle approcha.

— *C'est là ma gouvernante* ?* demanda-t-elle en français à sa nurse, qui lui répondit :

— *Mais oui, certainement**.

— Sont-elles étrangères ? m'enquis-je, étonnée de les entendre parler français.

---

* En français dans le texte d'origine.

— La nurse est étrangère et Adèle est née sur le continent. Elle ne l'avait jamais quitté, je crois, avant de venir ici, il y a six mois environ. Lorsqu'elle est arrivée, elle ne savait pas un mot d'anglais. Maintenant elle commence à le parler un peu, mais je ne la comprends pas, parce qu'elle confond les deux langues. Quant à vous, je suis persuadée que vous l'entendrez très bien.

Heureusement que j'avais eu une enseignante française, et comme j'avais toujours cherché à parler le plus possible avec madame Pierrot, j'étais arrivée à m'exprimer assez vite et assez correctement pour être sûre de me tirer d'affaire avec Miss Adèle. Elle s'avança vers moi et me donna une poignée de main lorsqu'on lui eut dit que j'étais sa gouvernante. En la conduisant déjeuner, je lui adressai quelques phrases dans sa langue. Elle répondit d'abord brièvement, mais lorsque nous fûmes à table et qu'elle eut fixé pendant une dizaine de minutes ses yeux brun clair sur moi, elle se mit soudain à bavarder.

— Ah ! s'écria-t-elle en français, vous parlez ma langue aussi bien que Mr Rochester. Je peux causer avec vous comme avec lui, et Sophie aussi le pourra. Elle va être bien contente, personne ne la comprend ici. Mrs Fairfax est anglaise. Sophie est ma nurse. Elle a traversé la mer avec moi sur un grand bateau où il y avait une cheminée qui fumait, qui fumait ! J'étais malade, et Sophie et Mr Rochester aussi. Mr Rochester était étendu sur un sofa dans une jolie pièce qu'on appelait le salon. Sophie et moi, nous avions deux petits lits dans une autre chambre. J'ai failli tomber du mien ; il était comme un banc.

— Pouvez-vous la comprendre quand elle parle si vite ? demanda Mrs Fairfax.

Je hochai la tête : je la comprenais parfaitement.

— Je voudrais bien, continua la bonne dame, que vous lui posiez quelques questions sur ses parents. Je me demande si elle se les rappelle.

— Adèle, avec qui viviez-vous avant de venir en Angleterre ?

— J'ai longtemps demeuré avec maman, mais elle s'en est allée chez la Sainte Vierge. Maman m'apprenait à danser, à chanter et à répéter des vers. Beaucoup de messieurs et de dames venaient la voir, et alors je dansais devant eux, ou bien je m'asseyais sur leurs genoux pour leur chanter quelque chose. J'aimais cela. Voulez-vous m'entendre chanter ?

Comme elle avait fini de déjeuner, je lui permis de me donner un échantillon de ses talents. Elle descendit de sa chaise et vint se placer sur mes genoux. Puis elle étendit ses petites mains devant elle, rejeta ses boucles en arrière, leva les yeux au plafond et commença un passage d'opéra. Il s'agissait d'une femme abandonnée, qui, après avoir pleuré la perfidie de son amant, appelle l'orgueil à son aide. Elle dit à ses femmes de la couvrir de ses bijoux les plus brillants, de ses vêtements les plus riches, car elle a pris la résolution d'aller cette nuit à un bal où elle doit rencontrer son amant afin de lui prouver par sa gaieté combien elle est peu touchée par son infidélité. Le sujet semblait étrangement choisi pour une aussi jeune interprète, mais je supposai que l'originalité consistait justement à faire entendre des accents d'amour et de jalousie sortis des lèvres enfantines. C'était de bien mauvais goût, du moins ce fut là ma pensée.

Adèle chanta la *canzonette* assez juste et avec la naïveté de son âge. Après avoir fini, elle descendit de mes genoux et me dit :

— Maintenant, *mademoiselle**, je vais vous réciter une fable.

Prenant la pose, elle commença : « *La Ligue des rats, fable de La Fontaine**. » Elle déclama en faisant bien attention à la ponctuation et à l'intonation, avec des inflexions de voix et une justesse de geste fort rares chez les enfants, et qui indiquaient qu'elle avait été entraînée avec soin.

— Est-ce votre maman qui vous a appris cette fable ?

demandai-je.

— Oui, et elle la disait toujours ainsi. À cet endroit : « *Qu'avez-vous donc ? lui dit un de ces rats ; parlez* ! », elle me faisait lever la main, afin de me rappeler que je devais élever la voix. Maintenant, voulez-vous que je danse devant vous ?

— Non, cela suffit. Mais lorsque votre mère est allée chez la Sainte Vierge, avec qui êtes-vous donc restée ?

— Avec Mrs Frédéric et son mari. Je n'y suis pas restée longtemps. Mr Rochester m'a demandé si je voulais venir demeurer en Angleterre avec lui, et j'ai répondu que oui, parce que j'avais connu Mr Rochester avant Mrs Frédéric, et qu'il avait toujours été bon pour moi, m'avait donné de belles robes et de beaux jouets, mais il n'a pas tenu sa promesse, car, après m'avoir amenée en Angleterre, il est reparti et je ne le vois jamais.

Le déjeuner achevé, Adèle et moi nous nous retirâmes dans la bibliothèque, qui, d'après les ordres de Mr Rochester, devait servir de salle d'étude. La plupart des livres étaient sous clé dans des vitrines ; une seule avait été laissée ouverte. Elle contenait des ouvrages élémentaires de toutes sortes. J'aperçus en outre un piano tout neuf et de belle facture, un chevalet et deux globes terrestres.

Je trouvai dans Adèle une élève assez docile, mais difficile à rendre attentive. Elle n'avait pas été habituée à des occupations régulières, et je pensai qu'il serait peu judicieux de l'enfermer trop longtemps dès le commencement. Aussi, à l'approche de midi, je lui permis de retourner avec sa nurse et résolus de dessiner pour elle quelques esquisses jusqu'à l'heure du dîner.

Comme je montais chercher mon carton à dessins et mes crayons, Mrs Fairfax m'appela.

— Votre classe du matin est terminée, je suppose, me dit-elle.

La voix venait d'une chambre dont la porte était

ouverte à deux battants. En entrant, j'aperçus alors une salle magnifique, ornée de sièges et de rideaux pourpres. Mrs Fairfax époussetait quelques vases en belle marcassite rouge placés sur le buffet.

— Quelle belle pièce ! m'écriai-je en regardant autour de moi.

— C'est la salle à manger. Je viens d'ouvrir la fenêtre pour faire entrer un peu d'air et de soleil. Quoique les visites de Mr Rochester soient rares, elles sont toujours imprévues, de sorte que je tâche de tenir toujours les chambres prêtes.

— Aimez-vous Mr Rochester ? Est-il généralement aimé ?

— Oh, oui ! Sa famille a toujours été respectée. Presque tout le pays que vous voyez a appartenu aux Rochester depuis un temps immémorial.

— Mais vous, personnellement, l'aimez-vous ? Est-il aimé pour lui-même ?

— Je n'ai aucune raison pour ne pas l'aimer.

— N'a-t-il rien de remarquable ? En un mot, quel est son caractère ?

— Oh ! son caractère est irréprochable, à ce qu'il me semble. Il est peut-être un peu étrange ; il a beaucoup voyagé et beaucoup vu. Je suis persuadée qu'il est très intelligent, mais je n'ai jamais discuté longtemps avec lui.

— En quoi est-il étrange ?

— Je ne sais pas, ce n'est pas facile à expliquer. Rien de bien frappant, mais on le sent dans ce qu'il dit. On ne peut jamais être sûr qu'il parle sérieusement ou en riant, qu'il est content ou non. Enfin, on ne le comprend pas bien, moi du moins, mais qu'importe, c'est un très bon maître.

Voilà tout ce que je tirai de Mrs Fairfax au sujet de son maître et du mien. À ses yeux, Mr Rochester était Mr Rochester, un gentleman, un propriétaire, rien de plus.

Lorsque nous quittâmes la salle à manger, elle me proposa de me montrer le reste de la maison. Je la suivis, et j'admirai l'élégance et le soin qui régnaient partout. Le silence, l'obscurité et le côté antique de ces pièces me plaisaient durant le jour, mais je n'aurais jamais été tentée de passer ne serait-ce qu'une nuit dans un de ces grands lits fermés par des portes de chêne ou enveloppés d'immenses rideaux, dont les broderies représentaient des fleurs et des oiseaux étranges ou des hommes plus étranges encore. Quel caractère fantastique eussent donné à toutes ces choses les pâles rayons de la lune !

— Les domestiques dorment-ils dans ces chambres ? demandai-je.

— Non, ils occupent une rangée de pièces plus petites situées derrière. Personne ne dort ici, et on pourrait presque dire que, s'il y avait des revenants à Thornfield, ils choisiraient ces chambres pour les hanter.

— Vous n'avez donc pas de revenants ?

— Non, pas que je sache, répondit Mrs Fairfax en souriant.

— Même dans vos traditions ? Pas de légendes ni de récits de fantômes ?

— Je ne crois pas.

Je la suivis dans un escalier très étroit qui conduisait aux mansardes. De là une échelle, terminée par une trappe, menait sur les toits. J'étais au niveau de la colonie de corneilles et je pus voir dans leurs nids. Appuyée sur les créneaux, j'examinai la propriété, étalée comme une carte : la pelouse brillante et veloutée qui entourait la base grise de la maison ; la prairie, aussi grande qu'un parc, ponctuée de ses vieux arbres ; enfin le bois, bruni et flétri. À l'horizon, un beau ciel d'azur marbré de nuages d'un blanc de perle. Rien dans cette scène n'était extraordinaire, mais tout vous charmait. Lorsque je franchis de nouveau la trappe, j'y voyais à peine clair pour redescendre l'échelle. Les combles me semblaient aussi sombres qu'un souterrain, comparées à cette voûte de ciel bleu que je venais de contempler !

Mrs Fairfax resta en arrière pour fermer la trappe. J'errai quelque temps dans le corridor auquel aboutissait l'escalier. Il était étroit, bas et obscur, n'ayant qu'une seule minuscule fenêtre tout au bout pour l'éclairer. En voyant ces deux rangées de petites portes noires et fermées, on eût dit un couloir du château de quelque Barbe-Bleue.

Au moment où je passais, un bruit, le dernier auquel je me serais attendue dans ce monde silencieux, vint frapper mes oreilles. C'était un rire étrange, saccadé, affecté, sans joie. Je m'arrêtai ; le bruit cessa quelques instants, puis recommença plus fort : il s'acheva par un éclat violent qui semblait trouver un écho dans chacune des chambres solitaires, bien qu'il ne partît certainement que d'une seule, dont j'aurais pu montrer la porte sans me tromper.

— Mrs Fairfax ! m'exclamai-je, car à ce moment elle descendait l'escalier. Avez-vous entendu ce bruyant éclat de rire ? D'où peut-il venir ?

— C'est probablement une des servantes, répondit-elle. Peut-être Grace Poole.

— L'avez-vous entendue ? demandai-je de nouveau.

— Oui, et je l'entends bien souvent. Elle coud dans l'une de ces chambres. Quelquefois Leah est avec elle. Quand elles sont ensemble, elles font souvent du bruit.

Le rire reprit, bas et martelé, et se termina par un étrange murmure.

— Grace ! s'écria Mrs Fairfax.

Je ne m'attendais pas à ce qu'une Grace, quelle qu'elle fût, répondît, car ce rire était tragique et surnaturel. Jamais je n'en avais entendu de semblable.

La porte la plus proche de moi s'ouvrit et une servante en sortit. C'était une femme de trente ou quarante ans. Elle avait une silhouette massive, les épaules carrées, les cheveux rouges et la figure laide et dure. On ne pouvait imaginer apparition moins romantique ou fantomatique.

— Voilà trop de bruit, Grace, dit Mrs Fairfax. Rappelez-vous les ordres que vous avez reçus.

Grace salua silencieusement et rentra.

— C'est une personne que nous avons pour coudre et

aider Leah. À propos, qu'avez-vous fait de votre jeune élève, ce matin ?

La conversation ainsi tournée sur Adèle, nous continuâmes, et bientôt nous atteignîmes les pièces gaies et lumineuses d'en bas. Adèle vint au-devant de nous en nous criant :

— *Mesdames, vous êtes servies.* Puis elle ajouta : *J'ai bien faim, moi* !*

Le dîner était prêt et nous attendait dans la chambre de Mrs Fairfax.

CHAPITRE XII

Mrs Fairfax se révéla telle qu'elle paraissait : une femme douce, bienveillante, de bonne éducation et d'une intelligence ordinaire. Mon élève était une enfant très vive. Comme on l'avait beaucoup gâtée, elle était quelquefois capricieuse. Heureusement, elle était entièrement confiée à mes soins, de sorte qu'elle renonça bientôt à ses petits accès d'entêtement et devint docile. Je m'attachai fort à toutes deux mais, malgré Adèle et Mrs Fairfax, je me sentais seule. À Lowood, mis à part le bref intermède avec Jack, j'avais été privée pendant trois ans de compagnie masculine sans que cela me manquât vraiment. J'étais alors trop occupée à apprendre et à assimiler tout le savoir qui m'était offert pour rêver à de tendres caresses ou à des corps frémissant d'extase… Mais les circonstances étaient bien différentes à présent, et j'étais sérieusement en quête d'un homme capable d'étancher la soif qui brûlait profondément dans ma poitrine. Ce que je voulais, ce n'était ni l'amour déjà tout acquis de mon élève, pleine d'admiration pour moi, ni l'affection de la vieille veuve. Tout en menant ma vie comme à l'ordinaire, à l'intérieur j'étais consumée d'un besoin impérieux et ardent.

Quand j'étais ainsi seule, il m'arrivait souvent d'entendre le rire de Grace Poole, toujours le même « ha ! ha ! » grave et lent qui la première fois m'avait fait frissonner. J'entendais aussi ses étranges murmures, plus bizarres encore que son rire. Certains jours elle était parfaitement silencieuse, et d'autres elle produisait des sons que je ne pouvais m'expliquer.

Quelquefois je la voyais sortir de sa chambre tenant à la main une assiette ou un plateau, descendre à la cuisine et revenir peu après. Je tâchai plusieurs fois de lier conversation avec elle, mais elle n'était pas causante. Généralement une réponse monosyllabique coupait court à tout entretien.

Octobre, novembre et décembre se passèrent ainsi. Un après-midi de janvier, Mrs Fairfax me demanda un jour de congé pour Adèle parce qu'elle était enrhumée. Adèle appuya cette demande avec une ardeur qui me rappela combien ces repos imprévus m'étaient précieux lorsque j'étais enfant ; je le lui accordai donc. C'était une belle journée, calme, bien que très froide. J'étais fatiguée d'être restée assise sans bouger dans la bibliothèque pendant toute une longue matinée. Mrs Fairfax venait d'écrire une lettre. Je mis mon chapeau et mon manteau, et je proposai de la porter à la poste de Hay, distante de deux milles : ce serait une agréable promenade par cet après-midi d'hiver. Lorsque Adèle fut confortablement assise sur sa petite chaise, au coin du feu de Mrs Fairfax, je lui donnai sa plus belle poupée de cire et me mis en route.

Le sol était dur, l'air tranquille et ma route solitaire. Je marchai vite jusqu'à ce que je me sois réchauffée, puis je ralentis l'allure pour mieux apprécier et analyser les différents plaisirs que l'heure et le lieu me faisaient éprouver. Trois heures avaient sonné à l'église au moment où je passais près du clocher. Ce moment de la journée avait un grand charme pour moi, parce que c'était l'heure du crépuscule : les pâles rayons du soleil descendaient lentement à l'horizon. J'étais à un mille de Thornfield, dans un sentier connu pour ses églantines en été. Si une brise venait à s'élever, on ne l'entendait pas.

Le sentier allait en montant jusqu'à Hay. Arrivée à mi-côte, je m'assis sur un échalier qui conduisait dans un champ. Enveloppée dans mon manteau et les mains glissées dans mon manchon, je ne sentais pas le froid, bien qu'il fût très vif. De l'endroit où j'étais assise, j'apercevais Thornfield. Je m'attardai jusqu'à ce que le soleil descendît dans les arbres et disparût entouré de rayons rouges ; alors je me tournai vers l'est.

La lune se levait au sommet de la colline au-dessus de moi ; pâle encore et semblable à un nuage, elle devenait de moment en moment plus brillante. Hay était à plus d'un mille, et pourtant, au milieu de ce silence complet, je pouvais entendre un infime brouhaha remonter jusqu'à moi.

Un bruit soudain couvrit ces clapotis et ces murmures à la fois clairs et lointains. Un piétinement, un son métallique effaça le doux bruissement des eaux. Le vacarme était causé par l'arrivée d'un cheval. Les détours du sentier me le cachaient encore, mais je l'entendais approcher. Je ne bougeai pas de mon échalier pour le laisser passer. Mais lorsque je vis le cheval s'avancer dans l'obscurité, je fus soudain frappée d'un accès de terreur qui me saisit au ventre. Soudain, les histoires que me racontait Betty, la chambre rouge et le rire de forcenée à Thornfield se mêlèrent pour frapper mon esprit sans que je puisse me l'expliquer.

Outre le piétinement, j'entendis du bruit venant de la haie, et je vis se glisser le long des noisetiers un gros chien qui, grâce à son pelage noir et blanc, ne pouvait être confondu avec les arbres. J'en eus le souffle coupé : c'était une créature semblable à un lion, avec une longue crinière et une tête énorme. Il passa pourtant assez tranquillement devant moi, suivi du cheval, un grand coursier monté par un cavalier.

Il passa dans un tonnerre de sabots. Ma peur s'étant légèrement calmée, j'avançai de quelques pas mais alors j'entendis le bruit d'une chute puis cette exclamation : « Que diable faire maintenant ? »

Un choc, une chute, et puis le silence.

Je rebroussai chemin et aperçus la monture et le cavalier à terre. Le cheval avait glissé sur la glace de la chaussée. Le chien revint à vive allure. En voyant son maître en fâcheuse posture et en entendant le cheval souffler, il poussa un aboiement dont sa taille justifiait la force, et qui fut répété par l'écho des montagnes. Il tourna autour du groupe prostré et courut à moi. Je le suivis, et je trouvai le voyageur s'efforçant de se débarrasser de son cheval. Ses efforts étaient si vigoureux que je pensai qu'il ne devait pas s'être fait beaucoup de mal. Néanmoins, m'approchant de lui, je lui demandai :

— Êtes-vous blessé, monsieur ?

Il me sembla l'entendre jurer, pourtant je n'en suis pas bien certaine. Toujours est-il qu'il grommela quelque chose, ce qui l'empêcha de me répondre tout de suite.

— Que puis-je faire pour vous ? demandai-je de nouveau.

— Tenez-vous simplement sur le côté, me répondit-il en se mettant debout.

C'est alors que je pus apercevoir ses traits. Lorsqu'il était passé devant moi, son visage était dans l'ombre. Or, à présent, il était bien visible. La ressemblance me tétanisa. Je regardai tout autour de moi, me demandant si ce n'était pas quelque apparition terrifiante. Mon imagination me jouerait-elle un tour ? Je regrettai soudain d'avoir contemplé le coucher de soleil ou pensé au rire sinistre de Grace Poole.

— Couché, Pilote !

Le voyageur se pencha, se tâta le pied et la jambe comme pour s'assurer qu'il n'avait rien de cassé. Sans doute avait-il mal, car il s'arrêta devant l'échalier que je venais de quitter et s'assit.

Son cri me ramena à la réalité et je compris que j'avais bien affaire à un être de chair et d'os. Alors que je n'avais plus vu le portrait de l'homme aux yeux noirs dans la bibliothèque de ma tante depuis des années et que mon obsession avait presque disparu, voilà que j'avais soudain devant moi son sosie vivant.

Il grommela en saisissant sa jambe.

— Si vous êtes blessé, monsieur, je peux aller chercher quelqu'un à Thornfield Hall ou à Hay, dis-je d'une voix étranglée et sourde.

— Merci, ça ira. Je n'ai pas d'os brisé, c'est seulement une foulure.

Il se leva et essaya de marcher, ce qui lui arracha un « Aïe ! » involontaire. Il était enveloppé d'un manteau de cavalier à col de fourrure et à boutons d'acier. À défaut de voir les détails, j'en avais une vision d'ensemble. De taille moyenne, il avait la poitrine très large, la figure sombre, les traits durs, le front massif. Il pouvait avoir trente-cinq ans, et n'avait pas la beauté douce et fraîche de la jeunesse, mais l'air rugueux et basané de celui qui a roulé sa bosse. Depuis les cheveux en bataille jusqu'au menton avec une barbe de trois jours, tout était exactement comme sur le portrait. Mais c'étaient les yeux, si foncés qu'ils en étaient presque noirs, avec leur éclat de braise, qui me rappelaient le plus l'image que j'en avais gardé. Je ne pouvais m'empêcher de le fixer, hypnotisée, et il ne manqua pas de noter ma fascination.

Son regard s'attacha au mien. Je me trouvai comme aspirée par le gouffre de ces yeux, incapable de m'en dégager. Il y avait en eux quelque chose d'à la fois excitant et torturant ; quelque chose que je ne comprenais pas.

— Pourriez-vous me donner ma cravache ? me demanda-t-il de sa voix profonde et rauque. Elle est juste sous la haie.

Obéissante, je me dirigeai lentement vers la haie pour en retirer l'objet, et cela sans quitter son regard. Je m'arrêtai à quelques pas de lui et tendis le bras, en lui présentant le bout de la cravache. Il l'attrapa et la tira si vivement que je basculai en avant et rencontrai sa poitrine. Il m'agrippa pour m'empêcher de tomber par terre et me retint fermement entre ses bras.

Mon souffle s'échappait de ma gorge en halètements précipités, formant des nuages déchiquetés et argentés dans l'air glacé du soir. Pressée contre lui, je pouvais sentir une légère odeur de sueur et de cuir mêlés et distinguer la moiteur de son front. Jamais je ne m'étais sentie brûlée à ce point par un regard. Mes pensées s'évaporaient, je ne mesurais plus si c'était un véritable étranger que j'avais rencontré sur la route ou un produit de mon imagination. « Quelle importance ? » me dis-je alors qu'une décharge d'excitation me transperçait le ventre.

— Vous n'avez pas besoin de parler, chuchota-t-il en approchant encore son visage du mien et en se débarrassant de la cravache. Je peux lire tout ce que j'ai besoin de savoir.

Il jeta rapidement un coup d'œil à droite et à gauche pour s'assurer que nous étions seuls, en dehors de son grand chien, Pilote, et de l'étalon en sueur. Avant que je puisse deviner le sens de tout cela, il saisit ma main brusquement et m'attira dans le fossé glacé sur le côté du chemin. Là, il se tint près de moi, à l'abri d'un haut chêne caché par la nuit tombante.

— Je vais vous embrasser, dit-il.

Il frotta son pouce contre ma lèvre inférieure et je me mis à trembler d'impatience. Je n'avais jamais couché avec un inconnu, mais cet homme me semblait familier ; il était l'incarnation d'un désir de jeunesse.

Ses yeux noirs brillants d'excitation, il posa fermement sa bouche douce et pleine sur la mienne et força un passage entre mes dents avec sa langue pour en goûter le suc. J'étais hors d'haleine. Ma poitrine luttait contre les baleines qui la retenaient, mes seins débordaient presque du corset. Prenant mon menton d'une main, de l'autre il arracha mon chapeau ; il se mit à fourrager dans mes cheveux.

Je gémis à l'intérieur de sa bouche en sentant sa poigne se resserrer sur mon menton.

Il s'écarta brutalement de moi. Ses yeux plongèrent dans les miens, leur intensité me transportait. Lentement, délicatement, il me poussa en arrière de sorte que j'étais allongée contre le sol dur et glacé, puis se plaça sur moi. En silence, il inclina ma tête en arrière pour trouver ma gorge ; ses lèvres glissèrent le long de mon cou jusqu'à ma poitrine, baisant et mordillant la peau tendre.

Je sentis naître dans mon ventre une chaleur brûlante qui déchaînait en moi un désir avide. Comme ses lèvres remontaient vers mon cou – vers la petite pente douce à la base de la gorge –, je fermai les yeux. Quelle différence avec l'étreinte rudimentaire d'un John Reed ou le tâtonnement fruste et malhabile de Jack ! L'inconnu explorait mon corps avec des mains et des lèvres expertes, à la fois légères comme la plume mais assurées, qui éveillaient mes sens.

Il s'arrêta et j'ouvris les yeux, me perdant dans la mystérieuse profondeur des siens. Enhardie, j'agrippai ses cheveux et ramenai résolument ses lèvres vers les miennes. Je poussai mon bassin contre le sien, sentant à travers ma robe et mon jupon la rigidité de son membre qui m'envoyait des frissons dans tout le corps.

— Reste tranquille, gronda-t-il.

Je me soumis à son ordre. Je sentais des picotements dans mes terminaisons nerveuses.

Lentement, il m'écarta les jambes et glissa les mains sous ma robe. Il roula mes bas délicatement jusqu'aux chevilles. Je grimaçai au contact de l'air froid sur ma peau nue. Au-dessus de moi, je ne voyais que le crépuscule éparpillant les étoiles dans le ciel.

Il avança la main et, enfonçant son pouce, il le fit aller et venir, tout en observant ma réaction. Je remuai de façon incontrôlable, gagnée par une sensation déferlante d'excitation. Il se pencha sur moi, retroussa davantage ma robe si bien que j'étais tout à fait nue à partir du nombril, et passa sa langue en haut de mes cuisses. Soudain il plongea entre mes jambes. Je ne pus m'empêcher de crier de surprise et de plaisir tandis qu'il pressait sa langue en cercles délicieux, attisant mon désir au point que je me sentis près d'éclater.

Je serrai les poings en haletant. Quand je crus que je ne pouvais continuer plus longtemps, il s'arrêta et défit son pantalon. J'émis un hoquet involontaire en voyant la taille de son érection, ce qui le fit sourire. Je m'en emparai et glissai mes mains de bas en haut et de haut en bas, doucement d'abord, puis avec de plus en plus de vigueur, en l'inclinant vers moi.

Soudain, il agrippa mes chevilles et les tira pour les passer par-dessus ses épaules avant de me soulever le bassin. Je le regardai faire avec confusion mais, avant que j'aie pu dire un mot, il me pénétra. Je ne pus retenir un gémissement d'extase ; et même je me convulsai lorsqu'il se retira pour revenir lentement, en poussant son membre plus loin que ce que j'avais jamais éprouvé.

C'était trop. Je commençais à me perdre, consciente seulement des délicieux coups de boutoir entre mes jambes. Je sentais la chaleur et le désir dilater mon ventre et envahir mon entrecuisse, m'attirant dans un lieu indécis, éclaté, où tout échappait à mon contrôle. Je m'agrippais frénétiquement à son manteau, regrettant de ne pouvoir passer mes mains sur son corps et sentir sa large poitrine.

Il commença à bouger plus fort et plus vite. C'était comme si l'on m'arrachait tout ce qui se trouvait à l'intérieur de moi. Le plaisir en s'intensifiant me plongeait dans des transes ; j'étais prête à éclater ;son corps choquait le mien encore plus fort, me pénétrant au plus profond.

Soudain j'explosai en mille éclats sous un assaut particulièrement puissant et m'écroulai sur le sol glacé, sachant à peine où et qui j'étais. J'avais atteint des sommets de plaisir jusqu'alors inconnus, et c'est avec soupirs et gémissements que je me remis lentement.

Il se retira et jouit dans un grognement.

Il s'allongea sur moi et, pendant un moment, pas un mot ne fut prononcé.

Enfin, il leva ses yeux vers les miens, ses yeux profonds et sombres, et je demandai :

— Votre cheville va-t-elle mieux, monsieur ?

Il laissa échapper un éclat de rire et rabaissa ma robe.

— Je survivrai, m'assura-t-il.

Je fronçai les sourcils en le voyant se lever précipitamment et rajuster son pantalon. Je ne voulais pas qu'il s'en aille. Je ne pouvais supporter de retourner dans ce couvent silencieux qu'était Thornfield Hall.

— Il me semble qu'à cette heure vous devriez être chez vous, dit-il tout à coup, si vous demeurez dans le voisinage. D'où venez-vous ?

— De la vallée.

— De la vallée ? Habitez-vous dans cette maison surmontée de créneaux ? s'enquit-il en désignant Thornfield Hall, que la lune éclairait de ses pâles rayons.

— Oui, monsieur.

Il ne bougeait plus.

— À qui appartient cette maison ? demanda-t-il.

— À Mr Rochester.

— Connaissez-vous Mr Rochester ?

— Non, je ne l'ai jamais vu.

— Êtes-vous une des servantes ?

— Je suis la gouvernante.

— Ah ! la gouvernante, répéta-t-il, pensif.

L'air soudain pressé et détaché, il remonta son manteau, qui avait glissé de côté, et inclina la tête pour me saluer.

— Bonsoir, dit-il en se tournant pour remonter le fossé.

Je le regardai partir, le cœur serré.

Comme je remontais mes bas, j'entendis le cliquetis d'un mors de cheval et le doux piétinement de Pilote, qui à l'évidence avait attendu patiemment son maître sur le chemin.

« En avant ! » prononça une voix bourrue. J'entendis l'étalon hennir, puis le tonnerre des sabots quand il partit au galop.

*
**

Je retardai le moment de rentrer à Thornfield ce soir-là. Je flânai devant les grilles ; je flânai devant la pelouse ; je déambulai sur la terrasse. Je ne pouvais oublier ma rencontre avec l'inconnu sur le chemin.

Je finis par rassembler mes esprits et franchis le seuil. Je me hâtai vers la chambre de Mrs Fairfax, où il y avait un feu pour me réchauffer, mais je n'y trouvai ni chandelles ni dame Fairfax. À sa place, un gros chien noir et blanc était assis sur le tapis et regardait le feu avec gravité.

Je retins mon souffle.

— Pilote ? prononçai-je, la gorge serrée par l'angoisse.

L'animal se leva et vint me flairer. Avant que je puisse réfléchir davantage, Leah entra.

— Quel est ce chien ? demandai-je d'une voix tremblante et affectée.

— Il est venu avec le maître.

— Avec qui ?

— Avec le maître, Mr Rochester, qui vient d'arriver.

— Ah, vraiment ? Et Mrs Fairfax est avec lui ?

— Oui, ainsi que Miss Adèle. Ils sont à la salle à manger. John est parti chercher le médecin car il est arrivé un accident à notre maître. Son cheval est tombé, et Mr Rochester a eu le pied foulé.

Je courus me réfugier dans ma chambre.

CHAPITRE XIII

Cette nuit-là et le lendemain matin, je tremblai sans discontinuer. Je rêvai par intermittence de doigts avides, de caresses brûlantes et d'amants surgissant tels des fantômes. J'étais sûre à présent que l'homme avec lequel j'avais couché ce soir-là dans le fossé près de Hay était Mr Rochester, mais une partie de moi le prenait encore pour un songe, une manifestation de mon puissant désir. Je me demandais avec fièvre ce qui allait advenir de moi, s'il allait me congédier ou me faire de nouvelles avances, et j'avoue à ma grande honte que je préférais de loin la seconde possibilité.

Sur ordre du médecin, le maître de Thornfield s'était couché de bonne heure, si bien que je ne le vis pas après avoir enfin quitté ma chambre ce soir-là. Le lendemain, il se leva tard. Dans l'expectative, je faisais les cent pas dans la maison en me demandant le rouge aux joues ce que le sort me réservait. J'avais eu des rapports intimes avec un homme dont j'ignorais tout. Je ne pouvais deviner sa réaction prochaine. Il avait dû comprendre que j'étais une de ses employées lorsque je lui avais déclaré venir de Thornfield. Sans doute était-il justement en train de réfléchir à ce qu'il allait faire de moi, et je priai pour qu'il me garde ici. Ma stupide tocade d'enfant pour mon amant aux yeux noirs était revenue aussi fort qu'aux premiers jours, et je n'aurais pu supporter d'être renvoyée.

Ce jour-là, il fut difficile de faire la classe à Adèle. Elle n'arrivait pas à se concentrer, et j'étais moi-même une institutrice bien maussade et distraite. Elle allait sans cesse à la porte pour tenter d'apercevoir Mr Rochester, ce qui ne manquait pas de provoquer en moi un nouveau sursaut d'angoisse. Lorsque je me fâchais et que je la forçais à rester tranquille, elle se mettait à me parler de son « *ami, Mr Édouard Fairfax de Rochester** », ainsi qu'elle l'appelait, et se demandait quel cadeau il pouvait lui avoir apporté.

Cependant, il ne se montra pas et ne la fit pas, non plus, appeler de tout le jour. Quand le soir vint, mon élève et moi dînâmes comme toujours dans le petit salon de Mrs Fairfax. À la nuit, je permis à Adèle de laisser ses livres et son ouvrage et de descendre. Restée seule, je me dirigeai vers la fenêtre, mais il n'y avait rien à voir. Le crépuscule et les flocons de neige obscurcissaient l'air et cachaient même les arbustes de la pelouse. Je baissai le rideau et je retournai au coin du feu.

Je contemplais les flammes lorsque Mrs Fairfax arriva tout à coup.

— Mr Rochester serait heureux, dit-elle, que vous et votre élève acceptiez de prendre le thé avec lui ce soir dans le salon. Il a été si occupé tout le jour qu'il n'a pas encore pu demander à vous voir.

Une vague de terreur s'abattit sur moi, mais l'idée de contempler ses yeux noirs et troublants m'empêcha une fois de plus de m'enfuir, comme j'avais été tentée de le faire la veille.

— À quelle heure prend-il le thé ? demandai-je.

— Oh ! à six heures. Il avance l'heure de ses repas à la campagne. Mais vous feriez mieux de changer de tenue maintenant ; je vais vous aider. Tenez, prenez cette lumière.

— Est-il nécessaire de changer de robe ? m'enquis-je en me disant qu'il s'en était bien contenté la veille. Mais de telles pensées ne faisaient qu'accroître mon anxiété.

— Oui, cela vaut mieux. Je m'habille toujours le soir quand Mr Rochester est là.

Je regagnai ma chambre et, aidée par Mrs Fairfax, je

troquai ma robe de laine noire contre une robe de soie de la même couleur. Heureusement, la veuve ne sembla pas remarquer combien mes mains tremblaient.

— Il vous faut une broche, me dit-elle.

Je n'avais pour tout ornement qu'une petite perle, dernier souvenir de Miss Temple. Je la mis et nous descendîmes. Je laissai Mrs Fairfax s'avancer la première, et je marchai dans son ombre lorsque nous traversâmes la salle à manger. Mes jambes tremblaient.

Deux bougies étaient allumées sur la table et deux sur la cheminée. Pilote se chauffait, à demi étendu, à la flamme d'un feu superbe. Adèle était agenouillée à côté de lui. Allongé sur un lit de repos, le pied appuyé sur un coussin, Mr Rochester devait s'être aperçu de mon entrée et de celle de Mrs Fairfax. Mais il apparut qu'il n'était pas d'humeur à la remarquer, car notre approche ne lui fit même pas lever la tête. Cela me troubla au plus haut point. Je me mis presque à douter de ce qui s'était passé la veille.

— Voici Miss Eyre, annonça Mrs Fairfax.

Il s'inclina, mais sans cesser de regarder le chien et l'enfant.

— Que Miss Eyre s'asseye, dit-il.

Son salut raide et contraint, son ton impatient, bien que cérémonieux, semblaient ajouter : « Que diable cela me fait-il, que Miss Eyre soit ici ou ailleurs ? Pour le moment, je ne suis pas disposé à causer avec elle. »

Je m'assis, très embarrassée.

Il ne parla ni ne bougea. Mrs Fairfax dut penser qu'il fallait au moins que quelqu'un fût aimable. Elle commença à parler avec douceur, comme toujours, mais comme toujours pour dire des banalités : elle le plaignit de la masse d'affaires qu'il avait eu à traiter tout le jour et de la douleur que devait lui avoir occasionnée sa foulure. Puis elle lui recommanda la patience et la persévérance tant que le mal durerait.

— Madame, je voudrais avoir du thé, fut la seule réponse

qu'elle obtint.

Elle se hâta de sonner et, quand le plateau arriva, elle se mit à arranger les tasses et les cuillers avec une rapidité empressée. Adèle et moi, nous nous approchâmes de la table, mais le maître ne quitta pas son lit de repos.

— Voulez-vous passer cette tasse à Mr Rochester ? me pria Mrs Fairfax. Adèle pourrait la renverser.

Je lui pris la tasse. La porcelaine cliquetait entre mes mains tremblantes. J'eus recours à mon autre main pour affermir la première sans être remarquée et avançai lentement vers Mr Rochester. Je m'arrêtai devant lui et, pour la première fois depuis cette soirée, ses yeux noirs rencontrèrent les miens. Je retins un cri, un brusque élan de désir m'avait déchiré le ventre. Ses yeux étaient encore plus noirs à la lumière du feu, et je crus y déceler une pointe d'amusement comme s'il percevait ma gêne et y trouvait du plaisir.

Il me prit la tasse des mains avec précaution, s'assurant de presser ses doigts contre les miens. Une décharge émouvante de picotements chauds me remonta le bras et je ressentis une légère brûlure à l'endroit où il m'avait touchée. Involontairement, je me léchai les lèvres. Sa ressemblance avec mon amant aux yeux noirs était si parfaite que je me demandai un instant s'il ne s'agissait pas d'un de ses ancêtres.

Je sursautai lorsque Adèle s'écria soudain, interrompant mes rêveries :

— *N'est-ce pas, monsieur, qu'il y a un cadeau pour mademoiselle Eyre dans votre petit coffre* ?*

— Qui parle de *cadeaux** ? rétorqua-t-il d'un air renfrogné. Vous attendiez-vous à un présent, Miss Eyre ? Aimez-vous les présents ?

Et il me dévisagea avec des yeux irrités et perçants qui me laissèrent sans souffle et le cœur brûlant.

— Je ne sais, monsieur, je ne peux guère en parler par expérience. Un cadeau passe généralement pour une chose agréable.

— Oh ne faites pas la modeste ! J'ai interrogé Adèle, et j'ai vu que vous vous êtes donné beaucoup de peine avec elle. Elle n'a pas de grandes dispositions et, en peu de temps, elle s'est singulièrement améliorée.

— Monsieur, vous venez de me donner mon *cadeau**. La récompense la plus enviée de l'instituteur, c'est de voir louer les progrès de son élève.

— Hum ! fit Mr Rochester, avant de boire son thé sans plus de commentaire.

Il attendit pour parler que le plateau fût enlevé et que Mrs Fairfax se fût assise dans un coin avec son tricot, tandis qu'Adèle jouait avec Pilote.

— Venez près du feu, me dit-il en désignant une chaise.

J'obéis. Nous étions assis face à face, baignés par la lumière du feu. La chaleur conjuguée de son regard et du brasier était presque trop forte. Je sentis ma peau rougir sous leur éclat.

— Cela fait bien trois mois que vous êtes dans ma maison ? s'enquit-il.

Je me demandai s'il allait maintenant me rappeler les événements de la veille. Peut-être ne m'avait-il pas reconnue tout de suite. Il avait cependant un petit air espiègle.

— Oui, monsieur.

— Et vous veniez de… ?

— De l'école de Lowood.

— Ah ! une institution de charité. Combien de temps y êtes-vous restée ?

— Trois ans.

— Trois ans ! Je ne m'étonne plus que vous ayez l'air de venir d'un autre monde. Je me suis déjà demandé où vous aviez pu attraper ce visage. Hier, lorsque vous êtes venue au-devant de moi sur le chemin de Hay, j'ai pensé aux contes de fées, et j'ai été sur le point de croire que vous aviez ensorcelé mon cheval ; je n'en suis pas encore bien sûr.

Je tressaillis légèrement, stupéfaite qu'il mentionne notre

rencontre devant Adèle et Mrs Fairfax. Je glissai un coup d'œil vers elles mais elles semblaient n'avoir rien remarqué, chacune de son côté étant tranquillement occupée à ses petites affaires. Je laissai échapper un bref soupir et me tordis les mains, presque à bout de nerfs.

— Qui vous a adressée ici ? poursuivit-il.

Je déglutis avant de m'autoriser à lever de nouveau les yeux vers lui.

— J'ai passé une annonce dans un journal, et Mrs Fairfax m'a répondu.

— Miss Eyre, si vous êtes vraiment allée à Lowood, vous avez dû vivre comme une nonne. Il n'est pas étonnant que vous soyez rompue aux habitudes des religieuses. Brockelhurst, qui dirige Lowood d'après ce que je sais, est un pasteur, n'est-ce pas ?

Je sentis qu'il avançait son pion en se demandant comment la jeune fille qui avait étudié à Lowood pendant trois ans pouvait être aussi celle qui avait partagé l'extase des sens avec lui dans un fossé. Je n'avais pas la réponse. La seule chose que je puisse affirmer, c'est que jamais étreinte amoureuse ne m'avait procuré autant de plaisir. Sa seule évocation faisait se contracter les muscles de mes cuisses.

— Adèle m'a montré ce matin quelques esquisses qu'elle dit être de vous, enchaîna-t-il, changeant sans cesse de sujet comme pour me confondre et m'amener à révéler quelque chose. Sont-elles entièrement de vous ou un maître vous a-t-il aidée ?

— Ah, non ! m'écriai-je.

— Oh ! cela pique votre orgueil. Eh bien, allez chercher votre carton à dessins, si vous pouvez affirmer que tout ce qu'il contient est de vous. Mais n'assurez rien sans être certaine, car je m'y connais.

— Alors, monsieur, je me tairai et vous jugerez vous-même.

J'apportai mon carton à dessins, qui se trouvait dans la bibliothèque.

— Approchez la table, dit-il.

Je la roulai jusqu'à lui. Il examina avec attention chaque peinture et chaque dessin. Il en mit trois de côté. Après avoir regardé les autres, il les jeta loin de lui.

— Où avez-vous trouvé les originaux de ces copies ?

— Dans ma tête.

— Dans cette tête que je vois sur vos épaules ?

— Oui, monsieur.

Il étendit les peintures devant lui et les regarda de nouveau. C'étaient des aquarelles d'un genre très personnel : je n'avais pas cherché à reproduire un joli paysage ou un bel objet. Les sujets s'étaient présentés avec force à mon esprit ; j'avais laissé libre cours à mon imagination, qui m'avait suggéré des montagnes sauvages et désolées, des mers déchaînées, des cadavres qui flottaient.

— Étiez-vous heureuse, quand vous avez peint cela ? demanda bientôt Mr Rochester.

— J'étais absorbée, monsieur. Oui, j'étais heureuse. Peindre est une des jouissances les plus vives que j'aie connues !

— Ce n'est pas beaucoup dire. Vous avouez vous-même que vos plaisirs n'étaient pas nombreux. Vous deviez être plongée dans une sorte de rêve d'artiste, quand vous avez mélangé ces teintes étranges. Étiez-vous satisfaite du résultat de vos ardents travaux ?

— Loin de là, je souffrais du contraste qu'il y avait entre mon idéal et mon œuvre.

Il me regarda avant de décréter brusquement :

— Il est neuf heures. À quoi pensez-vous, Miss Eyre, de laisser Adèle veiller si tard ? Allez la coucher.

Il semblait soudain s'être totalement désintéressé de moi et souhaiter me voir disparaître.

Adèle embrassa son tuteur avant de quitter la chambre. Il

accepta ses caresses, mais ne sembla pas plus les goûter que ne l'aurait fait Pilote, moins peut-être.

— Maintenant, je vous souhaite le bonsoir à tous, dit-il en montrant la porte. Ce qui signifiait qu'il était fatigué de notre compagnie et qu'il désirait nous renvoyer.

Mrs Fairfax roula son tricot. Je pris mon carton à dessins ; nous lui fîmes un salut auquel il répondit froidement, et nous nous retirâmes.

— Comment trouvez-vous Mr Rochester ? demanda Mrs Fairfax quand je la rejoignis dans sa chambre après avoir mis Adèle au lit.

Je détournai le regard, essayant de dissimuler mes joues empourprées à la lumière du feu.

— Je le trouve très changeant et très brusque, répondis-je enfin.

— C'est vrai, il peut bien faire cet effet-là à un étranger. Mais moi, je suis tellement habituée à ses manières que je n'y pense jamais. Et puis, si son caractère est singulier, il faut se montrer indulgent.

— Pourquoi ?

— Des problèmes de famille.

— Il n'a pas de famille.

— Mais il en a eu. Il a perdu son frère aîné, il y a quelques années.

— Son frère aîné ?

— Oui, il n'y a que neuf ans à peu près que Mr Rochester possède cette propriété.

— Neuf ans, ce n'est pas rien. Aimait-il donc son frère au point d'être resté inconsolable tout ce temps ?

— Oh non ! je crois qu'il y a eu des disputes entre eux. Le vieux Mr Rochester ne voulait pas séparer en deux les biens de la famille, et il a légué tout à son fils aîné, Mr Rowland. Puis tous deux se sont entendus pour enrichir Mr Edward d'une façon qui, selon lui, l'a placé dans une position douloureuse. Je ne sais pas au juste ce qu'ils ont fait, mais toujours est-il que Mr Edward n'a pas pu supporter tout ce qu'il a eu à souffrir. Il ne pardonne pas si facilement. Aussi a-t-il rompu avec sa famille et, depuis longtemps, il mène une vie errante. Je ne crois pas qu'il soit resté quinze jours de suite à Thornfield depuis la mort de son frère.

— Et pourquoi ?

— Il le trouve triste peut-être.

La réponse était vague. J'aurais désiré quelque chose de plus clair, mais Mrs Fairfax ne pouvait ou ne voulait pas donner des détails plus circonstanciés. Il était évident qu'elle ne désirait plus parler de cela. Je le compris et j'agis en conséquence.

Il me paraissait cependant évident, à présent, que Mr Rochester ne souhaitait pas me renvoyer pour ce qui s'était produit la veille. Ce qu'il allait faire de moi, en revanche, je n'aurais su le dire.

CHAPITRE XIV

Les jours suivants, je vis très peu Mr Rochester. Le matin, il était occupé par ses affaires, et l'après-midi, des messieurs de Millcote et du voisinage venaient le voir et restaient quelquefois dîner avec lui. Depuis que son pied allait assez bien pour lui permettre de monter à cheval, il restait dehors une partie de la journée, sans doute pour rendre les visites qu'on lui avait faites, et il ne revenait généralement que fort tard.

Pendant ce temps, il demanda rarement Adèle ; quant à moi, je ne le vis que lorsque je le rencontrais par hasard dans le hall, l'escalier ou le corridor. Quelquefois il passait devant moi avec hauteur, daignant à peine me saluer légèrement et me jeter un regard froid. J'en étais à la fois surprise et dépitée, et je pensais à notre moment de passion sur le chemin de Hay presque comme s'il s'agissait d'un rêve.

Un jour cependant, il sonna, et l'on vint m'avertir qu'il me fallait descendre avec Adèle. Ma nervosité n'aurait pas été moindre s'il s'était agi de me signifier mon renvoi. J'avais beau me dire que ce devait être un soulagement de voir Mr Rochester garder ses distances, j'aurais préféré qu'il me chasse plutôt que d'être traitée avec toujours autant de froideur.

Pendant que nous descendions, Adèle me cajolait pour savoir si son *petit coffre** était enfin arrivé ; car, suite à quelque erreur, on ne l'avait pas encore reçu. Elle ne s'était pas trompée. En entrant dans la salle à manger, nous aperçûmes sur la table un petit carton qu'elle sembla reconnaître instinctivement.

— *Ma boîte ! ma boîte* !* s'écria-t-elle, en courant vers son cadeau.

— Oui, voilà enfin votre *boîte**. Emportez-la dans un coin, vraie fille de Paris, et amusez-vous à lui vider les entrailles, lança la voix profonde et railleuse de Mr Rochester, qui était assis dans un fauteuil au coin du feu. Mais surtout ne m'ennuyez pas avec les détails de votre procédé anatomique. Que votre opération se fasse en silence. *Tiens-toi tranquille, enfant, comprends-tu* ?*

Adèle semblait ne pas avoir besoin de l'avertissement. Elle se retira sur un sofa avec son trésor et se mit à défaire les cordes qui entouraient la boîte. Après avoir soulevé le couvercle et retiré un certain papier d'argent, elle s'écria : « *Oh, ciel ! que c'est beau* !* », et elle demeura absorbée dans sa contemplation.

— Miss Eyre est-elle ici ? demanda le maître en se levant à demi et en regardant de mon côté. Ah, bien ! venez vous asseoir ici, ajouta-t-il en approchant une chaise de la sienne. Je n'aime pas le babillage des enfants. Ce serait une chose intolérable pour moi que de passer toute une soirée en tête à tête avec un marmot. N'éloignez pas votre chaise, Miss Eyre. Asseyez-vous juste où je l'ai placée, comme cela.

Il sonna et demanda Mrs Fairfax. Je l'examinai avec une certaine fébrilité. Je ne pouvais voir d'où avait soudain surgi cet élan chaleureux ni pourquoi il m'accordait à présent autant d'attention.

Mrs Fairfax arriva bientôt avec son tricot.

— Bonsoir, madame, dit-il. Je vous demanderai de me rendre un service. J'ai défendu à Adèle de me parler du cadeau que je lui ai fait. Je vois qu'elle en a bien envie. Ayez la bonté de lui servir d'interlocutrice. Vous n'aurez jamais accompli un acte de bienveillance plus réel.

En effet, à peine Adèle eut-elle aperçu Mrs Fairfax qu'elle

l'appela, et déposa sur elle la porcelaine, l'ivoire et tout ce que contenait sa boîte, en manifestant son enthousiasme par des phrases entrecoupées dans son anglais balbutiant.

— Maintenant que j'ai accompli mes devoirs de maître de maison, décréta Mr Rochester, je vais pouvoir songer à mon propre plaisir. Miss Eyre, avancez un peu votre chaise. Vous êtes trop en arrière, je ne vous vois pas.

J'obéis, me demandant ce qu'il allait faire. Il avait à nouveau cette expression joueuse, moqueuse, mais son air glacial des jours précédents m'était resté sur le cœur, et je me tenais sur mes gardes. Je n'arrivais pas à comprendre ce qu'il attendait de moi. Je savais ce que j'aurais voulu, mais l'attitude qu'il avait eue récemment ne me permettait pas d'entretenir de tels espoirs.

Il contemplait le feu depuis deux bonnes minutes lorsqu'il se retourna. Il aperçut alors mon regard fixé sur lui.

— Vous m'observez, Miss Eyre, me dit-il. Me trouveriez-vous beau ?

Si j'avais eu le temps de réfléchir, j'aurais fait une de ces réponses conventionnelles, vagues et polies, mais les paroles sortirent de mes lèvres presque à mon insu, alimentées par l'amer ressentiment qu'avait fait naître en moi son indifférence de ces derniers jours.

— Non, monsieur, répondis-je.

— Ah, par exemple ! s'exclama-t-il. Savez-vous qu'il y a quelque chose d'étrange en vous ? Vous avez l'air d'une petite nonne, avec vos manières d'un autre temps, graves et simples, assise avec vos mains devant vous et vos yeux généralement baissés, excepté lorsqu'ils sont fixés sur moi, comme maintenant. Et quand on vous questionne ou quand on fait devant vous une remarque qui vous force à parler, votre réponse est sinon impertinente, du moins brusque. Que voulez-vous dire par là ?

— Monsieur, j'ai été trop franche et vous demande pardon. J'aurais dû vous dire que la beauté est de peu d'importance, ou quelque chose de semblable.

— Non, vous n'auriez pas dû répondre cela. Comment ! la beauté de peu d'importance ! Continuez. Quel défaut me trouvez-vous, je vous prie ? Il me semble que mes membres et mes traits sont faits comme ceux des autres hommes.

— Veuillez oublier, monsieur, ma réponse, c'est pure étourderie de ma part.

— Justement, vous êtes responsable de cette étourderie. Critiquez-moi. Mon front vous déplaît-il ?

Il souleva ses cheveux noirs qui descendaient sur ses yeux, et laissa voir un front large et intelligent, à la peau d'albâtre. J'aurais voulu remettre moi-même cette mèche en place et l'embrasser. Un frisson me parcourut le corps. Je ne dis mot.

— Vous avez l'air embarrassé, Miss Eyre, et, quoique vous ne soyez pas plus jolie que je ne suis beau, cependant un air embarrassé vous va bien. D'ailleurs, cela me convient, c'est un moyen d'éloigner de ma figure vos yeux scrutateurs et de les reporter sur les fleurs du tapis. Jeune fille, je suis disposé à être sociable et communicatif aujourd'hui.

En disant ces mots, il se leva et appuya son bras sur le marbre de la cheminée. Presque tout le monde l'aurait trouvé laid, ce qui expliquait ma réponse maladroite de tout à l'heure. Il n'avait pas la fraîcheur de la jeunesse, et ses traits étaient durs et taillés à la serpe, mais je trouvais justement qu'ils dégageaient une grande force de caractère et un certain pouvoir d'attraction. Il y avait dans son port tant d'orgueil involontaire, tant d'aisance dans ses manières que j'en étais saisie.

— Je suis disposé à être sociable et communicatif cette nuit, répéta-t-il en se rasseyant, et c'est pourquoi je vous ai envoyé chercher. Pilote ne parle pas ; Adèle me convenait un peu mieux, mais ce n'était pas encore là ce qu'il me fallait, pas plus que Mrs Fairfax. Quant à vous, je suis persuadé que vous êtes justement ce que je voulais. Il me plairait d'en savoir plus long sur votre compte. Ainsi donc, parlez.

Au lieu de parler, je souris. Et mon sourire n'était ni aimable ni soumis.

— Parlez, répéta-t-il.

— De quoi, monsieur ?

— De ce que vous voudrez. Je vous laisse le choix du sujet, et vous pourrez même le traiter comme il vous plaira.

En conséquence de ses ordres, je m'assis et ne dis rien.

— Têtue ?

Je me levai.

— Où allez-vous ?

— Coucher Adèle. Il est plus que temps.

— Vous avez peur de moi parce que je parle comme un sphinx.

— Vos paroles sont certes énigmatiques, monsieur, mais je n'ai pas peur.

— Est-ce que vous ne riez jamais, Miss Eyre ? Ne vous donnez pas la peine de répondre. Je vois que vous riez rarement, mais que néanmoins vous pouvez le faire, et même avec beaucoup de gaieté. Croyez-moi, la nature ne vous a pas plus faite austère qu'elle ne m'a fait vicieux. Vous vous ressentez encore de la contrainte de Lowood, vous composez votre visage, vous voilez votre voix, vous serrez vos membres contre vous, et vous craignez devant un homme que votre sourire ne soit trop joyeux, votre parole trop libre, vos mouvements trop prompts. Mais bientôt, je l'espère, vous apprendrez à être naturelle avec moi. Quelquefois, vous jetez autour de vous un coup d'œil curieux comme celui de l'oiseau qui regarde à travers les barreaux de sa cage. Vous ressemblez à un captif remuant, résolu, qui, s'il était libre, volerait jusqu'aux nuages. Êtes-vous encore décidée à vous retirer ?

— Monsieur, neuf heures ont sonné.

— N'importe, attendez une minute. Adèle n'est pas prête à aller se coucher. Pendant que je vous parlais, j'ai regardé Adèle de temps en temps. Il y a dix minutes environ, elle a tiré de sa boîte une petite robe de soie rose. « *Il faut que je l'essaie*, s'est-elle écriée, *et à l'instant même* * *!* », et elle est sortie de la pièce pour aller se faire habiller par Sophie. Dans quelques minutes, elle rentrera. Je le sais, je vais voir une miniature de Céline Varens quand elle est apparue dans… Mais n'y pensons plus, et pourtant ce qu'il y a de plus tendre en moi va recevoir un choc.

Bientôt on entendit les pas d'Adèle dans le vestibule. Elle entra, transformée comme l'avait annoncé son tuteur : une robe de satin rose très courte et très ornée dans le bas avait remplacé sa robe brune ; une couronne de boutons de rose entourait son front ; elle était chaussée de petits souliers de satin blanc.

— *Est-ce que ma robe va bien ?* s'écria-t-elle en bondissant. *Et mes souliers, et mes bas ? Tenez, je crois que je vais danser* !*

Et, étalant sa robe, elle se mit à sauter dans la chambre. Arrivée près de Mr Rochester, elle fit une pirouette sur la pointe des pieds, puis mit un genou à terre devant lui.

— *Monsieur, je vous remercie mille fois de votre bonté !* s'écria-t-elle ; ensuite elle ajouta en se relevant : *C'est comme cela que maman faisait, n'est-ce pas, monsieur* ?*

— Ex-ac-te-ment ! répondit-il, et c'est *comme cela** qu'elle a charmé mon or anglais et l'a fait sortir de mes culottes britanniques. J'ai été jeune, Miss Eyre. Mon printemps n'est plus, mais il m'a laissé cette petite fleur française. Il y a des jours où je voudrais en être débarrassé. Je la garde peut-être conformément au principe des catholiques, qui croient expier par une seule bonne œuvre de nombreux péchés, mais je vous expliquerai tout cela plus tard. Bonsoir.

CHAPITRE XV

Mr Rochester me l'expliqua en effet. Un après-midi que je me promenais dans le parc avec Adèle, je le rencontrai ; il me pria de le suivre dans une avenue de hêtres qui était devant nous, tandis que mon élève jouerait avec Pilote et ses volants. Depuis notre conversation devant la cheminée, nos rapports étaient de nouveau froids et silencieux. J'ignorais s'il me traitait ainsi à dessein pour me punir de la façon dévergondée dont je m'étais conduite lors de notre première rencontre, ou s'il était de nature changeante. Mes espoirs de revivre l'étreinte passionnée que nous avions eue dans un fossé sous une lune laiteuse s'éloignaient à toute allure, ce qui me rendait sombre et mélancolique. Je n'arrivais vraiment pas à le comprendre.

Mais, tandis que nous marchions cet après-midi-là, il me raconta qu'Adèle était la fille d'une Française, Céline Varens, danseuse à l'Opéra, pour qui il avait éprouvé ce qu'il appelait une *grande passion**. Cette passion, Céline avait feint d'y répondre par une ardeur plus forte encore.

— Et j'étais tellement amoureux, Miss Eyre, que je l'installai dans un hôtel et lui donnai un établissement complet, domestiques, voiture, diamants, etc. En un mot, j'étais en train de me ruiner, dans le style voulu, comme le premier venu. Je vins cependant un soir où Céline ne m'attendait pas ; elle était sortie. La nuit était chaude. Fatigué d'avoir couru dans tout Paris, je m'assis dans son boudoir et j'attendis.

Je ne sais pourquoi il me racontait cela, mais je l'écoutai

en silence. Peut-être souhaitait-il me mettre au courant de l'histoire de sa protégée, mais je sentis que cela n'était qu'un détail qui ne suffisait pas à justifier ses aveux. Il y avait quelque chose d'autre. Je me demandais si par ce biais Mr Rochester ne me donnait pas en même temps un aperçu de son caractère.

— Tandis que j'étais dans le boudoir, poursuivit-il, j'entendis un véhicule approcher et reconnus la *voiture** que j'avais donnée à Céline. Elle rentrait. Naturellement, mon cœur bondit d'impatience de la voir. J'allai à la fenêtre et me penchai. La voiture s'arrêta à la porte de l'hôtel. Je reconnus immédiatement son petit pied, que je vis dépasser de sa robe au moment où elle sauta du marchepied. Appuyé sur le rebord de la fenêtre, j'allais murmurer « *Mon ange** » d'une voix que l'amour seul eût pu entendre, lorsqu'une autre personne, également enveloppée d'un manteau, sortit de la voiture après elle, mais cette fois ce fut un talon éperonné qui frappa le pavé, et ce fut un chapeau d'homme qui passa sous la porte cochère de l'hôtel… Vous n'avez jamais senti la jalousie, n'est-ce pas, Miss Eyre ? Bien sûr que non ; inutile de vous le demander, puisque vous n'avez jamais connu l'amour.

Ce n'était pas vrai. Tandis qu'il évoquait la ravissante Céline, j'avais senti les flèches cruelles de la jalousie. J'en avais les jambes flageolantes mais ne voulais rien montrer. Il était clair que je n'étais rien aux yeux de Mr Rochester, à peine une aventure sur le chemin de Hay qu'il eût préféré ne plus jamais croiser. J'allais me perdre dans un torrent de sombres regrets lorsque je remarquai le sinistre changement qui se produisait dans l'homme en face de moi.

Il serra les dents et se tut. Puis il s'arrêta et frappa du pied le sol durci. Une pensée odieuse semblait l'étreindre si fort qu'il ne pouvait faire un pas. Thornfield était devant nous. Il jeta sur les créneaux un regard comme je n'en ai jamais vu de ma vie : la douleur, la honte, la colère, l'impatience, le dégoût et la haine semblèrent lutter un moment dans sa large prunelle dilatée sous son sourcil d'ébène. Terrible fut ce combat suprême, mais un autre sentiment s'éleva et triompha, quelque chose de dur et de cynique.

À ce moment, Adèle vint se jeter dans ses jambes avec son volant.

— Va-t-en ! s'écria-t-il durement. Tiens-toi à distance ou alors va jouer avec Sophie !

Adèle et moi sursautâmes de concert, mais bientôt elle détala tandis que je restais où j'étais.

Puis il continua à marcher en silence. Je m'aventurai à le ramener au sujet dont il s'était écarté brusquement. J'étais intriguée par son changement d'humeur et voulais connaître la suite de l'histoire.

— Avez-vous quitté le boudoir, monsieur ? lui demandai-je, revenant à son récit.

Je m'attendais presque à une rebuffade pour cette question intempestive. Au contraire, sortant de son isolement sévère, il tourna les yeux vers moi, et son front sembla s'éclaircir.

— Oh ! j'avais oublié Céline ! Eh bien, reprenons : lorsque je vis ma magicienne escortée d'un cavalier, il me sembla entendre siffler le serpent vert de la jalousie qui se dressait en moi. Je restai dans le boudoir pour les attendre et me dissimulai derrière un rideau. Je laissai seulement une petite ouverture qui me permettrait de les observer. Le couple entra : « la Varens », étincelante de satin et de bijoux, mes présents, bien entendu ; son compagnon portait l'uniforme d'officier. Je reconnus un jeune vicomte roué et sans cervelle, un libertin que j'avais quelquefois rencontré dans le monde. Je n'avais jamais songé à le haïr, tant il me semblait méprisable. En le reconnaissant, je sentis se briser les crochets du serpent Jalousie, tandis que s'éteignait mon amour pour Céline. Une femme qui pouvait me trahir pour un tel rival n'était pas digne qu'on se la disputât : elle ne méritait que le dédain.

À ce moment, Adèle accourut encore vers nous.

— Monsieur, John vient de dire que votre homme d'affaires est arrivé et vous demande.

— Ah ! dit Mr Rochester en se tournant vers moi. Dans ce cas, il me faut abréger. Je soulevai le rideau et m'avançai vers eux ; je libérai Céline de ma protection, la priai de quitter l'hôtel et lui remis une bourse pour faire face aux exigences du moment, ignorant ses cris, protestations, prières ou convulsions. Je pris rendez-vous au *bois de Boulogne** avec le vicomte. Le lendemain, j'eus le plaisir de me battre avec lui. Je logeai une balle dans l'un de ses pauvres bras étiolés et faibles comme l'aile d'un poulet, et alors je crus en avoir fini avec toute la clique. Malheureusement, six mois avant, la Varens m'avait donné cette fillette qu'elle affirmait être ma fille. C'est possible, bien que je ne retrouve chez elle aucune preuve de ma laide paternité ; Pilote me ressemble davantage. Quelques années après notre rupture, sa mère l'abandonna et s'enfuit en Italie avec un musicien ou un chanteur. Je n'ai reconnu aucun droit naturel à Adèle qui ferait de moi son protecteur, mais, ayant appris son abandon, j'enlevai ce pauvre petit être aux boues de Paris et je le transportai ici, pour l'élever sainement sur le sol salubre de la campagne anglaise. Mrs Fairfax a eu recours à vous pour son éducation, mais maintenant que vous savez qu'Adèle est la fille illégitime d'une danseuse française de l'Opéra, vous n'envisagerez peut-être plus de la même manière votre tâche et votre élève ?

— Non, monsieur. Adèle n'est pas responsable des fautes de sa mère ni des vôtres. Je m'attacherai à elle plus que jamais.

Il me fixa longuement et intensément. La façon dont il plongeait ses yeux dans les miens remua quelque chose au creux de mon ventre.

— Oh ! dit-il simplement. Il faut que je rentre maintenant, et vous aussi, car voici la nuit.

⁂

Je ne comprenais pas l'attitude de Mr Rochester envers moi. Cette nuit-là, je me tournai et me retournai dans un sommeil entrecoupé. D'un côté, je sentais qu'il me fallait fuir pour me libérer du pouvoir qu'il exerçait sur moi ; de ce besoin de le rendre heureux et de l'infatigable espoir qu'il me prenne à nouveau dans ses bras. Je n'aimais pas l'idée de devenir l'esclave de Mr Rochester (ni de quiconque, d'ailleurs), mais je me savais incapable de partir. J'avais trouvé quelque chose ici que je cherchais depuis longtemps. Je ne pouvais m'en aller tout de suite.

« Mrs Fairfax m'a dit qu'il séjournait ici rarement plus de quinze jours consécutifs ; or voilà huit semaines qu'il y demeure, me disais-je dans l'obscurité. Oserais-je croire qu'il reste parce qu'il s'intéresse à ma personne ? » Cela semblait fort peu probable, étant donné l'attention qu'il m'accordait spontanément. Je devais être pour lui un animal de compagnie guère plus distrayant que Pilote, mais je ne pouvais m'empêcher d'espérer que j'étais au moins pour quelque chose dans la prolongation de son séjour.

Je ne sais si je m'endormis ou non après ces réflexions, mais tout à coup j'entendis au-dessus de ma tête un murmure vague, étrange et lugubre qui me fit tressaillir. Je regrettai de ne pas avoir gardé ma bougie allumée, car la nuit était d'une obscurité sinistre, et je me sentais oppressée. Je m'assis dans mon lit et j'écoutai. Le bruit avait cessé.

J'essayai de me rendormir, mais mon cœur battait d'angoisse. Ma tranquillité intérieure était brisée. Au loin, l'horloge de la grande salle sonna deux heures. À ce moment, il me sembla qu'une main glissait sur ma porte comme pour tâter son chemin le long du sombre corridor.

— Qui est là ? osai-je dire.

Personne ne répondit. J'étais glacée de peur.

Je me recouchai. Le silence calme les nerfs et, comme je n'entendais plus aucun bruit dans la maison, je sentis le sommeil me gagner à nouveau. Mais il était écrit que je ne dormirais pas cette nuit : au moment où un rêve allait s'approcher de moi, il s'enfuit, épouvanté par un bruit à glacer la moelle des os.

Je veux parler d'un rire démoniaque – grave, contenu et profond – qui avait éclaté, semble-t-il, devant le trou de la serrure de la porte même de ma chambre. La tête de mon lit en était tout près, et je crus un instant que le démon ricaneur était couché à côté de moi, ou encore tapi contre mon oreiller. Je me levai, regardai autour de moi mais ne pus rien voir. Le son extraordinaire retentit de nouveau, et je compris qu'il venait du corridor. Mon premier mouvement fut d'aller fermer le verrou ; mon second, de crier : « Qui est là ? »

Quelque chose gargouilla et gémit. Un instant après, j'entendis des pas se diriger du corridor vers l'escalier du troisième étage. On ouvrit une porte puis on la referma.

« Est-ce Grace Poole ? Est-elle possédée ? », pensai-je.

Impossible de rester seule plus longtemps, il fallait que j'aille trouver Mrs Fairfax. Je mis en hâte une robe et un châle, tirai le verrou et ouvris la porte d'une main tremblante. Il y avait une chandelle allumée dans le corridor, ce qui m'étonna, mais ma surprise augmenta bien davantage lorsque je m'aperçus que l'air était lourd et rempli de fumée. Je regardai autour de moi pour comprendre d'où cela pouvait venir, quand je sentis une odeur de brûlé.

J'entendis craquer une porte. C'était celle de Mr Rochester, et c'était de là que sortait un nuage de fumée. Je ne songeais plus à Mrs Fairfax, ni à Grace Poole, ni au rire étrange. Je ne songeais plus qu'à lui et, en un instant, je fus dans sa chambre. Des langues rougeâtres encerclaient le lit, les rideaux étaient en feu, et Mr Rochester dormait profondément au milieu des flammes et de la fumée.

— Réveillez-vous ! Réveillez-vous ! lui criai-je en le secouant.

Il marmonna quelque chose et se retourna. La fumée

l'avait à moitié suffoqué, il n'y avait pas un moment à perdre. Je courus à sa cuvette et à son pot à eau. Heureusement que toutes deux étaient pleines d'eau. Je les soulevai, j'inondai le lit et son occupant, puis me précipitai dans ma chambre chercher mon broc. De nouveau je baptisai le lit, et parvins ainsi à éteindre les flammes qui le dévoraient.

Le sifflement de l'eau sur le feu et surtout la fraîcheur de celle que j'avais si libéralement répandue finirent par réveiller Mr Rochester. Bien qu'il fît très sombre, je m'en aperçus en l'entendant fulminer de terribles malédictions lorsqu'il se trouva couché dans une mare.

— Y a-t-il une inondation ? s'écria-t-il.

— Non, monsieur, répondis-je, mais il y a eu un incendie. Levez-vous. Je vais aller vous chercher une chandelle.

— Est-ce vous, Jane Eyre ? Que m'avez-vous donc fait, magicienne, sorcière ? Qui est venu dans cette chambre avec vous ? Avez-vous juré de me noyer ?

— Je vais aller vous chercher une chandelle, monsieur, mais, au nom du ciel, levez-vous ! Quelqu'un en veut à votre vie, et vous ne sauriez mettre trop de hâte à découvrir de qui il s'agit.

Je rapportai la chandelle qui était restée dans le corridor. Il me la prit des mains et examina le lit noirci ou roussi par les flammes, les draps trempés et le tapis autour, ruisselant d'eau.

Ce spectacle était bouleversant, mais un autre, plus près de moi, me bouleversa et me troubla davantage. À présent je pouvais voir distinctement Mr Rochester : baigné par la lumière dorée de la bougie, il ressemblait à un ange des ténèbres ; ses traits étaient adoucis par la lueur couleur de miel, ses yeux sombres scintillaient. Sa chemise de nuit trempée adhérait aux contours profonds de sa poitrine, sculptant ses larges épaules, sa taille resserrée. Une onde chaude vibra en moi. J'aurais tant voulu toucher son ventre dur, passer mes ongles le long de son dos puissant et galbé.

Il se tourna vers moi. Je tressaillis et sentis mes joues rosir sous son regard.

— Qui a fait cela ? demanda-t-il.

Je lui racontai brièvement ce que je savais. Je lui parlai du rire étrange, des pas que j'avais entendus se diriger vers le troisième, de la fumée et de l'odeur qui m'avaient conduite à sa chambre, de l'état dans lequel je l'avais trouvé.

Il m'écouta sérieusement. Son visage exprimait plus d'inquiétude que d'étonnement. Il resta quelque temps sans parler.

— Voulez-vous que j'avertisse Mrs Fairfax ? proposai-je.

— Mrs Fairfax ? Non, restez ici. Si vous n'avez pas assez chaud, enveloppez-vous dans mon manteau et asseyez-vous sur ce fauteuil.

Il me tendit son manteau et je rougis en me rappelant les circonstances dans lesquelles je l'avais vu pour la première fois vêtu de celui-ci, quand nous avions fait l'amour sur le sentier. Malgré la gravité de la situation, je crus voir l'éclair d'un sourire passer sur son visage, mais très vite il retrouva son air sévère.

— Je vais prendre la chandelle et vous laisser quelques instants, dit-il. Restez ici jusqu'à mon retour. Soyez aussi tranquille qu'une souris. Il faut que j'aille visiter le troisième, mais surtout ne bougez pas et n'appelez personne.

Il partit, et je suivis quelque temps la lumière. Il traversa le corridor, ouvrit la porte de l'escalier aussi doucement que possible, la referma, et tout rentra dans l'obscurité. Je tendis l'oreille mais n'entendis rien.

Il y avait déjà longtemps qu'il était parti, et je me sentais lasse. Je me blottis dans le manteau épais et humai sa puissante odeur de cuir et de sueur mêlés. Fermant les yeux, je nous imaginais de nouveau ensemble sur le chemin, comme je l'avais fait si souvent. Je sentis un picotement frémir à l'intérieur de moi et tentai de l'ignorer. J'étais sur le point de désobéir aux ordres de Mr Rochester au risque de lui déplaire, lorsque j'aperçus la faible lumière projetée sur les murs du corridor et entendis des pieds nus fouler le plancher.

Il entra, pâle et la mine défaite.

— J'ai tout découvert, dit-il, en posant la chandelle sur la table de toilette. C'était bien ce que je pensais.

— Comment, monsieur ?

Il ne répondit pas, mais, croisant les bras, il regarda quelque temps à terre. Enfin, au bout de plusieurs minutes, il me dit d'un ton étrange :

— Vous disiez que vous aviez vu quelque chose au moment où vous avez ouvert la porte de votre chambre, n'est-ce pas ?

— Non, monsieur, rien que le chandelier sur le sol.

— Mais vous avez entendu un rire bizarre ? Ne l'aviez-vous pas déjà entendu, ou du moins quelque chose qui y ressemble ?

— Oui, monsieur. Il y a ici une femme appelée Grace Poole, qui rit de cette manière. C'est une curieuse créature.

— Oui, Grace Poole ; vous avez deviné. Je suis content que vous et moi soyons seuls à connaître les détails de cette affaire. Vous n'êtes pas une sotte bavarde, n'en parlez pas. Retournez dans votre chambre à présent. Quant à moi, le divan de la bibliothèque me suffira pour le reste de la nuit. Il est près de quatre heures ; dans deux heures les domestiques seront levés.

Je me sentis aussitôt pleine d'amertume et de chagrin. Je ne pouvais supporter, alors que nous étions si proches comme cette nuit, que nous ne soyons rien de plus que maître et servante.

— Alors, bonsoir, monsieur, dis-je doucement en me retirant.

Il parut surpris.

— Quoi ! s'écria-t-il. Vous me quittez déjà, et de cette manière ?

— Vous m'avez dit que je le pouvais, monsieur.

— Vous m'avez sauvé la vie, Jane, et je suis heureux

d'avoir contracté envers vous cette dette immense. Je ne peux rien dire de plus.

Mon cœur s'accéléra dans ma poitrine. Mon souffle s'échappait de ma bouche en soupirs haletants. Fixant ses yeux sombres sur moi, il fit un pas en avant. Je sentis se dresser les petits cheveux sur ma nuque.

— Monsieur…, murmurai-je, mais je me vis dans l'incapacité d'achever ma phrase.

Sa main me prit doucement la taille et, sans me quitter du regard, il m'attira vers lui. Délicieusement blottie contre sa poitrine humide, je sentais le tissu mouillé à travers ma chemise de nuit et le froid saisit mes seins nus ; leur mamelon se durcit. Je me pressai alors contre lui. Je percevais le battement de son cœur et la chaleur de son corps contre le mien. Je passai à dessein ma langue sur ma lèvre inférieure, espérant son baiser. J'en fus récompensée en voyant ses yeux s'agrandir et scintiller d'un éclat lubrique.

Soudain, ses doigts se mirent à presser ma taille. Il me plaqua contre lui et écrasa ses lèvres contre les miennes. Puis, délicatement, il poussa sa langue dans ma bouche et l'agita en cercles légers qui attisaient un feu désirant partout où il me touchait. Je lui suçai la langue avec avidité et l'entendis gronder d'un rire surpris. Il me rendit la pareille en me coinçant fermement entre ses hanches, pour que je puisse sentir contre mon ventre son membre long et dur.

Je glissai les mains le long de sa chemise de nuit, caressant au passage les délicieuses ondulations des muscles sur son estomac. Puis mes doigts s'aventurèrent plus bas, après les douces protubérances de ses hanches jusqu'à son membre saillant. Il ferma brièvement les yeux et je sentis tout son corps se raidir d'impatience. Doucement, je faisais monter et descendre mes doigts le long de sa verge, sensible à sa texture à la fois dure et satinée.

Brusquement il ôta ses mains de ma taille et les referma sur les miennes. « Comme cela », chuchota-t-il d'une voix rauque, en les enserrant d'une poigne ferme pour accélérer leur mouvement.

Il gémit doucement tandis que je continuais. Ses doigts se posèrent à nouveau sur ma taille puis s'enfoncèrent dans mes cheveux. Je n'avais jamais rien fait de tel jusqu'à présent. La pensée que je puisse ainsi lui donner autant de plaisir faisait naître des vagues brûlantes d'excitation qui affluaient dans tout mon corps. Il se mit à m'embrasser au rythme de mes mains sur son membre et me tira doucement les cheveux. C'était différent de tout ce que j'avais fait avec John Reed ou Jack ; je sentais une totale maîtrise de la situation.

Quand je m'arrachai soudain à ses baisers, il me regarda, ébahi. Inclinant légèrement la tête, j'embrassai passionnément son cou et commençai à explorer son corps. Je laissai un sillage de baisers brûlants le long de son torse et, encore plus bas, entre ses jambes, où je m'arrêtai. Lentement, je m'agenouillai à ses pieds, sur le plancher de sa chambre.

Il baissa les yeux vers moi. Il respirait lourdement, sa large poitrine se soulevait et ses yeux noirs étaient pleins de désir. Avec une lenteur voulue, je me penchai et plaçai mes lèvres autour de lui en guise de préliminaires, puis passai ma langue à son extrémité. Il ouvrit légèrement la bouche ; sa respiration devint plus rapide.

Avec délicatesse, je me mis à le sucer ; il était doux et raide à la fois. Son membre se tendit dans ma bouche ; je l'y engloutis tout entier. Il émit un gémissement sourd quand mes lèvres revinrent en arrière. De ma langue, je caressai son bout gonflé avant de le reprendre vivement dans ma bouche. Mes mains s'accrochaient à ses cuisses et je le prenais de plus en plus profondément. J'aimais la sensation de ses doigts s'agrippant à mes cheveux dans l'extase. Je le suçai de plus en plus fort, le sentant se tordre de plaisir. Je lui lançai un regard. Le feu brûlant de ses yeux plongea dans les miens, remplis d'un appétit dévorant.

Au moment où j'aspirais la pointe de son membre jusqu'au

fond de la gorge, je le sentis secoué par les spasmes de la jouissance. En gémissant, il fit claquer ses cuisses contre ma bouche ; un liquide chaud et salé coula le long de ma gorge. Au bout d'une seconde, j'avalai. Il soupira.

Je m'écartai de lui et me levai, satisfaite de voir son front humide de sueur et ses yeux brillants de plaisir.

— Jane…, chuchota-t-il. Couche-toi sur le lit.

Je secouai la tête.

— Une autre fois, m'entendis-je promettre en souriant. Bientôt, ajoutai-je avant de lui adresser une révérence et de quitter la pièce.

CHAPITRE XVI

Le jour qui suivit cette nuit sans sommeil, je souhaitais et redoutais à la fois de voir Mr Rochester. J'avais perdu une partie de l'assurance que j'avais acquise au cours de cet épisode dont j'avais été la maîtresse absolue. J'avais besoin d'entendre sa voix, mais je craignais ce que lui ou moi pourrions dire ou faire. Souvent distraite en faisant la classe à Adèle, je m'attendais à le voir entrer d'un moment à l'autre.

Mais la matinée se passa comme de coutume. Rien ne vint interrompre les tranquilles études de mon élève. Après le déjeuner, j'entendis du bruit du côté de la chambre de Mr Rochester. On distinguait les voix de Mrs Fairfax, de Leah, de la cuisinière (la femme de John), et même l'accent brusque de John. « Quelle bénédiction, criait-on, que notre maître n'ait pas été brûlé dans son lit ! », « C'est toujours dangereux de garder une chandelle allumée pendant la nuit », « Pourquoi n'a-t-il éveillé personne ? », etc.

Après ces bavardages, je les entendis frotter et remettre les choses en place. Lorsque je descendis pour dîner, la porte de la chambre était ouverte et je vis que les dégâts avaient été réparés. Leah était occupée à laver le bord des fenêtres noirci par la fumée. Alors que je m'avançais pour lui parler, j'aperçus une seconde personne : assise sur une chaise à côté du lit, elle était occupée à coudre. Cette femme n'était autre que Grace Poole.

Elle était absorbée par son travail. Ses traits durs et ordinaires n'étaient nullement empreints de la pâleur ou du désespoir qu'on se serait attendu à trouver chez une femme qui avait tenté de commettre un meurtre. J'étais étonnée, confondue. Elle leva les yeux pendant que je l'examinais : ni tressaillement, ni rougeur ou pâleur, rien, en un mot, ne trahit la moindre émotion. Elle me dit : « Bonjour, mademoiselle », d'un ton bref et flegmatique comme toujours, puis elle continua à coudre.

— Bonjour, Grace, répondis-je. Est-il arrivé quelque chose ici ? Il me semble que je viens d'entendre les domestiques parler tous à la fois.

— C'est simplement notre maître qui a voulu lire la nuit dernière. Il s'est endormi avec sa bougie allumée, et le feu a pris aux rideaux. Heureusement il s'est réveillé avant que les draps et les couvertures soient enflammés, et il a pu éteindre l'incendie avec l'eau du broc.

— C'est étrange ! dis-je plus bas, puis, en la regardant fixement, j'ajoutai : Mr Rochester n'a-t-il éveillé personne ? Personne ne l'a-t-il entendu remuer ?

Elle leva de nouveau les yeux sur moi, et cette fois il y avait quelque chose de conscient dans leur expression. Elle parut me scruter avec méfiance, avant de répliquer :

— Votre chambre et celle de Mrs Fairfax sont les plus voisines de celle du maître. Mrs Fairfax dit pourtant qu'elle n'a rien entendu.

Elle s'arrêta, puis elle ajouta avec une indifférence feinte et un ton appuyé :

— Mais vous, Miss, vous êtes jeune, vous avez le sommeil léger. Peut-être avez-vous entendu du bruit ?

— Oui, dis-je en baissant la voix afin de ne pas être entendue de Leah, qui lavait toujours les carreaux. J'ai d'abord cru que c'était Pilote, mais Pilote ne rit pas, et je suis certaine d'avoir entendu un rire, un rire fort bizarre.

Elle prit une nouvelle aiguillée de fil, la passa sur un morceau de cire, enfila son aiguille d'une main assurée, et fit observer, avec un calme parfait :

— Vous l'aurez rêvé.

— Je n'ai pas rêvé ! repris-je vivement, car j'étais indignée par la froideur effrontée de cette femme.

De nouveau elle fixa sur moi un regard scrutateur.

— Vous n'avez pas songé à ouvrir votre porte et à regarder dans le corridor ?

Sa question me désarçonna. Je crus prudent de me tenir sur mes gardes.

— Au contraire, dis-je. J'ai poussé le verrou.

— Vous n'avez donc pas l'habitude de mettre le verrou avant de vous coucher ?

Je répliquai avec aigreur :

— Je ne croyais pas que c'était nécessaire. Je ne pensais pas qu'on pût craindre un danger ou un méfait quelconque à Thornfield Hall. À l'avenir, je veillerai à me mettre en sûreté avant de prendre le risque de me coucher.

— Et vous aurez raison, répondit-elle.

J'allais rétorquer quelque chose lorsque la cuisinière entra.

— Mrs Poole, dit-elle en s'adressant à Grace, le repas des domestiques sera bientôt prêt. Voulez-vous descendre ?

Elle se tourna ensuite vers moi en me disant que Mrs Fairfax m'attendait. Je sortis donc de la chambre.

Ce fut à peine si j'entendis le récit que me fit Mrs Fairfax, pendant le déjeuner, de l'événement de la nuit dernière. J'étais tellement occupée à me creuser la cervelle sur le caractère énigmatique de Grace Poole, et davantage encore sur le problème de ses activités dans le manoir. Je me demandais pourquoi Mr Rochester ne l'avait pas fait emprisonner dès le matin, ou du moins chasser loin de lui. La nuit précédente, il m'avait presque dit qu'elle était coupable de l'incendie : quelle cause mystérieuse pouvait l'empêcher de le déclarer ? Je fus traversée par l'idée glaçante qu'elle aussi satisfaisait peut-être les besoins du maître – était-elle aussi une domestique qu'il avait d'abord rencontrée sur le sentier, et qui aurait mis le feu à ses rideaux dans un accès de jalousie démente ? Je rejetai aussitôt cette supposition, d'abord parce qu'elle me blessait, ensuite parce que, au plus profond de moi, je ne la croyais pas possible : Grace n'était pas une beauté, et bien que je ne puisse guère me vanter d'en être une moi-même, j'avais au moins le charme de la jeunesse. Je ne pouvais imaginer mon maître intrépide et hautain trouver une consolation dans la laideur épaisse de Grace. Cependant, je le reconnais, je ne pus trouver une autre raison qui justifiât qu'il la protège.

*
**

J'attendis tout le jour d'être appelée par Mr Rochester. Je voulais lui parler, lui poser des questions sur Grace Poole et… poursuivre nos ébats amoureux. Quand la nuit vint et qu'Adèle me quitta pour aller jouer dans la nursery avec Sophie, je guettai avec impatience le coup de sonnette du rez-de-chaussée. J'espérais la venue de Leah avec un message ou m'imaginais parfois entendre le pas de Mr Rochester. Je me tournais alors vers la porte, m'attendant à ce qu'elle s'ouvre devant lui, mais elle restait désespérément fermée.

Un craquement se fit entendre dans l'escalier, et Leah parut enfin, mais c'était seulement pour m'avertir que le thé était servi dans la chambre de Mrs Fairfax. Je m'y rendis, contente malgré tout de descendre, car il me semblait que j'étais ainsi plus près de Mr Rochester.

— Vous devez avoir besoin de prendre votre thé, me dit la bonne dame au moment où j'entrai. J'ai peur que vous ne soyez pas bien aujourd'hui : vous avez l'air fiévreux.

— Oh si ! je vais très bien, je ne me suis jamais mieux portée.

Elle n'eut pas l'air convaincue, mais changea de sujet :

— Il fait beau malgré l'absence d'étoiles. Mr Rochester n'aura pas à se plaindre de son voyage.

Je sentis une vague de terreur s'abattre sur moi.

— Son voyage ! Mr Rochester est donc parti ? Je n'en savais rien.

— Oh ! il est parti tout de suite après son petit-déjeuner. Il est allé aux Leas, la propriété de Mr Eshton, à dix milles au-delà de Millcote. Je crois que lord Ingram, sir George Lynn, le colonel Dent et plusieurs autres encore doivent s'y trouver réunis.

— L'attendez-vous aujourd'hui ?

— Oh non ! ni même demain. Je pense qu'il y restera au moins une semaine. Quand cette haute aristocratie mondaine se retrouve, elle est entourée de tant d'élégance et de gaieté que personne n'est pressé de partir. On recherche surtout les messieurs dans ces réunions, et Mr Rochester est si charmant et gai en société qu'il y est généralement fort aimé. Il est le favori des dames.

Je crus que j'allais lâcher ma tasse. Je souffrais comme si ma poitrine avait reçu un coup de poignard, mais je parvins à garder une contenance.

— Y a-t-il des dames aux Leas ? m'enquis-je doucement.

— Bien sûr : Mrs Eshton avec ses trois filles, des jeunes filles très élégantes, vraiment ; mais aussi les honorables Blanche et Mary Ingram, qui sont bien belles. J'ai vu Blanche il y a six ou sept ans ; elle avait dix-huit ans, et était venue à un bal de Noël donné par Mr Rochester. C'était la reine de la fête.

— Vous dites que vous l'avez vue, Mrs Fairfax. Comment était-elle ? ne pus-je m'empêcher de demander.

— Grande, une taille fine, des épaules tombantes, un cou long et gracieux, un teint mat, des traits nobles, des yeux un peu semblables à ceux de Mr Rochester, grands, noirs et brillants. Ses beaux cheveux d'un noir d'ébène étaient arrangés avec art.

— Elle devait être bien admirée, j'imagine ? insistai-je, au risque de m'étouffer en prononçant ces mots.

— Oh oui ! et non seulement pour sa beauté, mais aussi

pour ses talents. Elle et d'autres dames ont chanté, chacune accompagnée d'un monsieur au piano. Miss Blanche a chanté un duo avec Mr Rochester.

— Et cette jeune fille, si belle et si accomplie, n'est pas encore mariée ?

— Il semblerait que non. Je crois que ni elle ni sa sœur n'ont beaucoup de fortune.

J'allais faire allusion à la possibilité d'un mariage entre Mr Rochester et la belle Blanche, lorsque Adèle entra, ce qui nous força à changer le sujet de notre conversation.

Dès que je fus seule, je me mis à repasser dans ma mémoire ce que j'avais appris. Cette nuit-là, je pleurai sur mon oreiller, car j'avais été faible et sotte, car je m'étais trompée. Je n'aurais jamais dû obéir à mes passions et ne devrais jamais plus le faire. Des hommes tels que Mr Rochester ne tombaient pas amoureux de créatures aussi laides et banales que Jane Eyre. C'est folie chez une femme de laisser s'allumer en elle un amour secret qui dévore sa vie, s'il n'est ni connu ni partagé, et qui, s'il est connu et partagé, la lance, tel un feu follet, dans des marécages dont il lui est impossible de sortir.

Je sentis à présent combien mon comportement de la nuit passée avait été pure folie, et fis mon possible pour l'oublier, tout comme l'avait oublié Mr Rochester, car je ne m'attendais pas à autre chose de sa part.

CHAPITRE XVII

Une semaine se passa sans qu'on reçût aucune nouvelle de Mr Rochester. Au bout de dix jours, il n'était pas encore revenu. Je profitais de son absence pour soigner mon cœur blessé et me convaincre de revenir à ma vieille vie de solitaire. Mrs Fairfax me dit qu'elle ne serait pas étonnée qu'en quittant les Leas il se rendît à Londres, puis que de là il passât sur le continent, pour ne pas revenir à Thornfield de toute l'année. En l'entendant parler ainsi, j'éprouvai un étrange frisson et je sentis mon cœur défaillir. Je ne pouvais m'empêcher de subir une douloureuse déception. Mais, ralliant mes esprits et rappelant mes principes, je m'efforçai de remettre de l'ordre dans mes sensations. Bientôt je me rendis maîtresse de mon erreur passagère.

Il y avait à peu près quinze jours que Mr Rochester était absent, lorsque Mrs Fairfax reçut une lettre.

— C'est du maître, dit-elle en regardant l'adresse. Maintenant nous allons savoir si nous devons ou non nous attendre à son retour.

Pendant qu'elle brisait le cachet et lisait le contenu, je continuai à boire mon café comme si de rien n'était. Je ne me donnai pas la peine de chercher la raison qui agitait ma main et me fit renverser la moitié de mon café dans ma soucoupe.

— Mr Rochester sera ici dans trois jours, c'est-à-dire jeudi prochain. Et il ne vient pas seul. Je ne sais pas combien de personnes des Leas l'accompagneront, mais il demande à ce que l'on prépare les plus belles chambres. La bibliothèque et le salon doivent être aussi mis en état. La maison sera pleine !

Après avoir parlé, Mrs Fairfax avala son déjeuner et partit en hâte pour lancer les opérations.

Il y eut en effet beaucoup à faire pendant les trois jours suivants. Toutes les chambres de Thornfield m'avaient semblé très propres et très bien arrangées, mais il paraît que je m'étais trompée. Trois servantes nouvelles arrivèrent pour aider les autres, et jamais auparavant ni depuis lors je n'ai tant vu frotter et brosser, laver et polir. J'étais censée apporter ma contribution, et je trouvai une consolation dans les ennuyeuses tâches ménagères qui m'empêchaient de trop penser à Mr Rochester et à Blanche Ingram. La nuit, je pleurais sur mon oreiller mais, dans la journée, au moins, j'étais occupée.

Le deuxième jour, j'eus l'occasion de voir la porte de l'escalier qui menait au troisième étage (qui depuis quelque temps était toujours restée fermée) s'ouvrir lentement et donner passage à Grace Poole, qui glissait alors le long du corridor pour marmonner quelque chose à l'une des servantes avant de continuer son chemin. Elle descendait à la cuisine une fois par jour pour dîner, fumait un instant la pipe près du feu, et retournait dans sa chambre, triste, sombre et solitaire, emportant avec elle un pot de bière. Sur vingt-quatre heures elle n'en passait qu'une avec les autres domestiques. Le reste du temps, elle vivait seule dans une chambre basse, lambrissée de chêne, du deuxième étage.

Ce qui m'étonna le plus, c'est que personne dans la maison, excepté moi, ne semblait s'en inquiéter. Personne ne se demandait ce qu'elle faisait là ; personne ne la plaignait de sa solitude ou de son isolement. Un jour, je saisis des bribes de conversation entre Leah et une femme de journée. Elles s'entretenaient de Grace. Leah dit quelque chose que je n'entendis pas, et la femme de journée répondit :

— Elle a sans doute de bons gages ?

— Oui, dit Leah, j'aimerais bien en avoir d'aussi bons,

mais tout le monde ne pourrait pas chausser ses souliers, même pour de l'argent.

— Oh, pour cela, non ! renchérit la femme de journée. Je me demande si le maître…

Elle allait continuer, mais à ce moment-là Leah se retourna, m'aperçut et poussa légèrement du coude la femme de ménage.

— Est-ce qu'elle ne sait pas ? chuchota alors celle-ci.

Leah secoua la tête et bien entendu la conversation cessa. Tout ce que je venais d'apprendre, c'est qu'il y avait un mystère à Thornfield Hall, mystère qu'il me fallait à présent découvrir.

*
**

Le jeudi arriva, et ce jour-là nous errions tous sans but dans la maison, attendant le retour de notre maître dans la soirée. Enfin on entendit le bruit des roues. Je me penchai à la fenêtre du deuxième étage, d'où je vis quatre cavaliers qui galopaient en avant. Derrière eux venaient deux voitures découvertes. Mr Rochester était monté sur son cheval noir Mesrour et accompagné de Pilote, qui bondissait devant lui. À côté de lui j'aperçus une femme très belle. Son habit de cheval, d'un rouge pourpre, touchait presque à terre. À travers son long voile, soulevé par la brise, on pouvait voir de riches boucles d'un noir d'ébène.

— Miss Ingram ! s'écria Mrs Fairfax à côté de moi, et elle descendit rapidement.

Adèle, qui se trouvait là aussi, demanda à descendre, mais je la pris sur mes genoux et je lui fis comprendre que, ni maintenant, ni jamais, elle ne devrait aller voir les dames à moins que son tuteur ne la fît demander. Elle fut particulièrement fâchée de cela, mais je restai ferme.

Un joyeux remue-ménage se faisait entendre à présent dans le hall. Les voix graves des messieurs et les accents argentins des dames se mêlaient harmonieusement. Mais, bien qu'il ne parlât pas haut, la voix sonore du maître de Thornfield Hall souhaitant la bienvenue à ses aimables hôtes retentissait au-dessus de toutes les autres. En entendant résonner ces accents familiers, je sentis mes genoux se dérober sous moi et fus prise de vertige, mais je m'exhortai à demeurer forte.

— Oh ! les belles dames ! s'écriait Adèle en anglais. Oh, comme je serais contente d'aller avec elles ! Pensez-vous que Mr Rochester nous enverra chercher tout à l'heure après le dîner ?

— Non, en vérité. Mr Rochester a bien autre chose en tête. Ne pensez plus aux dames aujourd'hui. Peut-être les verrez-vous demain.

Ce soir-là, Adèle et moi restâmes à l'étage à écouter le gai brouhaha qui montait jusqu'à nous. Je lui racontai des histoires du temps passé, mais elle paraissait souvent distraite. Je trouvais tout aussi difficile de me concentrer. Des souvenirs de mon enfance chez les Reed me revinrent vaguement à l'esprit, ce qui me plongea dans une humeur mélancolique. Lorsque la soirée fut avancée, on entendit de la musique retentir dans le salon. Adèle et moi cessâmes de parler pour écouter. Une voix se mêla bientôt aux puissantes vibrations du piano. C'était une femme qui chantait, et sa voix était pleine de douceur. Le solo fut suivi d'un duo. J'écoutai longtemps. Soudain je découvris que mon oreille tentait d'analyser les timbres divers, cherchant à distinguer parmi les voix d'un chœur les accents de Mr Rochester, mais ce fut peine perdue.

Comme onze heures sonnaient, Adèle et moi allâmes enfin au lit.

Le jour suivant brilla aussi radieux que son prédécesseur et fut consacré à une excursion dans le voisinage. De toutes les dames, Miss Ingram seule montait à cheval et, comme le jour précédent, Mr Rochester galopait à ses côtés. Tous deux étaient séparés du reste de la compagnie. Je fis remarquer cette circonstance à Mrs Fairfax, qui était à la fenêtre avec moi.

— À l'évidence Mr Rochester la préfère à toutes les autres.

— Oui, il l'admire sans doute.

— Et elle l'admire aussi, ajoutai-je en m'efforçant d'éloigner toute forme de jalousie ou de tristesse. Voyez, elle se penche comme pour lui parler en confidence. Je voudrais voir son visage, je ne l'ai pas pu encore jusqu'ici.

— Vous la verrez ce soir, promit Mrs Fairfax. J'ai dit à Mr Rochester combien Adèle désirait être présentée à ces dames. Il m'a répondu : « Eh bien, qu'elle vienne dans le salon après dîner, et demandez à Miss Eyre de l'accompagner. »

— Oui, il a dit cela par pure politesse, répondis-je brièvement, gagnée par la panique.

— Je lui ai fait remarquer que vous n'étiez pas habituée au monde, mais il m'a répliqué : « Absurde ! Si elle résiste, dites-lui que j'irai moi-même la chercher. »

J'étais perplexe : quel sens donner à cela ? Voulait-il se pavaner devant moi pour me faire de la peine ? C'était de la plus haute cruauté, mais je ne pouvais dire non à mon maître.

— J'irai, puisque je ne peux pas faire autrement, mais je n'aime pas cela. Serez-vous là, Mrs Fairfax ?

— Non. J'ai plaidé et gagné mon procès. Si vous ne voulez pas être vue, glissez-vous dans le salon pendant qu'il est vide. Choisissez un coin tranquille pour vous asseoir. Il suffira que Mr Rochester vous ait vue. Après cela, vous pourrez vous retirer, personne ne fera attention à vous.

Je soupirai de lassitude. Ces circonstances ne me plaisaient pas du tout. Je ne souhaitais pas revoir, pour la première fois depuis notre nuit ensemble, Mr Rochester dans une assemblée d'inconnus, mais peut-être cela était-il pour le mieux. Au milieu de la foule, l'embarras d'une telle situation serait sans doute de peu d'importance et aucun de nous n'aurait l'occasion d'en parler.

— Pensez-vous que tout ce monde restera longtemps au château ? demandai-je.

— Deux ou trois semaines, certainement pas davantage.

C'est avec une certaine appréhension que je vis s'approcher le moment où je devais entrer dans le salon avec mon élève. Adèle avait passé tout le jour dans une perpétuelle extase, à partir du moment où on lui avait appris qu'elle allait être présentée aux dames dans la soirée, et elle ne se calma un peu que lorsque Sophie commença à l'habiller. Je fis mon possible de mon côté pour apparaître aussi sous mon meilleur jour : pour l'occasion, je revêtis une robe gris argent achetée pour le mariage de Miss Temple, je lissai mes cheveux, et mis mon seul ornement – l'épingle de perle. Lorsque nous fûmes toutes les deux prêtes, nous descendîmes.

Heureusement nous trouvâmes le salon vide. Tandis qu'Adèle s'asseyait sans dire un mot sur le petit tabouret que je lui indiquai, je me retirai sur la banquette d'une fenêtre et, prenant un livre sur une des tables, je m'efforçai de lire sans me faire remarquer.

Tout à coup j'entendis plusieurs personnes se lever et un groupe de dames pénétra dans le salon. Elles étaient huit, mais quand elles entrèrent, elles me parurent beaucoup plus nombreuses. Quelques-unes étaient grandes, plusieurs d'entre elles habillées de blanc et toutes couvertes de vêtements amples et ondoyants qui les rendaient plus imposantes, comme les nuages qui entourent la lune l'agrandissent à nos yeux. Je me levai et leur fis la révérence. Une ou deux me répondirent par un mouvement de tête ; les autres se contentèrent de me regarder.

Elles se dispersèrent dans le salon. La légèreté de leurs mouvements les faisait ressembler à un troupeau d'oiseaux blancs. Quelques-unes s'étendirent à demi sur le sofa et les ottomanes, d'autres se penchèrent sur les tables pour regarder les fleurs et les livres ; plusieurs, enfin, formèrent un groupe autour du feu. Ayant appris plus tard comment elles se nommaient, je peux dès à présent les désigner par leurs noms.

Il y avait d'abord Mrs Eshton et deux de ses filles. Elle avait dû être jolie et était encore bien conservée. Amy, l'aînée de ses filles, était plutôt petite ; sa figure et ses manières étaient piquantes, bien que naïves et enfantines. La seconde, Louisa, plus grande et plus élégante, était fort jolie ; elle avait une de ces figures que les Français appellent « un minois chiffonné ». Du reste, les deux sœurs étaient belles comme des lys.

Lady Lynn était une femme de quarante ans, grande et forte, à la taille droite, à l'air très hautain. Elle était richement drapée dans une robe de satin changeant ; une plume bleu azur et un bandeau de pierres précieuses faisaient ressortir le brillant de ses cheveux noirs.

Madame la colonelle Dent était moins splendide, mais plus distinguée à mon sens. Elle avait la taille mince, un visage doux et pâle, et les cheveux blonds. Je préférais sa robe de satin noir, son écharpe en riche dentelle étrangère et ses quelques ornements de perles, à l'éclat arc-en-ciel de la dame titrée.

Mais trois personnes surtout se faisaient remarquer, en partie à cause de leur haute taille. C'étaient la douairière lady Ingram et ses deux filles, Blanche et Mary ; toutes trois étaient prodigieusement grandes. La douairière avait entre quarante et cinquante ans ; sa taille était encore belle et ses cheveux encore noirs ; ses dents me semblèrent parfaites. Eu égard à son âge, elle devait passer aux yeux de presque tout le monde pour une femme superbe, et elle l'était en effet, mais il y avait dans toute sa tenue et dans toute son expression une insupportable fierté. Blanche et Mary étaient de sa taille, droites et grandes comme des peupliers. Mary était trop mince, mais Blanche était faite comme une Diane. Je la regardai, bien sûr, avec un intérêt tout particulier. Elle était belle, indéniablement : la taille noble, les épaules tombantes, le cou gracieux, les yeux et les boucles noires étaient bien tels que me les avait décrits Mrs Fairfax, mais son visage ? Son visage était semblable à celui de sa mère : il montrait les mêmes traits hautains, le même orgueil. Cependant, je pensais que la plupart des hommes l'admireraient et je savais trop bien que Mr Rochester en faisait partie, et il y avait de quoi. Je n'aurais pu lui trouver de défaut physique et encore moins rivaliser avec une telle beauté. Je ne sentais cela que trop vivement.

Vous ne supposez pas, lecteur, qu'Adèle était restée tout ce temps immobile sur une chaise. Au moment où les dames entrèrent, elle se leva, s'avança vers elles et leur dit avec gravité :

— *Bonjour, mesdames**.

Miss Ingram la regarda d'un air moqueur et s'écria :

— Oh ! quelle petite poupée !

— Je crois, dit lady Lynn, que c'est la pupille de Mr Rochester.

Mrs Dent la prit gentiment par la main et l'embrassa. Amy et Louisa Eshton s'écrièrent ensemble :

— Oh ! l'amour d'enfant !

Elles l'emmenèrent sur le sofa, et elle se mit à parler soit en français, soit en mauvais anglais ; elle fut gâtée autant qu'elle pouvait le désirer.

Enfin, on apporta le café et on appela les messieurs. L'apparition de leur groupe me parut aussi imposante que celle des dames. Ils étaient tous habillés de noir ; la plupart grands, et quelques-uns jeunes. Henry et Frederick Lynn étaient ce qu'on appelle de brillants jeunes gens. Le colonel Dent me parut un beau militaire. Mr Eshton, magistrat du district, avait des manières de gentilhomme, avec ses cheveux blancs et ses moustaches noires. De même que ses sœurs, lord Ingram était très grand et, comme elles, il était beau.

Où était Mr Rochester ?

Il arriva enfin. Je sursautai légèrement en le voyant entrer. J'avais oublié le caractère magnétique de sa présence, qui se diffusait dans toute la pièce et semblait attraper mon cœur dans une étreinte qui m'ôtait le souffle. Des images de notre dernière nuit d'amour me traversèrent l'esprit, se mélangeant aux souvenirs de notre étreinte sur le sentier. Je revis sa chemise trempée à la lumière de la chandelle tandis que je m'agenouillais devant lui, le désir brûlant dans ses yeux, et puis ses traits sombres brillant au clair de lune lorsque j'étais couchée sous lui et qu'il s'enfonçait en moi. Mes doigts se mirent à trembler.

Pas une fois il ne se tourna pour me regarder : c'était vraiment comme si je n'étais pas là. Je crois qu'il en était incapable, avec une beauté telle que Miss Ingram devant lui. Je baissai la tête et dus employer tous mes efforts pour ne pas pleurer. Je m'étais dit depuis qu'il était parti qu'il ne se souciait guère de moi et que je devais cesser de nourrir mes fantasmes, mais le voir confirmer ainsi était profondément douloureux.

— Mr Rochester, je croyais que vous n'aimiez pas les enfants ? dit Miss Blanche Ingram en traversant la pièce pour se tenir à côté de lui tandis que les autres invités discutaient entre eux.

— Et vous aviez raison.

— Alors qui vous a décidé à vous charger de cette petite poupée là ? reprit-elle en montrant Adèle. Où avez-vous été la chercher ?

— Je n'ai pas été la chercher. On me l'a laissée sur les bras.

— Vous auriez dû l'envoyer en pension.

— Je ne le pouvais pas. Les pensions sont si chères !

— Mais il me semble que vous avez une gouvernante. Tout à l'heure j'ai vu quelqu'un avec votre pupille ; serait-elle partie ? Oh non, elle est là derrière le rideau. Vous la payez sans doute. Je crois que c'est aussi cher que de la mettre en pension.

Je craignais que cette allusion à ma présence forcerait

Mr Rochester à regarder de mon côté, et involontairement je m'enfonçai encore davantage dans l'ombre, mais il ne tourna pas les yeux. Je n'aurais pas voulu qu'il puisse me comparer avec Miss Ingram.

— Je n'y ai pas pensé, dit-il avec indifférence et regardant droit devant lui.

— Si vous entendiez maman parler des gouvernantes ! Mary et moi nous en avons eu au moins une douzaine, la moitié détestables, les autres ridicules, toutes insupportables. N'est-ce pas, maman ?

— Ma chérie, ne me parlez pas des gouvernantes, répliqua la douairière lady Ingram. Ce seul mot me rend nerveuse. J'ai souffert le martyre avec leur inhabileté et leurs expressions. Je remercie le ciel de ne plus avoir affaire à elles !

Mrs Dent se pencha alors vers lady Ingram et lui dit quelque chose tout bas. Je suppose, d'après la réponse, que Mrs Dent lui faisait remarquer la présence d'un des membres de cette race sur laquelle elle venait de lancer un anathème.

— Tant pis, reprit la noble dame, j'espère que cela lui profitera ! Je l'ai déjà examinée. Je suis bon juge des physionomies et, dans la sienne, je lis tous les défauts qui caractérisent sa classe.

— Et quels sont-ils, madame ? demanda Mr Rochester.

— Je vous les dirai dans un tête-à-tête, répondit-elle.

— Mais ma curiosité sera passée alors.

— Demandez-le donc à Blanche. Elle est plus près de vous que moi.

— Oh ! ne me chargez pas de cette tâche, maman ! Je n'ai du reste qu'un mot à dire sur toute cette espèce, c'est qu'elle ne peut que nuire. Ai-je raison, maman ?

— Oui, mon beau lys, vous avez raison, comme toujours.

— Alors il est inutile d'en parler plus longtemps. Changeons de conversation.

— Pourquoi ne pas nous offrir un peu de musique, ma douce ? suggéra sa mère.

Elle sourit galamment, et elle et Mr Rochester s'approchèrent du piano. Tout en jouant du piano, Miss Ingram se mit à chanter avec Mr Rochester.

« Voilà le moment de m'éclipser », pensai-je, mais les notes qui frappèrent mes oreilles me forcèrent à rester. Mrs Fairfax m'avait annoncé que Mr Rochester avait une belle voix. C'était vrai : une voix de basse harmonieuse et puissante dans laquelle il révélait sa propre émotion, sa propre force. J'écoutai jusqu'à la dernière vibration de ces notes pleines et sonores. J'attendis que le mouvement de la conversation reprenne son cours. Alors je quittai mon refuge et je sortis par la porte de côté, qui heureusement était tout près de moi. Un corridor étroit conduisait au vestibule. Je m'aperçus, en le traversant, que mon soulier était dénoué. En m'agenouillant pour le rattacher, j'entendis tout à coup la porte de la salle à manger s'ouvrir et des pas d'homme se diriger de mon côté. Je me relevai précipitamment et je me trouvai face à face avec Mr Rochester.

— Comment vous portez-vous ? me demanda-t-il.

— Très bien, monsieur.

— Pourquoi n'êtes-vous pas venue me parler dans le salon ?

Je pensai que j'aurais bien pu lui retourner sa question, mais je lui répondis simplement, les yeux baissés :

— Vous aviez l'air occupé et je n'aurais pas osé vous déranger, monsieur.

— Qu'avez-vous fait pendant mon absence ?

— Rien de particulier. J'ai continué à donner des leçons à Adèle.

— Et vous êtes devenue beaucoup plus pâle que vous n'étiez, je l'ai remarqué tout de suite. Qu'y a-t-il ?

Oh, comment pouvait-il me poser une telle question ? J'avais envie de hurler, mais je restai calme.

— Je n'ai rien, monsieur.

— Retournez au salon, vous êtes partie trop tôt.

— Je suis fatiguée, monsieur.

Il me regarda un instant.

— Et un peu déprimée, ajouta-t-il. Qu'avez-vous ? Dites-le-moi, je vous en prie.

— Rien, rien, monsieur. Je ne suis pas déprimée.

— Je suis bien sûr du contraire. Vous êtes si triste que le moindre mot de plus amènerait des larmes dans vos yeux. Allons, pour ce soir je vous excuse, mais sachez qu'aussi longtemps que mes hôtes seront ici, je vous demande de venir tous les soirs dans le salon. C'est là mon désir, ne le négligez pas. Maintenant partez, et envoyez Sophie chercher Adèle. Bonsoir, ma…

Il s'arrêta, se mordit la lèvre et me quitta brusquement.

CHAPITRE XVIII

Je me demandai ce que les hôtes de Mr Rochester allaient faire le lendemain soir, car ils avaient parlé de distractions nouvelles et notamment de charades. Après avoir passé la journée à parcourir à cheval la campagne autour de Thornfield, ils souhaitaient s'amuser un peu. On appela les domestiques pour retirer les tables de la salle à manger et placer les chaises en demi-cercle. Pendant que Mr Rochester et ses hôtes masculins dirigeaient les préparatifs, les dames montaient et descendaient les escaliers en appelant leurs femmes de chambre. On demanda Mrs Fairfax pour savoir ce qu'il y avait dans le château en fait de châles, de robes, de draperies de toute espèce. Les armoires du troisième étage furent bientôt vidées de leur contenu.

Mr Rochester appela les dames autour de lui, afin de choisir celles qui feraient partie de son camp.

— Miss Ingram est certainement pour moi, décréta-t-il. Puis il se tourna vers moi et me demanda : Voulez-vous jouer ?

Je secouai la tête. Je craignais qu'il n'insistât, mais il n'en fit rien. Il se retira derrière le rideau avec son équipe pour préparer la première charade. Parmi les messieurs qui restaient dans la pièce, Mr Eshton me remarqua et sembla demander tout bas si l'on ne pourrait pas me faire une place, mais lady Ingram s'y opposa : « Non, elle a l'air trop stupide pour comprendre ce jeu », l'entendis-je dire.

Bientôt on sonna une cloche, et Mr Rochester et son équipe

apparurent. Adèle, qui avait insisté pour être avec son tuteur, bondit en avant et répandit autour d'elle le contenu d'une corbeille de fleurs qu'elle portait dans ses bras. Alors apparut la belle Miss Ingram, vêtue de blanc, enveloppée d'un long voile et le front orné d'une couronne de roses. Mr Rochester marchait à côté d'elle, et tous deux s'approchèrent de la table ; ils s'agenouillèrent. Mrs Dent et Louisa Eshton, également habillées de blanc, se placèrent derrière eux. Alors commença une cérémonie dans laquelle il était facile de reconnaître la pantomime d'un mariage. Lorsque tout fut fini, le colonel Dent, après avoir un instant consulté ses voisins, s'écria : « Mariée ! »

Mr Rochester s'inclina, et je perdis tout intérêt pour la suite de la charade. Je me recroquevillai dans mon coin et me mis à lire. Je ne pouvais supporter de les voir ensemble ou de regarder Miss Ingram se jeter ainsi à la tête de Mr Rochester. Le jeu se poursuivit mais je n'y prêtai plus attention et me rendis moi-même invisible jusqu'à la fin de la soirée.

***

Le lendemain, il faisait presque nuit quand la petite Adèle, agenouillée à mes pieds devant la fenêtre du salon, s'écria :

— *Voilà monsieur Rochester qui revient* !*

Mr Rochester avait vaqué à ses affaires toute la journée, laissant ses invités à Thornfield. Tandis que les autres avaient eu l'air d'en profiter pour se reposer, Miss Ingram ne tenait pas en place.

Je me retournai à l'annonce d'Adèle et Miss Ingram jaillit de son sofa. Les autres aussi levèrent le nez de leurs occupations respectives pour regarder vers la fenêtre, car au même instant on entendit des piétinements de sabots et un bruit de roues sur le gravier mouillé. Enfin on vit avancer une chaise de poste.

— Pourquoi revient-il en voiture ? s'étonna Miss Ingram.

Il est parti sur son cheval Mesrour, et Pilote l'accompagnait. Qu'a-t-il pu faire des bêtes ?

En disant ces mots, elle approcha sa grande taille et ses amples vêtements si près de la fenêtre que je fus obligée de me jeter brusquement en arrière. Dans son empressement elle ne m'avait pas remarquée, mais lorsqu'elle me vit, elle releva dédaigneusement sa lèvre orgueilleuse et alla vers une autre fenêtre. Nous vîmes la chaise de poste s'arrêter, et un monsieur descendre en habit de voyage, mais ce n'était pas Mr Rochester.

— Que c'est irritant ! s'écria Miss Ingram. Et vous, insupportable petit singe ! ajouta-t-elle en s'adressant à Adèle. Qui vous a perchée sur cette fenêtre pour donner de faux renseignements ?

Elle jeta un regard mécontent sur moi, comme si j'étais cause de cette méprise.

On entendit parler dans le vestibule, et le nouveau venu fut introduit.

— Il paraît que j'ai mal choisi mon moment, disait-il. Mon ami Mr Rochester est absent, mais je viens d'un long voyage et je compte assez sur notre ancienne amitié pour m'installer ici jusqu'à son retour.

Ses manières étaient polies. Son accent avait quelque chose de particulier : sans être étranger, il n'était pas non plus anglais. Il pouvait avoir le même âge que Mr Rochester, de trente à quarante ans. Il aurait été beau si son teint n'avait pas été si jaune.

La cloche sonna l'heure de s'habiller. La compagnie se dispersa, et ce ne fut qu'après le dîner que je revis l'étranger, alors qu'il semblait tout à fait à son aise. En y regardant de plus près, je trouvai en lui quelque chose de profondément déplaisant. Assise dans mon coin habituel, je l'observai. Il avait tiré son fauteuil près du feu, comme s'il avait froid, et se trouvait face à moi. Je le comparai à Mr Rochester. On n'aurait pu trouver plus vif contraste entre un jars bien lisse et un fier faucon, entre une douce brebis et le chien au poil rude et à l'œil perçant qui le garde. Il avait parlé de Mr Rochester comme d'un vieil ami – une bien étrange amitié avait dû être la leur !

Deux ou trois messieurs l'entouraient, et j'entendais de temps en temps des bribes de leur conversation. D'abord, je ne pus pas bien comprendre mais j'appris que le nouveau venu s'appelait Mr Mason, qu'il venait de débarquer en Angleterre, et qu'il arrivait d'un pays chaud. Je m'expliquai alors son teint jaune et son empressement à s'approcher du feu. Les mots Jamaïque, Kingston et Spanish Town m'indiquèrent qu'il avait résidé aux Indes occidentales. Je ne fus pas peu étonnée lorsque j'appris que c'était là qu'il avait vu Mr Rochester pour la première fois.

Je réfléchissais, lorsqu'un incident tout à fait inattendu vint rompre ma rêverie. Mr Mason, qui grelottait chaque fois qu'on ouvrait une porte, demanda du charbon pour nourrir le feu, qui avait cessé de flamber. Le domestique, après avoir apporté le charbon, s'arrêta près de Mr Eshton et lui dit quelque chose à voix basse. Je n'entendis que ces mots : « une vieille femme… très ennuyeuse ».

— Dites-lui qu'on la mettra en prison si elle ne veut pas partir, répondit le magistrat.

— Non, arrêtez ! interrompit le colonel Dent. Ne la renvoyez pas, Eshton. Consultons d'abord les dames.

Et il continua à haute voix :

— Mesdames, vous vouliez aller visiter le campement des bohémiens à Hay. Or Sam vient de nous dire qu'une de ces vieilles sorcières est dans la salle des domestiques et demande à être introduite pour dire la bonne aventure. Désirez-vous la voir ?

— Certainement, colonel, s'indigna lady Ingram, vous n'encourageriez pas une si grossière imposture ? Renvoyez cette femme d'une façon ou d'une autre !

— Mais je ne peux la faire partir, madame, déplora Sam,

ni les autres domestiques non plus. En ce moment même, Mrs Fairfax l'engage à se retirer, mais elle s'est assise au coin de la cheminée et dit que rien ne l'en fera sortir jusqu'au moment où on l'aura présentée ici.

— Et que veut-elle ? s'enquit Mrs Eshton.

— Dire la bonne aventure, madame, et elle a juré qu'elle y réussirait.

— Comment est-elle ?

— Oh ! c'est une vieille femme horriblement laide, presque aussi noire que la suie !

— Une vraie sorcière, naturellement ! s'écria Frederick Lynn. Qu'on la fasse entrer !

— Il m'est impossible d'admettre une telle inconséquence, s'opposa la douairière Ingram.

— Vraiment, ma mère ? Et pourtant il le faudra, s'écria la voix impérieuse de Blanche. Je suis curieuse de m'entendre dire la bonne aventure. Sam, faites entrer cette bonne femme.

— Oui, oui, oui ! s'écrièrent jeunes gens et jeunes filles. Faites-la entrer, enfin un peu de distraction !

Le domestique hésita encore un instant.

— Elle a l'air si grossier, dit-il.

— Allez ! ordonna Miss Ingram d'un ton sans réplique.

Aussitôt que Sam fut parti, l'animation se répandit dans le salon. Un feu roulant de railleries et de plaisanteries avait déjà commencé lorsque Sam revint.

— Elle ne veut plus entrer, maintenant, expliqua-t-il. Elle prétend que ce n'est pas sa mission de paraître ainsi devant un « vil troupeau » (ce sont ses mots). Il faut, dit-elle, que je la mène dans une chambre où ceux qui voudront la consulter viendront l'un après l'autre.

— Vous voyez, ma royale Blanche, commença lady Ingram, elle devient de plus en plus exigeante. Soyez raisonnable, mon bel ange, et…

— Menez-la dans la bibliothèque, enfin ! coupa net le bel ange. Ce n'est pas ma mission, non plus, de l'entendre devant un vil troupeau. Je veux l'avoir pour moi seule. Y a-t-il du feu dans la bibliothèque ?

— Oui, madame.

— Alors faites ce que je vous dis.

Sam disparut à nouveau, et le mystère, l'animation, l'impatience s'emparèrent de nouveau des esprits.

— Elle est prête, annonça le domestique en revenant. Elle désire savoir quelle est la première personne qu'elle va voir.

— Je crois bien que je ferais mieux de jeter un coup d'œil sur cette sorcière avant de laisser les dames s'entretenir avec elle, décréta le colonel Dent. Dites-lui, Sam, que c'est un monsieur qui va venir.

Sam sortit et rentra bientôt.

— Elle ne veut pas, dit-elle, recevoir de messieurs. Et elle ne veut s'entretenir qu'avec les femmes jeunes et pas mariées.

— Par Dieu, elle a du goût ! s'exclama Henry Lynn.

Miss Ingram se leva avec solennité.

— J'irai la première, déclara-t-elle d'un ton tragique.

— Oh ! ma chérie, réfléchissez ! s'affola sa mère.

Mais Blanche passa devant lady Ingram avec un silence hautain, franchit la porte que le colonel Dent tenait ouverte, et nous l'entendîmes entrer dans la bibliothèque.

Il s'ensuivit un calme relatif. Les minutes s'écoulaient lentement. Un quart d'heure passa sans qu'on entendît ouvrir la porte de la bibliothèque. Enfin, Miss Ingram reparut dans la salle à manger. Tous les yeux se fixèrent sur elle avec une ardente curiosité. Elle répondit à ces regards par un coup d'œil glacial. Elle n'était ni agitée ni ravie. Elle regagna sa place avec raideur et s'assit en silence.

— Eh bien, Blanche ? s'enquit lord Ingram.

— Que vous a-t-elle dit, ma sœur ? demanda Mary.

— Qu'en pensez-vous ? Comment vous sentez-vous ? s'écrièrent les demoiselles Eshton.

— Voyons, voyons, mes bons amis, ne me harcelez pas

ainsi ! répliqua Miss Ingram. Vraiment, à vous entendre, on croirait que nous avons dans la maison une véritable sorcière qui a passé alliance avec le Malin. J'ai simplement vu une bohémienne, une vagabonde qui pratique la science de la chiromancie en usant des plus vieilles ficelles. Elle m'a dit ce que disent toujours ces gens-là, mais ma fantaisie est satisfaite, et je pense que Mr Eshton fera bien de la mettre en prison demain, comme il l'en a menacée.

Sur ce, Miss Ingram prit un livre, se renversa dans son fauteuil, et de cette manière coupa court à toute conversation. Je l'examinai une demi-heure environ. Pendant ce temps, elle ne tourna pas une seule page. Son visage devenait toujours plus sombre et plus mécontent, exprimant une amère déception. Il était clair qu'elle n'avait pas été charmée de ce qu'on lui avait dit.

Pendant ce temps, Mary Ingram, Amy et Louisa Eshton, après avoir déclaré qu'elles n'oseraient pas y aller seules, se présentèrent ensemble. Leur visite ne fut pas aussi tranquille que celle de Miss Ingram. On entendait de temps en temps des gloussements hystériques et des petits cris en provenance de la bibliothèque. Au bout de vingt minutes, elles ouvrirent précipitamment la porte et arrivèrent tout essoufflées.

— Elle a sûrement quelque chose de trouble ! s'écrièrent-elles en chœur. Elle nous a dit tant de choses ! Elle sait tout ce qui nous concerne !

En prononçant ces mots, elles se laissèrent tomber sur les sièges que les jeunes gens s'étaient empressés de leur apporter. Au milieu de ce tumulte et pendant que j'étais tout yeux et tout oreilles pour la scène qui se passait devant moi, quelqu'un me toucha le coude. Je me retournai et je vis Sam.

— Veuillez m'excuser, Miss, la bohémienne dit qu'il y a dans la chambre une jeune fille à laquelle elle n'a pas encore parlé, et elle a juré de ne pas partir avant de l'avoir vue. J'ai pensé que ce devait être vous, car il n'y a personne d'autre. Que dois-je lui dire ?

— Oh, j'irai ! répondis-je.

J'étais contente de pouvoir satisfaire ainsi ma curiosité, qui venait d'être si vivement excitée. Je me glissai hors de la pièce sans que personne me vît.

— Si vous désirez, me proposa Sam, je vous attendrai dans la salle, au cas où elle vous ferait peur. Vous n'auriez qu'à m'appeler et je viendrais tout de suite.

— Ne vous inquiétez pas, Sam, retournez à la cuisine. Je n'ai pas peur le moins du monde.

C'était vrai, je n'avais pas peur, mais tout cela m'intriguait.

CHAPITRE XIX

La bibliothèque semblait tranquille lorsque j'y entrai. La bohémienne, assise douillettement dans un fauteuil au coin de la cheminée, portait un manteau rouge et une coiffure à larges bords attachée au-dessous du menton à l'aide d'un mouchoir de toile. Debout sur le tapis, je réchauffai mes mains au feu. Je n'avais jamais été plus calme. Du reste, rien dans l'extérieur de la Bohémienne n'était propre à troubler. Elle ferma son livre et leva les yeux lentement. Le bord de son chapeau cachait en partie son visage. Cependant, lorsqu'elle leva la tête, je pus remarquer que sa figure était singulière : elle était d'un brun foncé ; on voyait passer sous le mouchoir blanc qui retenait son chapeau quelques boucles de cheveux.

— Eh bien, vous voulez qu'on vous dise la bonne aventure ? demanda-t-elle d'une voix aussi décidée que son regard, aussi dure que ses traits.

— Je n'y tiens pas beaucoup. Vous pouvez me la dire si cela vous plaît.

— Voilà une impudence qui ne m'étonne pas de vous. Je m'y attendais. Pourquoi ne tremblez-vous pas ?

— Je n'ai pas froid.

— Pourquoi ne pâlissez-vous pas ?

— Je ne suis pas malade.

— Pourquoi n'interrogez-vous pas mon art ?

— Je ne suis pas idiote.

La vieille sorcière eut un éclat de rire, puis, prenant une pipe courte et noire, elle l'alluma et se mit à fumer. Après avoir aspiré quelques bouffées de ce parfum calmant, elle redressa son corps courbé, retira la pipe de ses lèvres et, regardant le feu, elle dit d'un ton délibéré :

— Vous êtes bien près du bonheur, au moment de l'atteindre. Les éléments sont prêts. Il ne faut qu'un seul mouvement pour les réunir.

— Je ne comprends pas les énigmes. Je n'ai jamais su les deviner.

— Vous voulez que je parle plus clairement ? Montrez-moi la paume de votre main.

— Je suppose qu'il faut la tendre avec de l'argent ?

— Certainement.

Je lui donnai un shilling. Elle le mit dans un vieux bas qu'elle retira de sa poche. Puis elle approcha son visage de ma main et la regarda sans la toucher.

— Elle est trop fine, déclara-t-elle, je n'arriverai à rien avec une main pareille. Elle n'a presque pas de lignes, et puis, que peut-on voir dans une paume ? Ce n'est pas là que la destinée est écrite.

— Je vous crois.

— Je voudrais savoir quelles pensées occupent votre cœur pendant que vous êtes assise dans le coin de la fenêtre, dit-elle, changeant de cap. Vous voyez que je connais vos habitudes.

— Vous les aurez apprises par les domestiques, rétorquai-je, peu convaincue.

— Ah ! vous croyez montrer de la pénétration. Eh bien, à parler franchement, je connais ici quelqu'un, Mrs Poole…

Je tressaillis en entendant ce nom.

— N'ayez pas peur, continua l'étrange créature, Mrs Poole est une femme sûre. Mais, pendant que vous êtes assise au coin de votre fenêtre, n'y a-t-il personne qui ait pour vous un intérêt actuel parmi tous ceux qui occupent les chaises ou les divans du salon ? N'étudiez-vous aucun visage ? N'y en a-t-il pas un dont vous suivez les mouvements, au moins avec curiosité ?

— J'aime à observer tous les visages et toutes les personnes.

— Mais n'en remarquez-vous pas une plus particulièrement, ou même deux ?

— Oh ! si, et bien souvent. Lorsque les regards ou les gestes de deux personnes semblent raconter une histoire, j'aime à les regarder.

— Quel est le genre d'histoire que vous préférez ?

— Oh, je n'ai pas beaucoup de choix ! Elles roulent presque toutes sur le même thème : l'amour, et promettent le même dénouement : le mariage.

— Et aimez-vous ce thème monotone ?

— Il m'est indifférent.

— Indifférent ? Quand une femme jeune, belle, pleine de vie et de santé, charmante de beauté, douée de tous les avantages du rang et de la fortune, sourit à un homme, que vous…

— Eh bien ?

— … que vous connaissez bien et dont vous pensez peut-être du bien…

— Je ne connais aucun des messieurs ici. C'est à peine si j'ai échangé une parole avec l'un d'eux.

— Oserez-vous me soutenir que vous n'avez jamais parlé au maître de la maison ?

Je sentis mes joues s'empourprer, mais je tentai désespérément de ne pas me trahir et je répondis calmement :

— Il n'est pas ici.

— Remarque profonde, ingénieux jeu de mots ! Il est parti pour Millcote ce matin, et sera de retour ce soir ou demain. Est-ce que cette circonstance vous empêcherait de le connaître ?

— Non, mais j'ai du mal à voir le rapport qu'il y a entre Mr Rochester et ce dont vous me parliez tout à l'heure.

— Je vous parlais des dames qui souriaient aux messieurs,

et dernièrement tant de sourires ont été versés dans les yeux de Mr Rochester, que ceux-ci débordent comme des coupes trop pleines.

— Mr Rochester a le droit de jouir de la société de ses hôtes.

— Très juste. Il est si satisfait de les recevoir et paraît si reconnaissant de la distraction qu'on lui accorde, avez-vous remarqué cela ?

— « Reconnaissant » ? Je ne me rappelle pas avoir détecté de la reconnaissance sur son visage.

— « Détecté » ? Vous l'avez donc analysé ? Qu'exprimait-il alors ?

Je ne répondis pas.

— Vous y avez vu l'amour, n'est-ce pas ? Et, regardant dans l'avenir, vous avez vu Mr Rochester marié et sa femme heureuse ?

— Non, pas précisément. Votre science vous fait quelquefois défaut.

— Alors, que diable avez-vous vu ?

— Qu'importe, je venais vous interroger et non pas me confesser. C'est une chose connue que Mr Rochester va se marier.

— Oui, avec la belle Miss Ingram.

— Bientôt ?

— Les apparences, en effet, semblent toutes annoncer ce mariage, et ce sera certainement un couple heureux. Il ne peut qu'aimer une femme aussi noble, belle, spirituelle, accomplie en un mot. Quant à elle, il est probable qu'elle aime Mr Rochester, sinon sa personne, du moins sa bourse. Je sais qu'elle considère les domaines de Mr Rochester comme dignes d'envie, quoique je lui aie dit tout à l'heure sur ce sujet quelque chose qui l'a rendue singulièrement grave. Les coins de sa bouche se sont abaissés d'un demi-pouce.

Penser à leur mariage fit vaciller mon cœur. Je ne pus m'empêcher d'avoir à mon tour la mine grave.

— Je ne suis pas venue pour entendre parler de la fortune de Mr Rochester, mais pour connaître ma destinée, et vous ne m'en avez encore rien dit.

— Votre destinée est douteuse. La fortune a mis en réserve pour vous une riche moisson de bonheur, mais il dépend de vous d'étendre la main et de la prendre. Et j'étudie votre visage pour savoir si vous le ferez. Agenouillez-vous sur le tapis.

Je m'agenouillai. Elle ne s'avança pas vers moi, mais se contenta de me regarder en s'appuyant le dos sur sa chaise. Je plongeai mes yeux dans les siens, qui étaient sombres, mystérieux et familiers.

— Debout, Miss Eyre, et laissez-moi. La comédie est jouée !

Où étais-je ? Avais-je rêvé, et mon rêve continuait-il encore ? La voix de la vieille femme était changée. Son accent, ses gestes m'étaient aussi familiers que mon propre visage. Je me levai mais ne partis pas.

— Eh bien, Jane, me reconnaissez-vous ? demanda une voix bourrue.

— Retirez ce manteau rouge, monsieur.

Mr Rochester s'avança, débarrassé de son déguisement. Je retins mon souffle.

— Mais, monsieur, quelle étrange idée avez-vous eue là ? dis-je en rougissant et en me demandant si j'en avais trop dit durant notre conversation.

— Un pur caprice. Me pardonnez-vous, Jane ?

— Je ne peux pas vous le dire avant d'y avoir pensé.

Il se leva brusquement et s'approcha de moi. Ses yeux transperçaient les miens.

— Je vais essayer de me faire pardonner, murmura-t-il dans un souffle. Je crois que je vous dois une faveur.

Le sang me monta à la tête. Mes muscles abdominaux se contractèrent d'excitation. Ma tête me disait de ne pas répondre aux caprices de cet homme qui me traitait avec tant d'inconséquence et qui était pratiquement le mari de Miss Ingram, mais je ne pouvais me retenir. Je voulais profiter du moindre moment que je pouvais voler avec mon maître avant qu'il ne soit complètement perdu pour moi.

— Et en quoi consiste cette faveur ? demandai-je d'une voix qui tremblait légèrement.

Ses yeux s'assombrirent de désir et embrasèrent les miens avec une fièvre que je n'avais jamais connue jusqu'alors. Il ne me touchait même pas, et pourtant je haletais. Un désir irrépressible me soulevait le corps, m'emplissait d'une faim désespérée.

— Viens, Jane, chuchota-t-il en tendant la main.

Je secouai la tête.

— Non, c'est vous qui venez, répliquai-je.

Surpris, il arqua les sourcils, mais les coins de sa bouche se relevèrent en un sourire diabolique. Il franchit docilement la distance entre nous, m'enveloppa prestement de ses bras puissants et plaqua ses lèvres contre les miennes. Mon souffle battait dans ma gorge. Je cédai à sa passion violente et laissai ses mains explorer mon corps, caresser mes seins à travers ma robe et empoigner mes cheveux.

Il me mordit franchement la lèvre, m'arrachant un cri de plaisir, puis il la suça et apaisa la douleur avec sa langue. Alors, soudain, il se baissa et me souleva dans ses bras. Ses lèvres se pressaient toujours farouchement contre les miennes, sa langue allait et venait dans ma bouche. Il me porta jusqu'à la table et m'y déposa.

— Ne bougez pas, m'ordonna-t-il en se penchant sur moi et en dégageant délicatement les cheveux qui me couvraient le visage.

Puis, lentement, il retroussa ma robe et mon jupon. Couchée sur la table froide et dure, j'aurais voulu être complètement nue – et qu'il le soit aussi, pour que je puisse enfin caresser la peau et les poils sombres de sa large poitrine. Nous n'avions jamais été tous les deux nus ensemble, et brusquement c'était ce que je désirais par-dessus tout.

J'entrepris de délacer ma robe mais il m'arrêta.

— Pas maintenant, Jane, dit-il avec un sourire malicieux. Plus tard. Pour le moment, c'est toi seule.

Je me laissai aller sur la table dans une extase délicieuse pendant qu'il semait des baisers le long de mon cou et de ma poitrine, embrassant, suçant et mordillant tendrement la peau de sorte que mes sens éveillés ne fussent plus que frissons de désir. Il fit glisser ses mains le long de mon corps, les passa sous mes jupes, enfin il retira mes bas avec une lenteur extrême, en embrassant chaque parcelle de peau qu'il mettait à nu et en me léchant à l'intérieur des cuisses.

Je gémis doucement, pâmée, frémissante.

Il se mit à embrasser ma cheville. Quand ses lèvres eurent atteint le haut de mon mollet, il s'arrêta et fit de même sur l'autre pied, pour mettre ma patience à l'épreuve.

— Je vous en prie, suppliai-je.

Sans répondre, il embrassa de nouveau mon mollet et continua sur l'intérieur de la cuisse en l'écartant de l'autre. Je haletai, le corps palpitant d'un désir tellement avide qu'il ondulait d'impatience.

Il m'attrapa les jambes, les fit passer sur ses épaules et les écarta encore davantage. Je me tortillai. Doucement, il pressa ses lèvres au milieu. Alors, très délicatement, il les fit monter et descendre, et je tremblais de délice. Il attendit que je m'arrête, puis, plongeant ses yeux dans les miens, il enfonça sa langue à l'intérieur de moi.

Mon corps chantait sous la caresse profonde et s'arquait de plaisir, hors de tout contrôle. Il faisait des cercles avec sa langue, la frottait contre moi, à un rythme soutenu, torturant. Bientôt incapable de me maîtriser, je m'abandonnai totalement à lui. Chaque partie de moi était concentrée uniquement sur la chaleur torride entre mes jambes, et mon corps était sillonné d'extase.

Il plongea de nouveau sa langue en moi. Je haletais,

je gémissais. Sa langue se déployait en larges cercles qui m'écartelaient voluptueusement et décochaient des ondes de chaleur dans ma chair. C'était trop ; mon corps demandait grâce. Tout s'évanouit et je me retrouvai perdue dans la volupté et la force de mon intense euphorie. Mes entrailles se contractèrent dans l'orgasme, je criai, et elles se détendirent divinement.

Mr Rochester s'éloigna de moi avec un grand sourire.

C'est tout juste si je parvins à lui répondre par un soupir de satisfaction.

— Cela suffira pour aujourd'hui, dit-il.

Je me redressai avec précaution et commençai par remonter mes bas. Mr Rochester me regardait, plongé dans ses pensées.

— À propos, dit-il soudain, que croyez-vous que font les autres dans le salon ?

— Ils discutent de la bohémienne, j'imagine, répondis-je encore un peu essoufflée. Et en parlant de… Oh, saviez-vous, Mr Rochester, qu'un étranger est arrivé ici ce matin ?

— Un étranger ! Je n'attendais personne. Est-il parti ?

— Non. Il disait qu'il vous connaissait depuis assez longtemps pour prendre la liberté de s'installer ici jusqu'à votre retour.

— Diable ! A-t-il donné son nom ?

— Il s'appelle Mason, monsieur. Il vient des Indes occidentales.

Son sourire se figea sur ses lèvres. On aurait dit qu'il avait été frappé par la foudre. L'atmosphère dans la bibliothèque changea du tout au tout. Je regrettai mes paroles.

— Mason ! Les Indes occidentales ! souffla-t-il. Mason ! Les Indes occidentales ! répéta-t-il trois fois, devenant plus pâle que la cendre. Retournez dans le salon, m'ordonna-t-il d'une voix glaciale. Allez trouver discrètement Mr Mason et dites-lui tout bas que Mr Rochester est de retour et désire le voir. Puis vous le conduirez ici et vous nous laisserez seuls.

Nous étions redevenus maître et servante. Je baissai la tête humblement.

— Oui, monsieur, répondis-je.

— Jane, appela-t-il comme je m'éloignais.

Je m'arrêtai.

— Nous reprendrons plus tard. Je n'ai pas oublié.

CHAPITRE XX

Grand Dieu ! Quel cri !

Réveillée en plein milieu de la nuit, j'ouvris les yeux. Un son aigu, sauvage, perçant, avait brisé le silence nocturne et retenti d'un bout à l'autre de Thornfield Hall.

Mon pouls s'était arrêté, mon cœur avait cessé de battre. Mais le cri ne recommença pas. Il était parti du troisième, de la chambre placée au-dessus de la mienne. Prêtant l'oreille, j'entendis une lutte – une lutte qui devait être terrible, à en juger d'après le bruit. Une voix à demi étouffée cria trois fois de suite : « Au secours ! au secours ! »

« Personne ne viendra-t-il ? », continuait la voix. Et pendant que le vacarme des trépignements et des coups se faisait de plus en plus sauvage, je distinguai ces mots : « Rochester, Rochester, venez, pour l'amour de Dieu ! »

Une porte s'ouvrit. Quelqu'un se précipita dans le corridor. J'entendis les pas d'une nouvelle personne dans la pièce du dessus, quelque chose tomba, puis ce fut le silence.

Malgré mes membres tremblant d'effroi, je m'habillai et sortis de ma chambre. Tout le monde était levé, et de chaque chambre s'échappaient des exclamations et des murmures de terreur. Les portes s'ouvrirent l'une après l'autre, chacun allait jeter un œil à son tour dans le corridor, qui fut bientôt plein. Les dames et les messieurs avaient quitté leurs lits. « Eh ! qu'y a-t-il ? », disait-on, « Qui est-ce qui est blessé ? », « Qu'est-il arrivé ? ». La confusion était à son comble.

— Où diable est Rochester ? s'écria le colonel Dent. Je ne

le trouve pas dans son lit.

— Me voici, répondit une voix. Rassurez-vous tous, je viens.

La porte à l'autre bout du corridor s'ouvrit et Mr Rochester s'avança avec une chandelle ; il descendait de l'étage supérieur. Quelqu'un courut à lui et lui saisit le bras : c'était Miss Ingram.

— Quelque chose d'abominable a dû se produire ! s'affolait-elle. Parlez ! Nous préférons connaître le pire tout de suite.

— Allons ! cria-t-il pour couvrir les hurlements stridents des autres femmes. Une des domestiques a eu un cauchemar, voilà tout. Maintenant, retournez dans vos chambres. Il faut que tout soit rentré dans l'ordre et le silence pour qu'on puisse la soigner. Messieurs, ayez la bonté de donner l'exemple aux dames.

Et ainsi, tantôt cajolant et tantôt sévissant, il s'efforça de renvoyer chacun dans sa chambre. Je n'attendis pas son ordre pour me retirer. J'étais sortie sans que personne me remarquât, je rentrai de même. Mais je ne me recouchai pas. Au contraire, j'achevai de m'habiller. Les bruits qui avaient suivi le cri et les paroles qui avaient été proférées n'avaient probablement été entendus que par moi, car ils venaient de la chambre au-dessus de la mienne, et je savais bien que ce n'était pas le cauchemar d'une servante qui avait jeté l'effroi dans toute la maison.

Je restai longtemps assise devant la fenêtre, regardant le parc silencieux, les champs argentés par la lune, et attendant je ne sais trop quoi. Je sentais que le cri étrange, la lutte et l'appel au secours connaîtraient quelque suite.

Pourtant le calme revint. Tous les murmures s'éteignirent graduellement et, au bout d'une heure, Thornfield Hall était redevenu silencieux comme un désert. La nuit et le sommeil avaient repris leur empire. Soudain une main frappa légèrement à ma porte.

— A-t-on besoin de moi ? demandai-je.

— Êtes-vous levée ? me répondit une voix familière.

Je sentis un frisson de désir se propager le long de mon échine et de mon ventre.

— Oui, monsieur.

— Et habillée ?

— Oui.

Je regrettai presque aussitôt de l'être.

— Alors venez vite.

J'obéis. Mr Rochester était dans le corridor, tenant une lumière à la main.

— J'ai besoin de vous, dit-il, venez par ici. Prenez votre temps et ne faites pas de bruit.

Il traversa le corridor du second, monta l'escalier et s'arrêta sur le palier du troisième étage, si lugubre à mes yeux. J'étais un peu troublée car je m'étais attendue à ce qu'il me conduise dans sa chambre.

— Avez-vous une éponge chez vous ? me demanda-t-il dans un souffle.

Mon étonnement grandit. Qu'avions-nous besoin d'une éponge pour faire l'amour ?

— Oui, monsieur, répondis-je.

— Avez-vous des sels volatils ?

— Oui.

— Allez les chercher.

Je suivis ses ordres, maintenant convaincue qu'il ne m'avait pas entraînée ici pour le plaisir des sens et, malgré ma curiosité, je fus submergée par la déception.

— Pourrez-vous supporter la vue du sang ? me demanda-t-il quand je fus revenue.

— Je le pense.

— Donnez-moi votre main, dit-il. Je ne peux pas courir le risque de vous voir vous évanouir.

Je mis mes doigts dans les siens et sentis leur chaleur ardente. J'aurais tant voulu mêler mon propre feu au sien, embrasser ses jointures… mais je sentais qu'il avait l'esprit ailleurs.

Nous entrâmes dans une pièce que j'avais vue lorsque Mrs Fairfax m'avait montré la maison. Elle était tendue d'une tapisserie, mais celle-ci était à présent relevée dans un endroit et mettait à découvert une porte qui, autrefois, était cachée. La porte était ouverte sur une pièce éclairée, d'où j'entendis sortir des grondements comme ceux d'un chien qui cherche querelle. Mr Rochester, après avoir posé la chandelle à côté de moi, me dit d'attendre une minute.

Il entra dans la chambre. Son entrée fut saluée par un rire bruyant qui se termina par le démoniaque « Ha ! ha ! » de Grace Poole. Elle était donc là ! Tout désir me quitta en un instant ; j'avais peur. Mr Rochester faisait quelque arrangement avec elle. Cependant, j'entendis aussi une voix faible qui parlait à mon maître. Ce dernier sortit et ferma la porte derrière lui.

— C'est ici, Jane ! me dit-il.

Il me fit passer de l'autre côté d'un grand lit dont les rideaux fermés cachaient une partie considérable de la chambre. Un homme était étendu sur un fauteuil placé au chevet du lit. Il avait la tête appuyée en arrière ; ses yeux étaient fermés. Mr Rochester approcha la chandelle et, dans cette figure pâle et en apparence sans vie, je reconnus l'inconnu, Mason. Je vis également que le linge qui recouvrait un de ses bras et un de ses côtés était presque trempé de sang.

— Prenez la chandelle ! m'ordonna Mr Rochester.

Il me demanda mes sels et les tint sous le nez de Mason, qui, ouvrant les yeux peu après, fit entendre une espèce de grognement. Puis Mr Rochester écarta la chemise du blessé et il étancha le sang qui continuait à couler.

— Y a-t-il un danger immédiat ? murmura Mr Mason.

— Bah ! une simple égratignure ! Ne soyez pas si abattu, allez, courage ! Je vais aller chercher moi-même un chirurgien. Jane ?

— Monsieur ?

— Je suis forcé de vous laisser dans cette pièce avec ce gentleman pendant une heure, peut-être deux. Vous épongerez le sang comme vous me l'avez vu faire, quand il recommencera à couler. S'il s'évanouit, vous porterez à ses lèvres ce verre d'eau que vous voyez là, et vous lui ferez respirer vos sels. Ne lui parlez sous aucun prétexte, et vous, Richard, si vous prononcez une parole, vous risquez votre vie.

Le pauvre homme gémit de nouveau. On aurait dit qu'il n'osait pas remuer. La crainte de la mort, ou peut-être de quelque autre chose, semblait le paralyser. Mr Rochester me confia l'éponge et j'imitai les gestes que je lui avais vu accomplir. Il me regarda faire une seconde et me dit :

— Rappelez-vous bien : pas un mot !

Puis il quitta la chambre. J'éprouvai une étrange sensation lorsque la clé grinça dans la serrure et que je n'entendis plus le bruit de ses pas.

Je fus alors assaillie par mes propres pensées. Quel était ce crime incarné qui vivait ainsi dans ce manoir retiré, et que le maître ne pouvait ni chasser ni soumettre ? Et cet homme sur lequel j'étais penchée, comment se trouvait-il enveloppé dans ce tissu d'horreurs ? Dans cette pièce obscure, j'étais troublée par toutes sortes d'idées morbides.

« Quand reviendra-t-il ? Quand reviendra-t-il ? », m'écriai-je en moi-même. La nuit avançait, et mon malade continuait à perdre du sang, à se plaindre et à s'affaiblir. Aucun secours n'arrivait, et le jour tardait à venir. Bien des fois j'avais porté le verre aux lèvres pâles de Mason et lui avais fait respirer les sels. Or mes efforts semblaient vains : ses gémissements, son regard à la fois faible, étrange et égaré, me faisaient craindre de le voir expirer. Pourtant nous n'avions toujours pas échangé un mot.

Enfin j'entendis Pilote aboyer dehors au loin, ce qui raviva mon espoir. Cinq minutes après, le grincement de la clé dans la serrure m'avertit que j'allais être relevée de ma garde. Elle ne devait pas avoir duré plus de deux heures, mais bien des semaines m'avaient semblé plus courtes.

Mr Rochester entra, et avec lui le chirurgien qu'il avait été quérir.

— Maintenant, Carter, dépêchez-vous, dit Mr Rochester à ce dernier. Vous n'avez qu'une demi-heure pour panser la blessure, mettre les bandages et descendre le malade.

— Mais est-il en état de partir, monsieur ?

— Sans aucun doute. Venez et mettez-vous à l'œuvre.

Carter détacha les bandages en disant :

— Si seulement j'avais été ici un peu plus tôt, il n'aurait pas perdu tant de sang. Mais qu'est-ce que ceci ? La chair de l'épaule est déchirée, pas seulement coupée. Cette blessure n'a pas été faite avec un couteau : il y a eu des dents, là !

— Oui, elle m'a mordu, murmura le patient. Elle me déchirait comme une tigresse, lorsque Rochester lui a arraché le couteau des mains.

— Je vous avais averti, lui répondit son ami. Carter, dépêchez-vous ! Le soleil sera bientôt levé, et il faut qu'il parte.

— Tout de suite, monsieur. Mais il faut que je regarde aussi la blessure du bras. Là aussi, je vois la trace de ses dents.

— Elle a sucé le sang, souffla Mason. Elle disait qu'elle voulait retirer tout le sang de mon cœur.

Je vis Mr Rochester frissonner. Une expression singulièrement marquée de dégoût, d'horreur et de haine contracta son visage presque au point de le déformer, mais il se contenta de dire :

— Taisez-vous, Richard. Oubliez ses propos délirants et n'en parlez jamais.

Le silence s'installa tandis que Carter travaillait sur son patient. Il eut bientôt terminé, et tous nous poussâmes un soupir de soulagement car Mason avait l'air de se porter nettement mieux, bien que faible encore. Puis on parla de le garder chez le docteur jusqu'à ce qu'il soit suffisamment remis pour retourner en Jamaïque.

— Prenez soin de lui, dit Mr Rochester, tandis que Carter soutenait Mason et que tous deux approchaient de la porte. J'irai dans un ou deux jours prendre de ses nouvelles. Comment vous trouvez-vous maintenant, Richard ?

Mason soupira.

— Prenez bien soin d'elle, mon ami, traitez-la aussi tendrement que possible. Faites…

Il s'arrêta et fondit en larmes.

— Je ferai mon possible, répondit-on.

Les deux hommes quittèrent la pièce pour se diriger vers une voiture qui les attendait devant la porte de la cuisine, à l'arrière de la maison.

Pour la première fois depuis son retour, Mr Rochester dirigea son regard vers moi. Durant toute la scène, je m'étais tenue dans un coin, observant et écoutant avec effroi.

— Vous avez passé une nuit étrange, Jane.

— Oui, monsieur.

D'une manière inexplicable, quand il me regardait, je ne me sentais plus aussi terrifiée.

— Vous êtes pâle. Avez-vous eu peur lorsque je vous ai laissée seule avec Mason ?

— Oui, j'avais peur de voir sortir quelqu'un de la chambre du fond.

— Mais j'avais fermé la porte, et j'avais la clé dans ma poche. Vous étiez en sécurité.

Je ne répondis pas, tant je fus surprise par le changement d'expression dans ses yeux noirs, par la façon dont ils semblaient m'attirer vers eux et scintiller à la douce lueur de la bougie. Sans hâte, il prit une clé dans sa poche et s'avança vers la porte. Il l'introduisit dans la serrure et la tourna d'un léger mouvement du poignet.

— Nous ne devons pas être dérangés, dit-il.

Toutes les horreurs de la nuit glissèrent alors loin de moi

avec une remarquable rapidité. Soudain consciente d'être vêtue de ma seule chemise de nuit et d'un châle, je respirai plus vite. Je m'aperçus que je ne pouvais plus bouger.

Lui aussi ne portait que sa chemise de nuit blanche et des caleçons. Je n'avais plus qu'une envie : les lui enlever afin de le voir complètement nu, et que nos deux peaux nues se pressent enfin, brûlantes, l'une contre l'autre.

— Avant que toute cette agitation ne commence, je me souviens bien vous avoir promis de reprendre notre tête-à-tête un peu plus tard, déclara-t-il en marchant vers moi d'un air décidé.

Je crispai les doigts de plaisir anticipé et sentis mon cœur battre rapidement dans ma poitrine. Pour une fois, je n'étais pas encombrée de mon corset. Mes seins se soulevaient d'excitation au rythme de mon souffle haletant.

Il se rapprocha encore davantage, en prenant son temps, pour mieux jouir de mon désir violent et tellement visible. Je voulais franchir d'un pas vif la distance qui nous séparait, mais je m'aperçus que j'en étais incapable. Ses yeux noirs me paralysaient. Je sentis mes terminaisons nerveuses frémir. Mon ventre n'était plus qu'une chair palpitante et déchirée, qui vibrait au plus profond de moi.

— Vous n'êtes pas la même sans vos robes austères, Jane, dit-il d'une voix rauque.

Il franchit l'espace qui nous séparait et de sa main suivit la courbe de ma joue. Ce contact brûlant me fit tressaillir de volupté. Une vague de désir explosa en moi.

Délicatement, il défit ma tresse et passa la main dans mes cheveux pour leur rendre leur liberté. Pendant ce temps, ses yeux ne quittaient pas les miens. Je haletai en silence. Il ramena ma toison derrière mon épaule et la laissa cascader dans mon dos.

— Je crois qu'elle serait encore plus belle sur votre peau nue, dit-il sombrement.

En quelques mouvements rapides et fiévreux, il m'arracha

ma chemise de nuit et mes sous-vêtements et les jeta par terre. Se reculant, il darda son regard d'un noir d'encre sur chaque partie de mon corps nu, comme s'il le buvait. Le désir flamboyait dans la rougeur de ses joues. Il glissa la main autour de la cambrure de mes hanches jusqu'au chaud renflement dans le bas de mon dos.

J'écartai sa main. Il fronça les sourcils, troublé, mais alors je tirai sur sa chemise de nuit.

— C'est votre tour, monsieur, chuchotai-je d'une voix douce et tentatrice à son oreille.

Il eut un léger frisson et sourit.

— Comme vous voudrez, Jane.

Il défit son caleçon et le laissa tomber au sol, libérant une érection triomphante, puis il fit passer prestement sa chemise par-dessus son épaule, révélant sa poitrine large et puissante. Je retins mon souffle à la vue ses muscles incurvés, parfaitement modelés. Je ne pus me retenir de les toucher, mes doigts se faufilaient entre les touffes de poils noirs, de la peau tendue de son estomac jusqu'à la douceur verticale de ses hanches.

— Plus bas, Jane, souffla-t-il.

Docilement, je fis glisser mes doigts et le saisis des deux mains, qui se mirent à monter et descendre lentement le long de son membre. En gémissant, il se pâmait de plaisir, caressait mon épine dorsale de haut en bas en mouvements circulaires qui me faisaient frémir, et enveloppait mes boucles de cheveux autour de ses poings.

Accélérant le mouvement de mes mains, je le sentis durcir et palpiter entre mes doigts, et sa respiration se fit plus lourde contre mon cou. Je cessai brutalement et mes mains revinrent vers sa poitrine vigoureuse. Je ris doucement en voyant son expression renfrognée.

Il me tira soudain les cheveux avec une force qui me fit rejeter la tête en arrière, puis il pressa sa bouche contre la mienne. Sa langue se glissa doucement entre mes dents et tâta les parois de ma bouche pour attiser mon désir. Pendant ce temps, je sentais ses mains glisser le long de ma taille et laisser une traînée de chaleur torride sur mes hanches, où il s'arrêta pour empoigner mes fesses.

Je lui rendais ses baisers avec ardeur, prenais sa lèvre inférieure entre mes dents et le mordais délicatement. Dans un nouveau gémissement, il étreignit ma chair nue.

Soutenant mon regard, il ôta le cordon d'un des rideaux du lit à baldaquin et prononça d'une voix rauque : « Tends les mains en avant. »

Bien que troublée, j'obéis. Il enveloppa prestement le cordon doré autour de mes poignets et serra vivement le nœud. Enfin il poussa mes mains au-dessus de ma tête et m'immobilisa. Il ramassa ma chemise de nuit par terre et la plia en une longue bande, puis, se penchant au-dessus de moi, il la plaça sur mes yeux et l'attacha à l'arrière de ma tête : je ne voyais plus rien.

— Détendez-vous et jouissez de ceci, Jane, me chuchota-t-il à l'oreille tandis que l'excitation montait en moi.

Commençant par mes hanches, il remonta ses mains le long de mon corps et s'arrêta sur ma poitrine. Il fit rouler entre ses doigts la peau douce de mes mamelons, qui durcirent à son contact, et passa son doigt dans le creux profond de mes seins. Je ne pouvais rien voir de tout cela ; chaque caresse était une surprise, ce qui en augmentait le pouvoir érotique.

Soudain je le sentis lécher mon mamelon droit tandis que sa main libre pinçait et malmenait l'autre.

Il s'arrêta et me permit de me remettre un peu, puis il se décala légèrement et, soudain, je le sentis faire la même chose à mon sein gauche : il le lécha, le suça, le mordilla jusqu'à ce que j'atteigne un degré de volupté frénétique. Je plantai les ongles dans les draps au-dessus de ma tête et tentai de ramener mes mains devant moi afin de pouvoir le toucher et l'attraper à mon tour, en vain.

Comme mon plaisir commençait à monter, je contractai

mon bassin contre le sien ; l'envie de l'avoir en moi devenait douloureuse.

— Je vous en prie… m'entendis-je l'implorer.

Je ne pouvais le voir, mais je sentis qu'il me répondait par un sourire malicieux.

Il abandonna mes seins. Ses doigts cheminèrent langoureusement le long de mon ventre et, plus bas, vers l'abdomen. Je commençai à haleter pendant que, lentement, il les laissait ramper sur mes hanches et entre mes cuisses. Privée de la vue, je ressentais chaque caresse avec plus d'acuité ; une jouissance profonde, extrême, faisait rage dans mon corps. Doucement, il fit aller et venir son index en moi avant de plonger soudain deux doigts.

J'eus un spasme. Le corps arqué de plaisir, je tendais mes poignets contre le cordon du rideau. Pendant que ses doigts entraient et sortaient, je poussai contre lui, soulevai mes hanches, suppliante. Ses doigts se firent plus rapides avant de s'arrêter complètement, ce qui me laissa haletante, dans un état de faim halluciné et tremblante de frustration.

— Très bien, Jane, l'entendis-je me dire doucement.

Je le sentis se déplacer. Il plongea en moi tout d'un coup. Je criai ; c'était tellement soudain que je jouis immédiatement. Alors, encore et encore, il écrasa délicieusement son ventre contre le mien. Pour m'attirer à lui plus profondément, il avait passé mes jambes par-dessus ses épaules.

J'avais du mal à y croire, mais je sentais quelque chose de nouveau monter en moi à chaque coup de boutoir. Un spasme chaud contracta mon bas-ventre. Je serrais les dents tandis qu'il se gonflait en vibrant. Il se tendit de plus en plus, puis je jouis de nouveau, voluptueusement, et me brisai en mille morceaux, m'effondrant sur les draps, épuisée. Mes sens étaient à vif, mon corps palpitait sous le contrecoup du plaisir, ma tête vide tournoyait.

Je le sentis se retirer de moi et l'entendis jouir en gémissant.

Au bout d'un moment, la vue me fut rendue et mes mains

retrouvèrent leur liberté. Je promenai sur la pièce des yeux hagards et fiévreux. Mes poignets irrités portaient la trace du cordon de rideau.

— Merci, Jane, dit Mr Rochester, couché à côté de moi.

— Merci, monsieur, répondis-je.

Pendant quelques minutes, nous ne dîmes mot.

— Petite amie, reprit-il avec un complet changement dans la voix.

Son visage avait changé aussi ; il avait perdu toute sa douceur et sa gravité, était devenu dur et sarcastique.

— Vous avez remarqué mon tendre penchant pour Miss Ingram, n'est-ce pas ? Ne pensez-vous pas que si je l'épousais, elle chercherait à me rendre heureux pour de bon ?

Je le regardai avec de grands yeux, horrifiée. Je me sentis rougir, poignardée d'une douleur amère qui me soulevait le corps et en chassait tout désir.

— Eh bien ? me sonda-t-il.

— Oui, monsieur.

— C'est un être peu ordinaire, n'est-ce pas, Jane ?

— Oui, monsieur.

— Une gaillarde, une vraie gaillarde ! Grande, brune et gironde, avec une chevelure digne des femmes de Carthage.

Je me sentais mal. Je ramassai ma chemise de nuit et l'enfilai à la hâte pendant que lui restait allongé sur le lit, silencieux. J'avais été idiote de croire que Mr Rochester nourrissait un sentiment tendre à mon égard. Pour lui, je n'étais qu'un moyen de satisfaire une envie passagère. Il aurait été totalement incapable de concevoir que je puisse être quelque chose de plus. J'aurais dû lui remettre ma démission et trouver une place ailleurs, mais je ne le pouvais pas parce que je l'aimais.

— Bonne nuit, monsieur, dis-je d'une petite voix avant de quitter la pièce.

Je ne suis même pas sûre qu'il me répondît.

CHAPITRE XXI

Les jours suivants, je me tins aussi loin que possible de Mr Rochester. Je ne levai pas même les yeux sur lui. J'étais profondément blessée et peinée par ce qu'il avait dit après une étreinte aussi intense et joyeuse, et je ne voulais pas qu'il voie mon chagrin.

Un jour, alors que je faisais cours à Adèle, on vint m'avertir que quelqu'un m'attendait dans la chambre de Mrs Fairfax. Je m'y rendis et j'y trouvai un homme qui me parut un domestique de bonne maison. Il était en grand deuil, et le chapeau qu'il tenait à la main était entouré d'un crêpe.

— Je pense que vous avez de la peine à me remettre, Miss, dit-il en se levant. Je m'appelle Leaven, j'étais cocher chez Mrs Reed lorsque vous habitiez Gateshead.

— Oh, Robert ! Comment allez-vous ? Je ne vous ai pas oublié du tout. Comment va Bessie ? Car vous avez épousé Bessie.

— Oui, Miss, ma femme se porte très bien, je vous remercie.

— Et comment va-t-on au château, Robert ?

— Je suis fâché de ne pas pouvoir vous donner de meilleures nouvelles, Miss. Cela ne va pas bien, et la famille vient d'éprouver un grand malheur. Il y a eu hier huit jours, Mr John est mort dans son appartement de Londres.

— Mr John ?

— Oui.

Je repensai à mon cruel amant d'autrefois. Je n'étais

ni vraiment triste ni joyeuse d'apprendre la nouvelle, simplement curieuse.

— Et comment sa mère a-t-elle supporté ce coup ? demandai-je.

— Bien mal, même si cela n'a pas été une surprise. Il a gaspillé sa santé et sa fortune avec ce qu'il y avait de plus mauvais en hommes et en femmes. Il a fait des dettes, a été mis en prison. Deux fois sa mère est venue à son aide, mais, aussitôt qu'il était libre, il retournait à ses anciennes habitudes. Il y a environ trois semaines, il est venu à Gateshead et a demandé qu'on lui remît la fortune de toute la famille entre les mains. Mrs Reed a refusé, car sa fortune était déjà bien réduite par les extravagances de son fils. Celui-ci partit donc, et bientôt on apprit qu'il était mort. Comment ? Dieu le sait ! On prétend qu'il s'est tué.

Je demeurai silencieuse, tant cette nouvelle était terrible. Robert continua :

— Madame elle-même a été bien malade. La nouvelle de la mort subite de Mr John lui a causé une attaque ; elle est restée trois jours sans parler. Mardi dernier, elle était un peu mieux, elle semblait vouloir dire quelque chose et faisait des signes continuels à ma femme, mais ce n'est qu'hier matin que Bessie l'a entendue balbutier votre nom, car elle a enfin pu prononcer ces mots : « Amenez Jane, allez chercher Jane Eyre. » J'ai quitté Gateshead hier, et si vous pouviez être prête, Miss, je voudrais vous emmener demain matin de bonne heure.

C'était l'occasion idéale de fuir Mr Rochester.

— Oui, Robert, je serai prête. Il me semble que je dois y aller.

— Je suppose qu'avant de partir, il vous faut demander la permission.

— Oui, et je vais le faire tout de suite.

Après l'avoir mené à la salle des domestiques et l'avoir recommandé à John et à sa femme, je partis à la recherche de

Mr Rochester. C'était la première fois que j'allais lui parler depuis notre étreinte pendant cette nuit mémorable.

Il n'était ni dans les chambres d'en bas, ni dans la cour, ni dans l'écurie, ni dans le parc. Je finis par demander à Mrs Fairfax si elle ne l'avait pas vu. Elle me répondit qu'il jouait au billard avec Miss Ingram. Je me hâtai vers la salle de billard, essayant de réprimer le sentiment d'amertume qui déferlait dans ma poitrine. En entendant le bruit des billes et un brouhaha de conversation, j'entrai, et je vis Mr Rochester, Miss Ingram, les deux demoiselles Eshton et leurs admirateurs occupés à jouer.

Lorsque j'approchai de mon maître, qui était à côté du Miss Ingram, elle se retourna et me regarda dédaigneusement. Ses yeux semblaient demander ce que pouvait vouloir cette vile créature. Je murmurai tout bas :

— Mr Rochester !

Il se tourna et fit une curieuse grimace. Il jeta à terre la queue qu'il tenait et sortit de la salle avec moi.

— Eh bien, Jane ? dit-il quand nous nous trouvâmes dans le couloir.

Comme il posait les yeux sur moi, j'aurais voulu faire disparaître d'une gifle ce regard hautain. J'avais tellement honte de lui avoir permis d'user ainsi de moi !

— Je vous demanderai, monsieur, d'avoir la bonté de m'accorder une ou deux semaines de congé, dis-je d'un ton coupant.

— Pour quoi faire ? Pour aller où ?

— Pour aller voir une dame malade qui m'a envoyé chercher.

— Qu'avez-vous à faire avec elle ?

— Mr Reed était mon oncle, le frère de ma mère. John Reed, mon cousin, est mort, monsieur. Il s'est ruiné et a à moitié ruiné sa famille. On croit qu'il s'est suicidé. Cette nouvelle a tellement affligé sa mère qu'elle a eu une attaque d'apoplexie.

— Combien de temps resterez-vous ?

— Je n'en sais rien, monsieur.

— Promettez-moi de ne rester qu'une semaine.

Son désir de me garder ici me jetait dans le trouble et la colère. Je n'avais ni mot ni regard pour lui et, s'il était si bien installé dans les griffes de Miss Ingram, il aurait dû à peine remarquer mon absence.

— Il vaut mieux que je ne promette pas, parce que je ne pourrai peut-être pas tenir ma parole, rétorquai-je, acerbe.

— Mais en tout cas vous reviendrez ? Vous ne vous laisserez pas convaincre, sous aucun prétexte, de rester pour toujours auprès de votre tante ?

Je me demandais bien ce que cela pourrait lui faire si je le quittais, mais je me contentai de répondre :

— Oh ! certainement, je reviendrai dès que tout ira bien.

Mr Rochester réfléchit.

— Quand désirez-vous partir ?

— Demain matin de bonne heure, monsieur.

Il hocha la tête et regarda le tapis.

— Mr Rochester, je voudrais vous parler d'une autre chose importante, puisque je le peux maintenant, ajoutai-je.

— Je suis curieux de l'apprendre.

— Vous m'avez presque dit, monsieur, que vous alliez bientôt vous marier.

— Oui. Eh bien ?

— Dans ce cas, monsieur, il faudra qu'Adèle aille en pension. Je suis convaincue que vous en sentirez vous-même la nécessité.

— Pour l'éloigner du chemin de ma femme, qui, sans cela, pourrait marcher trop impérieusement sur elle ? Sans doute, vous avez raison, il faudra mettre Adèle en pension, et vous, vous irez tout droit… au diable ?

— Il faudra que je cherche une autre place.

— Bien sûr ! s'écria-t-il d'une voix sifflante et en contorsionnant les traits de son visage d'une manière à la fois fantastique et comique.

Il me regarda quelques minutes.

— Promettez-moi une chose, dit-il enfin.

— De quoi s'agit-il, monsieur ?

— Ne mettez pas d'annonce. Faites-moi confiance pour vous trouver une nouvelle situation en temps voulu.

Je jugeai cela étrange. Peut-être voulait-il me garder ici aussi longtemps que possible dans son lit avant de se marier et d'avoir quelqu'un d'autre pour le satisfaire. Je n'en ferais rien, mais je consentirais à lui laisser me chercher un autre emploi – il me devait au moins cela.

— Ce sera avec plaisir, monsieur, si à votre tour vous me promettez qu'Adèle et moi serons en sécurité hors de la maison, avant que votre femme n'y entre.

— Très bien, très bien, vous avez ma parole ! répondit-il avec agitation, ses yeux noirs perdus dans quelque réflexion. Vous partez demain, n'est-ce pas ?

— Oui, monsieur, demain matin.

— Vous et moi devons nous dire au revoir pour un petit moment.

— Adieu, Mr Rochester, adieu pour maintenant.

Ses yeux scintillèrent de malice.

— Adieu, Miss Eyre, adieu pour maintenant.

Il semblait sur le point d'ajouter quelque chose mais la sonnette du dîner retentit, et il partit précipitamment sans ajouter un mot. Je ne le vis plus de tout le jour, et je partis avant qu'il se soit levé le lendemain matin.

*
**

J'arrivai à Gateshead le 1er mai vers cinq heures du soir. Accompagnée par Bessie, qui était venue à ma rencontre, je sortis de la loge pour me rendre au manoir. Un peu plus de trois ans auparavant, c'était avec elle aussi que j'avais descendu l'allée que je remontais aujourd'hui. Le cœur amer et désespéré, j'avais quitté ce toit hostile par une matinée sombre, brumeuse et glaciale de janvier, et voilà que ce même toit reparaissait maintenant à mes yeux. Mon avenir était encore douteux. Je me voyais toujours comme un être errant sur la terre, mais j'avais plus confiance en moi et en mes capacités. Les plaies béantes d'autrefois étaient complètement guéries, et la flamme de mon ressentiment éteint.

— Vous irez d'abord dans la salle à manger, me dit Bessie en marchant devant moi. Les jeunes dames doivent y être.

Un instant après, j'étais dans cette pièce. Chaque meuble, chaque bibelot était tel que dans mon souvenir. Je jetai un regard vers la bibliothèque et me rappelai mon cher livre de portraits et le visage de mon amant aux yeux noirs, celui que Mrs Reed avait cruellement corné. Je l'avais, à présent, mon amant aux yeux noirs, mais il n'était pas comme je me l'étais toujours imaginé.

Deux jeunes dames apparurent devant moi. L'une, presque aussi grande que Miss Ingram, très mince, à la figure jaune et sévère, avait quelque chose d'ascétique qu'augmentait encore l'extrême simplicité de son étroite robe de laine noire, de son col empesé, de ses cheveux lissés sur les tempes. Je compris que c'était Eliza, quoique ce visage allongé et décoloré ressemblât bien peu à celui que j'avais connu.

L'autre était bien certainement Georgiana, mais non pas la petite fée de quinze ans que je me rappelais svelte et mince : c'était une jeune fille bien en chair et dans tout l'éclat de sa beauté ; jolie poupée de cire aux beaux traits réguliers, aux yeux bleus et languissants, aux boucles blondes. Sa robe était noire comme celle de sa sœur, mais elle était beaucoup plus ample et élégante.

Lorsque j'entrai, les deux jeunes filles se levèrent pour me saluer et m'appelèrent « Miss Eyre ». Le bonjour d'Eliza fut court et sec, sans un sourire. Après quoi elle se rassit et, fixant les yeux sur le feu, sembla m'oublier. Georgiana, après m'avoir demandé comment je me portais, me posa quelques questions banales sur mon voyage, tout en me jetant de temps en temps un regard de côté sans prêter attention à mes réponses.

Assise entre mes deux cousines, je fus étonnée de voir combien je supportais facilement la complète indifférence de l'une et l'attention demi-railleuse de l'autre. Le fait est que j'avais à penser à autre chose. Depuis quelques mois, j'avais été secouée par des émotions bien plus fortes, j'avais éprouvé des douleurs et des plaisirs bien plus vifs et puissants que ceux qu'il aurait été en leur pouvoir de provoquer en moi. Aussi restai-je parfaitement insensible à leurs grands airs.

— Comment va Mrs Reed ? demandai-je bientôt en regardant tranquillement Georgiana.

— Elle va fort mal. Je ne pense pas que vous puissiez la voir aujourd'hui.

Un amer silence tomba. Décidée à prendre les choses en main, je me levai, retirai mon chapeau et mes gants calmement et sans y être invitée, puis je dis que j'allais chercher Bessie et la prier de s'informer si Mrs Reed pouvait me recevoir le soir même. Je partis et, ayant trouvé Bessie, la chargeai de mon message. Elle revint bientôt et me dit :

— Madame est réveillée. Je l'ai informée de votre arrivée. Suivez-moi, et nous verrons si elle vous reconnaîtra.

Je n'avais pas besoin qu'on me montrât le chemin de cette chambre où jadis j'avais été si souvent appelée, soit pour être châtiée, soit pour être réprimandée. Je passai devant Bessie et j'ouvris doucement la porte.

Me rappelant fort bien le visage de Mrs Reed, je me mis à chercher dans le lit l'image qui m'était familière. Heureusement que le temps tarit les désirs de vengeance et assoupit la colère et la haine. Lorsque j'avais quitté cette femme, mon cœur était plein d'aversion et d'amertume, et maintenant que je revenais vers elle, je ne sentais en moi que le désir de pardonner toutes les injures et de me réconcilier avec elle.

— Est-ce là Jane Eyre ? demanda-t-elle comme je m'approchais du lit à baldaquin.

— Oui, tante Reed. Comment êtes-vous, chère tante ?

Autrefois j'avais juré de ne jamais plus l'appeler ma tante, mais je pensais maintenant qu'il n'y avait rien de mal à oublier et à enfreindre ce serment.

J'avais pris sa main qui pendait hors du lit et, si à ce moment elle eût affectueusement pressé la mienne, j'en aurais ressenti une joie véritable. Mais Mrs Reed retira sa main et, éloignant son visage de moi, elle fit remarquer que la nuit était bien chaude. Elle me regarda d'un air tellement glacial que je compris aussitôt que ses sentiments à mon égard n'étaient pas changés et ne changeraient jamais.

— Vous m'avez envoyé chercher, dis-je en prenant un siège à côté de son oreiller. Je suis venue, et j'ai l'intention de rester ici jusqu'à ce que vous soyez mieux.

— Oh, bien sûr ! Vous avez vu mes filles, n'est-ce pas ?

— Oui.

— Eh bien, dites-leur que je désire vous voir rester jusqu'à ce que je sois capable de discuter de certaines choses avec vous. Aujourd'hui il est trop tard, et j'ai du mal à me les rappeler. Mais il y avait quelque chose que je voulais dire, voyons…

Ses yeux hagards et sa façon de parler m'indiquèrent quelle épave avait pris place dans cette charpente autrefois vigoureuse. Se tournant sans répit, elle ramena les couvertures sur elle.

— Êtes-vous Jane Eyre ? aboya-t-elle.

— Je suis Jane Eyre.

— J'ai eu avec cette enfant plus d'ennuis qu'on ne pourrait le croire. Quel fardeau ! Qu'ont-ils fait d'elle à Lowood ? La fièvre y a éclaté. Beaucoup d'élèves sont mortes, mais pas elle, et pourtant j'ai dit qu'elle était morte. Je le souhaitais tant !

— Quel étrange désir, Mrs Reed ! Pourquoi la haïssiez-vous ?

— J'ai toujours détesté sa mère. Elle était la sœur unique de mon mari, qui l'aimait tendrement. En apprenant sa mort, il pleura comme un nigaud. Et cette enfant, cette petite Jane Eyre, il l'aimait plus que ses propres enfants !

Mrs Reed s'exaltait de plus en plus.

— Je pense que nous ferions mieux de la quitter, dis-je à Bessie, qui se tenait de l'autre côté du lit.

— Peut-être en effet. Il lui arrive souvent de parler ainsi quand la nuit approche. Le matin, elle est plus calme.

Je me levai et partis.

*
**

Plus de dix jours s'écoulèrent sans que j'aie de nouvelles conversations avec elle. Elle était toujours soit dans le délire, soit dans un sommeil léthargique, et le médecin défendait tout ce qui pouvait lui produire une impression douloureuse. Pendant ce temps, j'essayai de m'entendre aussi bien que possible avec Eliza et Georgiana. Elles étaient très froides. Eliza passait la moitié de la journée à lire, à écrire et à coudre, et c'est à peine si elle m'adressait la parole. Georgiana tenait des propos absurdes à son canari pendant des heures entières et ne faisait pas attention à moi. Mais j'étais bien décidée à m'occuper et à m'amuser, et pour cela, j'avais apporté de quoi dessiner et peindre.

Enfin, par un après-midi humide et venteux, alors que Georgiana s'était endormie sur le sofa et qu'Eliza était allée entendre un service en l'honneur de quelque saint à la nouvelle église, j'eus l'idée de monter à l'étage pour voir l'état de cette femme mourante.

Au moment où j'entrai dans la chambre, comme je m'y attendais, la garde-malade n'y était pas. Mrs Reed était couchée tranquillement et semblait toujours plongée dans sa léthargie. Sa figure livide était enfoncée dans les oreillers. Le feu s'éteignait, je le ranimai, j'arrangeai les draps, je regardai un instant ma tante, puis je me dirigeai vers la fenêtre. La pluie battait contre les vitres et le vent soufflait en tempête. Je soupirai.

Tout à coup une voix faible murmura :

— Qui est là ?

Je savais que Mrs Reed n'avait pas parlé depuis plusieurs jours. Allait-elle revenir à la vie ? Je m'approchai d'elle.

— C'est moi, tante Reed.

— Qui, moi ? répondit-elle. Qui êtes-vous ?

Elle fixa sur moi un regard surpris, alarmé, mais pas complètement égaré.

— Vous m'êtes totalement étrangère. Où est Bessie ?

— Elle est à la loge, ma tante.

— « Ma tante » ? répéta-t-elle. Qui m'appelle « tante » ? Vous n'êtes pas une Gibson comme moi, et pourtant je vous connais. Ce visage, ces yeux, ce front me sont familiers. Vous ressemblez… mais vous ressemblez à Jane Eyre !

Je ne répondis rien. J'avais peur de lui causer un choc en lui disant qui j'étais.

— Oui, dit-elle, je crains que ce ne soit une erreur. Je me laisse abuser par mon propre désir. Je voulais voir Jane Eyre et je me figure une ressemblance là où il n'en existe pas. D'ailleurs, en trois ans, elle doit avoir changé.

Je l'assurai doucement que j'étais bien celle qu'elle avait cru reconnaître et qu'elle souhaitait voir. M'apercevant qu'elle me comprenait et qu'elle avait toute sa lucidité, je lui expliquai comment le mari de Bessie était venu me chercher à Thornfield.

— Je sais que je suis très malade, reprit-elle au bout de peu de temps. Il y a quelques instants, j'ai voulu me tourner, et je n'ai pas pu remuer un seul membre. La garde-malade est-elle ici ? Ou bien êtes-vous seule dans la chambre ?

Je l'assurai que j'étais seule.

— Eh bien, dit-elle, je vous ai nui deux fois et je le regrette maintenant. La première, en n'accomplissant pas la promesse que j'avais faite à mon mari de vous élever comme mes enfants. L'autre… (Elle s'arrêta.) Après tout, cela n'a peut-être pas beaucoup d'importance, murmura-t-elle pour elle-même, et puis je pourrais bien guérir ; il est si pénible de m'humilier ainsi devant elle !

Elle fit un effort pour changer de position, sans y parvenir. Son visage s'altéra et sembla exprimer une douleur intérieure, peut-être quelque trouble précurseur de l'agonie.

— Allons, il le faut bien, l'éternité est devant moi ; je ferai mieux de le lui dire. Ouvrez ma toilette et apportez la lettre que vous y verrez.

Je suivis ses instructions.

— Lisez-la maintenant, dit-elle.

Elle était courte et ainsi conçue : « Madame, voudriez-vous avoir la bonté de m'envoyer l'adresse de ma nièce, Jane Eyre, et de me dire comment elle se porte ? J'ai l'intention de lui écrire bientôt pour lui faire part de mon souhait de la faire venir à Madère. La Providence a béni mes efforts, j'ai pu amasser quelque chose ; n'ayant ni femme ni enfant, je veux l'adopter tant que je suis en vie et lui laisser à ma mort tout ce que je possède. John Eyre. »

La lettre était datée de deux ans auparavant.

— Pourquoi n'ai-je jamais entendu parler de cela ? demandai-je.

— Parce que je vous détestais trop profondément pour vous aider à vous élever socialement. Je lui ai écrit que j'étais désolée de le décevoir, mais que Jane Eyre était morte du typhus à Lowood. Maintenant faites ce que vous voudrez, écrivez pour contredire mon assertion, exposez mon mensonge, dites tout ce qu'il vous plaira. Je crois que vous êtes née pour être mon tourment. Ma dernière heure est empoisonnée par le souvenir d'une faute que, sans vous, je n'aurais jamais été tentée de commettre.

— Si vous pouviez ne plus y penser, ma tante, et me regarder avec tendresse et indulgence ! Je désire à présent de tout cœur me réconcilier avec vous. Embrassez-moi, ma tante.

J'approchai ma joue de ses lèvres, mais elle ne la toucha pas. Elle me dit que je l'oppressais en me penchant sur son lit, et me redemanda de l'eau.

— Aimez-moi ou haïssez-moi, à votre guise, dis-je enfin. Vous avez mon plein et libre pardon. Demandez celui de Dieu et soyez en paix.

Pauvre créature souffrante ! Il était trop tard désormais pour changer ses sentiments à mon égard ; vivante, elle m'avait haïe ; mourante, elle devait me haïr encore.

La garde-malade entra, suivie de Bessie. Je restai encore une demi-heure, espérant découvrir chez Mrs Reed quelque marque d'affection, mais elle n'en donna aucune. Elle mourut la nuit même, à minuit.

CHAPITRE XXII

Alors que Mr Rochester ne m'avait accordé qu'une semaine d'absence, mon séjour à Gateshead ne dura pas moins d'un mois. Je voulais partir immédiatement après les funérailles, mais il restait des affaires à régler que ni Eliza ni Georgiana ne semblaient capables de prendre en charge.

Lorsque Georgiana partit chez son oncle, à Londres, je me trouvai enfin libre de retourner à Thornfield. Alors que je préparais mes bagages, ce fut Eliza qui me surprit en déclarant, le jour de son départ :

— Je vous remercie de vos précieux services et de votre conduite discrète, Jane. Vous accomplissez votre tâche dans la vie et vous n'êtes un fardeau pour personne.

J'étais frappée d'entendre cela et le fus encore plus lorsque, au moment où nous nous séparâmes, elle me dit :

— Adieu, cousine Jane. Je vous souhaite du bonheur.

J'étais cependant trop préoccupée par mon retour à Thornfield pour réfléchir longtemps à cela. J'étais heureuse de m'être en quelque sorte réconciliée avec mes cousines, mais j'avais conscience d'avoir quitté Thornfield dans une tempête de colère et aurais à faire un effort de réconciliation quand j'y reviendrais. Cette période d'éloignement m'avait permis de prendre un peu de recul et l'idée que Mr Rochester puisse m'aimer ou éprouver quelque sentiment de la sorte me paraissait à présent ridicule. Il ne m'aimait ni ne m'aimerait jamais. Je souhaitais retourner chez lui afin de montrer que je n'étais pas assez stupide pour y avoir cru un seul instant.

Mon voyage me sembla ennuyeux – très ennuyeux. J'avais reçu une lettre de Mrs Fairfax. Elle m'apprenait que les invités de Mr Rochester avaient quitté le manoir. Mr Rochester était à Londres depuis trois semaines, mais il devait revenir dans une quinzaine de jours. Mrs Fairfax me disait qu'il était allé faire des préparatifs pour son mariage, et qu'il avait parlé d'acheter une voiture neuve. Elle ne pouvait plus douter, ajoutait-elle, que l'événement ne fût pour bientôt. Pour ma part, je n'en avais jamais douté.

Je n'avais pas écrit à Mrs Fairfax pour lui indiquer le jour de mon arrivée, parce que je ne voulais pas qu'on envoyât une voiture pour moi à Millcote. J'avais l'intention de faire tranquillement ce petit trajet à pied et, après avoir laissé ma malle aux soins de l'hôtelier, je quittai l'auberge vers six heures du soir, un soir de juin, et je pris le chemin qui conduisait à Thornfield.

En marchant, je m'imposai le calme en essayant de ne pas me rappeler ma toute première rencontre avec Mr Rochester et notre folle étreinte sur ce sentier. Je me demandai un instant s'il eût mieux valu n'en rien faire afin de garder une relation normale de maître à gouvernante : pourtant, malgré ma douleur et mon cœur brisé, jamais je n'aurais renoncé à ces moments de plaisir avec lui, car jamais je n'avais connu une telle extase.

Au moment même où je pensais cela, je découvris, au tournant du chemin, Mr Rochester assis là, un livre et un crayon à la main ; il écrivait. Je sursautai comme si j'avais vu un fantôme et regardai désespérément autour de moi. Mes joues s'enflammèrent et je me mis à paniquer, ne sachant que faire.

— Bonjour ! s'exclama-t-il en posant livre et crayon. Vous voici !

Je le fixai sans dire un mot, comme paralysée.

— Est-ce là Jane Eyre ? reprit Mr Rochester. Vous êtes venue à pied de Millcote ? Encore un tour digne de vous !

Pourquoi ne pas avoir envoyé chercher une voiture au château, et vous être fait traîner sur la route, comme tout le monde, plutôt que d'errer seule à la nuit tombante près de votre demeure, comme une ombre ou un songe ? Que diable avez-vous fait durant tout ce mois ?

— J'ai été avec ma tante, monsieur. Elle est morte, marmonnai-je.

— C'est bien là une réponse de Jane ! Elle arrive de l'autre monde, de la demeure de ceux qui sont morts, et ne craint pas de me le dire, lorsqu'elle me rencontre seul dans l'obscurité. Si j'osais, je vous toucherais pour m'assurer que vous êtes un corps et non pas une ombre ! Vous avez été loin de moi pendant tout un mois, ajouta-t-il après s'être arrêté un instant, et sans doute m'avez-vous oublié !

Je pouvais à peine comprendre ses paroles, tellement j'étais troublée. Il ne semblait pas disposé à quitter l'échalier, et je n'avais guère envie de le prier de me laisser passer. Et donc je lui demandai s'il n'avait pas été à Londres.

— Oui, me répondit-il. Vous l'avez appris grâce à votre don de double vue, je suppose.

— Mrs Fairfax me l'a écrit.

— Et vous a-t-elle dit pourquoi ?

— Oh oui ! monsieur, tout le monde le savait.

— Eh bien, Jane, il faudra que je vous montre la voiture, et vous me direz si elle convient bien à la femme de Mr Rochester, et si, étendue sur ces coussins pourpres, elle n'aura pas l'air de la reine Boadicée. Voyez-vous, Jane, je voudrais que mon extérieur s'accordât un peu mieux avec le sien. Dites-moi, petite fée, ne pourriez-vous pas me donner quelque fiole merveilleuse qui me rendît beau ?

Il avait retrouvé sa manière badine d'autrefois. J'en étais quelque peu réconfortée, car j'espérais que nous pourrions au moins redevenir amis, à défaut d'être amants.

— Cela dépasse le pouvoir de la magie, monsieur.

Et j'ajoutai en moi-même : « Un œil aimant est le plus

grand charme ; ce charme-là vous l'avez, et l'expression dure de votre visage a plus de pouvoir que la beauté même. »

Mr Rochester m'adressa un de ces sourires que lui seul possédait et dont il n'usait que dans de rares occasions. Il le trouvait sans doute trop beau pour en abuser ; c'était la flamme brillante du sentiment et, en me regardant, il jeta sur moi cet éclatant rayon.

— Passez, Jane, me dit-il en se poussant à un bout de l'échalier. Retournez au manoir, et arrêtez votre petit pied errant et fatigué sur le seuil d'un ami.

Je montai les marches sans dire un mot et résolue à le quitter avec calme. Mais un sentiment que je ne pouvais maîtriser – peut-être mon envie de réconciliation – me fit m'écrier :

— Merci, Mr Rochester. Je suis étrangement heureuse d'être revenue auprès de vous.

Alors je me mis à marcher si vite que, s'il eût voulu me rattraper, il aurait eu de la peine.

*
**

La petite Adèle devint presque folle de joie quand elle me vit. Mrs Fairfax me reçut avec sa bonté ordinaire, Leah me sourit, et Sophie elle-même me dit *bonsoir** d'un air joyeux ; tout cela me parut très agréable. Il n'y a pas de bonheur plus grand que d'être aimé par ses semblables et de sentir que votre présence est une joie pour eux.

Ce soir-là, je fermai résolument les yeux pour ne pas voir le futur – le mariage de Mr Rochester avec Miss Ingram – et décidai d'être heureuse. Le thé achevé, Mrs Fairfax prit son tricot, je m'assis sur une petite chaise près d'elle, et Adèle, agenouillée sur le tapis, se pressa contre moi. Un sentiment de mutuelle affection semblait nous avoir entourées d'un cercle de paix. Alors, dans le silence de mon âme, je priai pour que nous ne soyons pas séparées trop tôt ni trop loin. Nous étions ainsi groupées lorsque Mr Rochester entra, sans s'être fait annoncer. Il sembla satisfait en nous voyant si unies.

— Mrs Fairfax, dit-il, doit être bien contente d'avoir retrouvé sa fille d'adoption, et je vois qu'Adèle est *prête à croquer sa petite maman anglaise**.

En l'entendant ainsi parler, j'espérai presque que, après son mariage, il nous laisserait ensemble, nous placerait dans quelque abri protégé par lui et pas trop écarté du rayon de soleil de sa présence.

Thornfield Hall resta quinze jours dans un calme incertain. On ne parlait plus du mariage de Mr Rochester, et aucun préparatif ne se faisait. Presque tous les jours, je demandais à Mrs Fairfax si elle avait entendu dire quelque chose de définitif ; sa réponse était toujours négative. Une fois, elle me dit avoir demandé à Mr Rochester quand il amènerait sa femme au château : il ne lui avait répondu que par une plaisanterie et un regard étrange, et elle ne savait qu'en conclure.

Il y avait encore une chose qui m'étonnait beaucoup : c'est que personne de la famille Ingram ne venait au manoir, et que Mr Rochester ne se rendait jamais à Ingram Park. Il est vrai que Blanche ne demeurait pas dans le même comté que Mr Rochester et que, pour y arriver, il fallait traverser vingt milles. Mais qu'étaient vingt milles pour un amoureux passionné ? Pour un cavalier aussi entraîné et aussi infatigable que Mr Rochester, ce n'était qu'une promenade. Je commençai à me bercer de l'espérance que le mariage était brisé, que l'un des partis ou tous deux avaient changé d'opinion. Ordinairement, j'étudiais le visage de mon maître pour savoir s'il était irrité ou triste, mais jamais je ne l'avais vu aussi dégagé de nuages et de mauvais sentiments qu'alors. Si, dans les instants que mon élève et moi passions avec lui, il me voyait manquer de courage et tomber dans l'abattement, il s'efforçait d'être gai. Jamais il ne m'avait fait venir si souvent en sa présence, jamais il n'avait été aussi bon pour moi : hélas ! jamais je ne l'avais tant aimé. Il ne se hasarda pas à me toucher ou même à faire allusion à nos ébats d'autrefois. Il se contentait de me sourire gentiment et de me traiter comme il ne l'avait jamais fait avant – comme une véritable amie.

CHAPITRE XXIII

Un splendide été brillait sur l'Angleterre. On eût dit que les belles journées d'Italie venaient de quitter le Midi comme un groupe d'éblouissants oiseaux de passage, pour s'arrêter quelque temps sur les rochers d'Albion. On avait rentré les foins ; les champs verts qui entouraient Thornfield venaient d'être fauchés ; la route poudreuse était durcie par la chaleur ; les arbres se montraient dans tout leur éclat. La veille de la Saint-Jean, Adèle, fatiguée d'avoir ramassé des fraises sauvages la moitié de la journée sur le chemin de Hay, s'était couchée avec le soleil. Quand je la vis endormie, je la quittai pour me rendre dans le jardin.

Je me promenai quelques instants sur la terrasse, mais tout à coup une odeur subtile et bien connue, celle d'un cigare, m'arriva subrepticement d'une fenêtre. Je m'aperçus que celle de la bibliothèque était entrouverte. Je savais que de là on pouvait suivre tous mes mouvements. Aussi m'éloignai-je en direction du verger. C'était un lieu abrité et semblable à un éden, plein d'arbres et de fleurs. Un mur très élevé le séparait de la cour.

Je m'y promenais lorsque j'aperçus Mr Rochester qui regardait paisiblement autour de lui en fumant son cigare.

Je m'apprêtais à faire demi-tour et m'en aller quand il me vit et m'adressa un sourire. Bien que je me sois réconciliée avec lui, je préférais ne pas me trouver seule en sa compagnie. Depuis que j'étais revenue, je m'étais toujours efforcée de le voir avec un tiers : il m'était plus facile de résister aux attirantes ténèbres de son regard lorsque Adèle ou Mrs Fairfax était à mes côtés.

— Jane, dit-il en s'approchant de moi. Thornfield est une résidence agréable en été, n'est-ce pas ?

— Oui, monsieur.

— Vous devez vous être plus ou moins attachée à cette maison ?

— En effet, je m'y suis attachée.

— Et, bien que je ne puisse comprendre comment, je me suis aperçu que vous aviez une certaine affection pour cette petite folle d'Adèle, et même pour la simple Mrs Fairfax ?

— Oui, monsieur, je les aime toutes deux.

— Et vous seriez fâchée de les quitter ?

— Oui.

— C'est malheureux ! soupira-t-il. Il en est toujours ainsi dans la vie : à peine êtes-vous installé dans un lieu agréable qu'une voix vous ordonne de vous lever et de partir.

— Dois-je partir, monsieur ? Dois-je quitter Thornfield ?

— Je crois que oui, Jane. J'en suis fâché, mais je crois qu'il le faudra.

C'était un rude coup, mais je ne me laissai pas abattre.

— Eh bien, monsieur, je serai prête quand viendra l'ordre de marcher.

— Il est venu maintenant. Je suis forcé de le donner ce soir.

— Alors, vous allez vous marier, monsieur ?

— Avec votre pénétration habituelle, vous avez deviné juste.

— Et sera-ce bientôt, monsieur ?

— Très bientôt. Vous vous rappelez, Jane, la première fois où vous avez compris que j'avais l'intention d'entrer dans le saint état de mariage et de presser Miss Ingram sur mon cœur ; vous avez été la première à me dire que vous et la petite Adèle feriez mieux de vous retirer. Je ne parle pas du blâme implicite jeté sur ma bien-aimée par cet avis, et ne me souviendrai que de la sagesse d'un conseil que j'ai voulu suivre : il faut qu'Adèle aille en pension, et vous, Miss Eyre, il faut trouver une autre situation.

Je me sentis déchirée par l'émotion. J'en aurais pleuré de chagrin, s'il n'avait pas été là. J'avais essayé de me convaincre que notre amitié récente était conforme à tous mes désirs, mais soudain son mariage avec Miss Ingram, qui avait toujours paru fantaisiste, allait bel et bien se produire. Cela m'obligeait à admettre que je l'aimais toujours tendrement.

— Oui, monsieur, répondis-je avec calme. Je vais faire insérer ma demande tout de suite dans les journaux.

— Dans un mois environ, j'espère être marié, continua Mr Rochester. Dans l'intervalle je m'occuperai de vous chercher un emploi. J'ai déjà entendu parler d'une place qui, je le crois, vous conviendrait, en Irlande. Je crois que vous aimerez l'Irlande. On dit que les habitants y sont très chaleureux.

— C'est bien loin, monsieur.

— Une jeune fille aussi raisonnable que vous ne doit pas regarder à faire un long voyage.

— Ce n'est pas le voyage qui m'inquiète, mais la mer et une barrière entre…

— Entre quoi, Jane ?

— Entre l'Angleterre, Thornfield et…

— Eh bien ?

— Et vous, monsieur !

Je prononçai cette dernière phrase presque involontairement, et involontairement aussi mes larmes se mirent à couler.

— Il y a bien loin d'ici en Irlande, Jane, et je suis fâché de voir ma petite amie entreprendre un voyage si fatigant. C'est que j'éprouve quelquefois pour vous un étrange sentiment, surtout lorsque vous êtes près de moi, comme maintenant : il me semble que j'ai une corde invisible à gauche, sous les côtes, fortement attachée à une corde toute semblable et placée dans la partie correspondante de votre frêle carcasse. Et si la Manche tumultueuse et deux cents milles de terre doivent nous séparer, j'ai peur que cette corde sympathique ne se rompe et que mon cœur ne saigne, j'en ai l'intuition. Quant à vous, vous m'oublieriez.

— Jamais, monsieur ! Vous savez…

Mes mots se perdirent dans mes larmes.

— Jane, entendez-vous le rossignol chanter dans les bois ? Écoutez !

Je sanglotais convulsivement, incapable de réprimer davantage mes sentiments. J'étais secouée de la tête aux pieds d'une souffrance aiguë. Quand je parlai enfin, ce ne fut que pour exprimer un désir impétueux de n'être jamais née ou de n'être jamais venue à Thornfield.

— Est-ce parce que vous êtes fâchée de le quitter ?

La douleur et l'amour avaient suscité en moi une violente émotion, qui voulait l'emporter et luttait pour régner en maîtresse absolue.

— Oui, je suis triste de quitter Thornfield, m'écriai-je enfin. J'aime Thornfield. Je l'aime parce que, pendant quelque temps, j'y ai vécu d'une vie délicieuse ; je n'ai pas été foulée aux pieds ni humiliée ; je n'ai pas été ensevelie avec des esprits inférieurs ; on ne m'a pas éloignée de ce qui est beau, fort et élevé. Je vous ai connu, Mr Rochester, et je suis frappée de terreur et d'angoisse en pensant qu'il faut m'éloigner de vous pour toujours. Je vois la nécessité du départ, et c'est comme si je me voyais forcée de mourir.

— Où voyez-vous la nécessité de partir ? demanda-t-il tout à coup.

— Sous la forme de Miss Ingram, une jeune fille belle et noble, votre fiancée.

— Ma fiancée ! Quelle fiancée ? Je n'ai pas de fiancée.

— Mais vous en aurez une.

— Oui, j'en aurai une, dit-il en serrant les dents.

— Alors il faut que je parte. Vous l'avez dit vous-même.

— Non, il faut que vous restiez ! Je le jure, et je tiendrai parole !

— Je vous dis qu'il me faut partir ! rétorquais-je, soulevée par une sorte d'élan passionné. Croyez-vous que je puisse rester en n'étant rien pour vous ? Croyez-vous que je sois une automate qui ne sent rien ? Croyez-vous que, parce que je suis pauvre, obscure, laide et petite, je n'aie ni âme ni cœur ? Et si Dieu m'avait faite belle et riche, j'aurais rendu la séparation aussi rude pour vous qu'elle l'est aujourd'hui pour moi !

Avec une soudaineté qui me stupéfia, Mr Rochester m'enveloppa de ses bras et m'attira contre sa poitrine. J'avais l'esprit trop agité pour en retirer un quelconque plaisir. Je ne pouvais oublier qu'il faisait pareil avec Miss Ingram.

— Vous êtes un homme marié, ou du moins sur le point de l'être. Laissez-moi partir ! dis-je en m'écartant.

— Jane, je vous demande de passer votre vie à mes côtés, d'être une partie de moi et ma meilleure compagne sur la terre.

— Vous vous moquez de moi.

— Pas du tout ! Je vous le demande comme à ma femme. C'est vous seule que je veux épouser. Venez ici.

— Votre fiancée est entre nous.

— Ma fiancée est ici, dit-il en me pressant de nouveau contre lui. Ma fiancée est ici, parce qu'ici est mon égale et ma semblable. Jane, voulez-vous m'épouser ?

Je ne lui répondis pas et m'efforçai de nouveau de lui échapper, car j'étais toujours incrédule.

— Vous doutez de moi, Jane ?

— Entièrement.

— Je ne veux pas, je ne peux pas épouser Miss Ingram. Vous, pauvre, petite, obscure et laide, je vous supplie de m'accepter comme mari. Il faut que vous soyez tout entière à moi. Le voulez-vous ? Répondez vite.

Je l'examinai avec circonspection.

— Oh, Jane, vous me torturez ! s'écria-t-il. Vous me

torturez avec votre regard scrutateur, bien qu'il soit généreux et droit !

— M'aimez-vous véritablement ? Désirez-vous sincèrement que je sois votre femme ?

— Oui, et si un serment est nécessaire pour vous satisfaire, eh bien, je le jure !

— Alors, monsieur… je vous épouserai.

— Venez à moi, venez tout entière à moi, dit-il.

Avec une certaine agitation, j'effaçai la distance entre nous et me jetai dans ses bras. Il les referma autour de moi et me serra fermement contre sa poitrine.

— Oh, Jane, je vous aime, chuchota-t-il.

Je levai la tête pour sonder ses yeux noirs et sincères. Me rendant mon regard, ils étincelaient de cette même fièvre de désir que je sentais naître en moi. Une sensation délicieuse et chaude vint se loger sous mon jupon. Mon sang était en feu et m'engloutit dans un torrent de passion.

Il prit délicatement mon menton dans ses mains et posa ses lèvres sur les miennes. Au-dessus de nous, j'entendais un léger souffle de vent froisser les branches du châtaignier dans le soir tombant, et le rossignol chanter à nouveau. Ses lèvres contre les miennes brûlaient comme la flamme, et mon propre corps répondait en se frottant au sien avec une ardeur pressante, avide. La délicatesse des sentiments se changeait d'un coup en une faim incontrôlable. Chacun cherchait l'autre avec des doigts tremblants, la poitrine haletante.

Alors qu'il s'écartait de moi, mon souffle remonta dans ma gorge. Je glissai mes mains sous sa veste et les laissai s'aventurer hardiment sur son torse musclé. Ses yeux noirs, doux et aimants, scintillaient cependant d'un éclat sauvage et dominateur. Soudain je pris conscience qu'il m'aimait, car jamais je ne lui avais vu cette expression sur le visage auparavant ou, plutôt, il l'avait toujours cachée.

Je me laissai tomber à genoux et l'entraînai avec moi, les bras autour de son cou et les doigts noués à ses cheveux.

— Je veux faire l'amour avec vous, là maintenant, à cet endroit, chuchotai-je, un sourire s'épanouissant sur mes lèvres.

Il me répondit par un rictus diabolique et, me prenant par la taille, me plaqua contre le sol. La terre était fraîche et humide, mais je n'y fis guère attention.

— Je vais vous prendre ici, Jane, et je vous veux nue, dit-il.

Nous étions seuls dans le parc de Thornfield. Un soir comme celui-là, il était peu probable que l'on vînt nous déranger.

— J'ai envie de le faire depuis que je t'ai rencontré sur le sentier, le jour où tu m'as ensorcelé, ajouta-t-il.

— Je croyais que vous aviez oublié cet épisode, monsieur.

— Oh, Jane, je n'ai jamais oublié.

Là-dessus, il me retourna brutalement et se mit à délacer adroitement ma robe. Il eut fini en quelques secondes, et bientôt mes sous-vêtements se trouvèrent en tas à côté de moi. Le vent frais contre ma peau nue ne me fit pas frissonner davantage que l'impatience de mon désir.

J'allais me retourner quand il m'arrêta.

— Reste où tu es, me commanda-t-il d'une voix rauque.

Mon cœur cognait fort dans ma poitrine. Des vagues d'excitation m'irradiaient le corps de part en part. Il posa légèrement son index sur ma nuque puis, avec une lenteur douloureuse, le fit descendre le long de mon épine dorsale, m'écorchant le dos de son ongle dur. Je frissonnai. Puis sa langue suivit le même chemin en sens inverse, du bas du dos jusqu'entre les omoplates et le cou. Délicieusement surprise, je retins ma respiration.

Il s'arrêta un moment. J'entendis le doux froissement de ses vêtements qu'il ôtait. Je voulus me retourner pour regarder, mais il dit :

— Ah, non, Jane.

Soudain je sentis sa peau chaude et nue contre la mienne

tandis qu'il pressait sa poitrine contre mon dos. Lorsqu'il tira mes fesses contre son ventre, je tremblai de plaisir au contact de son membre long et dur entre mes jambes.

— Oh, Jane, grommela-t-il en se penchant pour humer le parfum de mes cheveux.

Ma respiration s'accéléra. Il frottait son nez contre mon oreille, mordait légèrement le lobe avant de semer des baisers le long de mon cou. Pendant ce temps, ses mains me caressaient le ventre, effleuraient mes côtes et s'emparaient fermement de mes seins. Ses lèvres se mirent à lécher, embrasser et mordiller mes épaules. Pendant que ses paumes me malaxaient les seins, ses doigts pinçaient les mamelons ou les tapotaient doucement.

Je me collai à lui aussi fort que possible et rejetai ma tête voluptueusement par-dessus son épaule. Il réagit en mordant gentiment mon menton. Mes mains caressaient ses cuisses épaisses et musculeuses, et mes ongles se plantaient dans sa chair à mesure qu'un désir impérieux montait en moi.

Soudain, il me poussa en avant de sorte que je me retrouvai à quatre pattes. La surprise me coupa le souffle. Je tentai à nouveau de me tourner, mais il m'en empêcha. Il attrapa ma taille à pleines mains et, s'appuyant contre moi, me balaya les cuisses de son membre érigé. Je soupirai d'envie et me laissai tomber sur les coudes, plaquant une joue contre la terre.

Sans prévenir, il me donna une forte claque sur le derrière. Je sentis une douleur cuisante. Avant même que je puisse réagir, il me pénétra d'un coup vigoureux ; je ne pus retenir un cri. La sensation était plus profonde que tout ce que j'avais connu jusque-là. Il s'écrasait lourdement contre moi, encore et encore, de plus en plus vite. Je gémis. Un plaisir intense se lovait dans mon ventre, menaçant de me submerger. Tandis que ses hanches cognaient contre mes fesses, je serrais les dents pour ne rien perdre de cette incroyable jouissance.

Mon corps convulsé s'arcbouta en atteignant l'orgasme. Je poussai un cri en m'effondrant sur le sol dur et mouillé.

Des vagues d'extase me secouaient. Mes membres, en se relâchant, étaient parcourus de mille picotements.

Une seconde plus tard, Mr Rochester se retira et jouit, puis s'allongea derrière moi. Nous étions tous deux haletants, trempés de sueur et tremblants.

Pendant un long moment, nous partageâmes un silence complice et bienheureux, contemplant le ciel où les étoiles commençaient à apparaître. Cependant, à voir la progression d'un énorme amoncellement de nuages noirs, il était clair que le vent avait repris.

— Il nous faut rentrer, dit Mr Rochester, le temps change. Je pourrais rester couché avec toi jusqu'au matin, Jane.

— Et moi aussi, chuchotai-je.

La pluie tombait à flots. Nous nous rhabillâmes prestement. Il m'aida avec ma robe, puis me pressa sur le chemin du retour. Dans le vestibule, alors qu'il me retirait mon châle et secouait l'eau qui coulait de mes cheveux dénoués, Mrs Fairfax sortit de sa chambre. Ni moi ni Mr Rochester ne l'aperçûmes au premier abord.

— Bonsoir, bonsoir, ma bien-aimée !

Il m'embrassa à plusieurs reprises. Lorsqu'en le quittant je regardai autour de moi, je vis la veuve, pâle, grave et étonnée. Je me contentai de sourire et de gagner l'escalier. « Tout s'expliquera bientôt », pensai-je. Cependant, lorsque je fus arrivée à ma chambre, je fus angoissée à l'idée qu'elle avait pu, fût-ce un seul instant, se méprendre sur ce qu'elle avait vu, mais bientôt la joie effaça tout autre sentiment. Malgré le vent qui soufflait avec violence, le tonnerre qui retentissait avec force tout près de moi, les éclairs qui scintillaient vifs et rapprochés, je n'éprouvai aucun effroi.

Le lendemain matin, avant que je sois levée, la petite Adèle accourut dans ma chambre pour me dire que le grand marronnier au bout du verger avait été frappé par la foudre et fendu en deux.

CHAPITRE XXIV

Tout en me levant et m'habillant, je repassai dans ma mémoire les événements de la veille et je me demandai si ce n'était pas un rêve. Je n'en fus bien convaincue que lorsque, ayant revu Mr Rochester, je l'entendis me répéter ses promesses et me reparler de son amour.

En me coiffant, je me regardai dans la glace et je m'aperçus que je n'étais plus laide. Mon visage était plein de vie et d'espérance. Souvent je m'étais efforcée de ne pas regarder mon maître, craignant que ma figure ne lui déplût ; aujourd'hui je pouvais lever mon regard jusqu'à lui sans avoir peur de refroidir son amour par l'expression de mon visage. Je mis une robe d'été, légère et d'une couleur claire. Il me sembla que jamais vêtement ne m'avait mieux parée, parce que jamais aucun n'avait été porté avec une telle plénitude.

Quand je descendis dans la grande salle, je ne fus pas surprise de voir qu'une belle matinée de juin avait succédé à l'orage de la veille et de sentir, à travers la porte ouverte, le souffle d'une brise fraîche et parfumée. Les corneilles faisaient entendre leurs cris et les oiseaux chantaient, mais rien n'était aussi joyeux ni aussi musical que mon cœur !

Mrs Fairfax apparut à la fenêtre avec un visage triste et me dit gravement :

— Miss Eyre, voulez-vous venir déjeuner ?

Pendant le repas, elle fut froide et silencieuse, mais je ne pouvais pas la détromper. Il fallait attendre que mon maître voulût bien expliquer tout ceci. Je mangeai ce que je pus, puis je me hâtai de remonter dans ma chambre. Je rencontrai Adèle qui sortait de la salle d'étude.

— Où allez-vous ? lui demandai-je, c'est l'heure de travailler.

— Mr Rochester m'a dit d'aller dans la nursery.

— Où est-il ?

— Là, me répondit-elle, en indiquant la pièce qu'elle venait de quitter.

J'entrai et je l'y trouvai en effet.

— Venez me dire bonjour, me dit-il.

J'avançai joyeusement. Cette fois, ce n'était pas un simple mot ou une poignée de main qui m'attendait : il me prit dans ses bras et me donna un baiser. Ses lèvres avaient un goût sucré et délicieux. J'aurais voulu continuer à l'embrasser et passer mes doigts dans ses cheveux noirs bien peignés.

— Jane, vous êtes épanouie, souriante et jolie, dit-il, oui, vraiment jolie. Est-ce là la pâle petite fée que je connaissais ?

— Oui, monsieur, c'est Jane Eyre.

— Qui sera bientôt Jane Rochester, ajouta-t-il. Dans quatre semaines, pas un jour de plus, entendez-vous ?

Je ne pouvais pas bien comprendre encore, j'étais tout étourdie. Le sentiment que cette déclaration provoquait en moi était trop violent pour être de la joie ; c'était comme un choc étourdissant, presque de la peur.

— Vous avez rougi, et maintenant vous êtes pâle, Jane, pourquoi ?

— Parce que vous m'avez appelée Jane Rochester, et cela me semble étrange.

— Oui, Mrs Rochester.

— Cela ne se pourra pas, monsieur. Le nom de Jane Rochester sonne étrangement. Les êtres humains ne jouissent jamais d'un bonheur complet sur la terre.

— Ce matin, j'ai écrit à mon banquier de Londres pour qu'il m'envoie certains bijoux qu'il a en sa possession ; ils ont toujours appartenu aux dames de Thornfield. Dans un jour ou deux, j'espère pouvoir les remettre entre vos mains.

— Oh, monsieur ! Des bijoux pour Jane Eyre ! Cela aussi me semble étrange et peu naturel. Je préférerais ne pas en avoir.

— Je veux mettre moi-même la chaîne de diamants autour de votre cou et placer le diadème sur votre front. Je veux attacher des bracelets sur ces poignets délicats et charger d'anneaux ces doigts de fée.

— Non, non, monsieur, ne vous adressez pas à moi comme si j'étais belle. Je suis votre gouvernante laide et semblable à une quakeresse.

— Vous êtes belle à mes yeux.

Il sourit et regarda mes mains.

— Quelque chose vous trouble, Jane, dit-il sérieusement, saisissant mon menton pour le relever.

De fait, une pensée me troublait.

— Dites-moi.

J'avalai ma salive avant de me lancer :

— Pourquoi avez-vous pris tant de peine pour me faire croire que vous vouliez épouser Miss Ingram ?

— Est-ce tout ? Dieu soit loué !

Ses sourcils noirs se détendirent. Il me regarda en souriant puis me caressa les cheveux.

— J'ai fait la cour à Miss Ingram pour vous rendre aussi follement amoureuse de moi que je l'étais de vous. Je savais que le meilleur moyen d'arriver à mes fins était d'exciter votre jalousie. Étiez-vous jalouse, Jane ?

Je hochai la tête et tournai mes lèvres vers la main posée sur mon épaule. Je l'aimais tellement, bien plus que je n'aurais osé me l'avouer, bien plus que les mots n'avaient le pouvoir de le dire. Et, tout en ayant conscience qu'il m'avait ainsi manipulée, je ne pouvais être en colère contre lui lorsque j'étais heureuse.

— Y a-t-il autre chose que vous souhaiteriez me demander ?

J'avais une autre requête toute prête.

— Communiquez vos intentions à Mrs Fairfax, monsieur. Elle m'a vue hier soir dans la grande salle avec vous et elle a été choquée. Donnez-lui quelques explications avant que je la revoie. Cela me fait de la peine d'être mal jugée par une femme aussi excellente.

— Montez dans votre chambre et mettez votre chapeau, me répondit-il. Je voudrais vous emmener ce matin à Millcote. Pendant que vous vous habillerez, je vais éclairer l'esprit de la vieille dame. Vous croit-elle perdue parce que vous m'avez donné votre amour ?

— Elle pense que j'ai oublié ma place, et vous la vôtre, monsieur.

— Votre place est dans mon cœur. Filez, maintenant.

Je m'attardai. Il m'adressa un sourire complice, canaille.

— Nous aurons tout le temps pour cela plus tard. Vous êtes insatiable, ma chère.

Je rougis et m'enfuis en courant, heureuse.

*
**

Je fus bientôt habillée et, lorsque j'entendis Mr Rochester quitter la chambre de Mrs Fairfax, je me hâtai de descendre. La vieille dame lisait sa ration quotidienne des Écritures, sa bible était ouverte devant elle. En me voyant, elle se leva, fit un effort pour sourire, mais le sourire expira sur ses lèvres. Elle ferma sa bible et éloigna sa chaise de la table.

— Je suis si étonnée, commença-t-elle, que je ne sais ce que je dois vous dire, Miss Eyre. Maintenant, pouvez-vous me dire si Mr Rochester vous a vraiment demandé de l'épouser et si vous avez accepté ?

— Oui.

Elle me regarda avec stupéfaction.

— Cela me dépasse, mais sans doute est-ce vrai, puisque vous le dites. Comment tout cela s'expliquera-t-il ? Je ne saurais le dire. On conseille souvent l'égalité de fortune et de position. Puis il y a vingt ans de différence entre vous, il pourrait presque être votre père.

— Non, en vérité, Mrs Fairfax ! m'exclamai-je, agacée. Mr Rochester semble aussi jeune – il est aussi jeune – que certains hommes de vingt-cinq ans.

— Et c'est vraiment par amour qu'il veut vous épouser ? me demanda-t-elle.

Je fus si blessée par sa froideur et son scepticisme que mes yeux se remplirent de larmes.

— Je suis désolée de vous faire de la peine, continua la veuve, mais vous êtes si jeune et vous connaissez si peu les hommes ! Je voudrais vous mettre sur vos gardes.

— Est-il impossible que Mr Rochester ait une affection sincère pour moi ?

— Non, vous êtes très bien, mais croyez-moi, vous ne sauriez prendre trop de précautions. Des hommes dans sa position n'ont pas l'habitude d'épouser leurs gouvernantes.

Je devenais vraiment furieuse. Heureusement, Adèle entra en courant.

— Laissez-moi aller à Millcote avec vous ! s'écria-t-elle. Mr Rochester ne le veut pas, et pourtant il y a bien de la place dans la voiture neuve. Demandez-lui de me laisser aller, *mademoiselle**.

— Certainement, Adèle.

Et je me hâtai de sortir, heureuse d'échapper à une si rude conseillère.

*
**

Je passai le reste de la journée à Millcote avec Adèle et Mr Rochester, essayant de les dissuader tous deux de choisir pour moi des bijoux clinquants et chargés, et des robes encore plus éclatantes et voyantes. J'étais épuisée à force de m'exclamer qu'une gouvernante n'avait pas besoin de soie rose ou de perles, et que vêtue ainsi j'aurais l'air bizarre et décalée.

Nous revînmes à Thornfield dans la soirée. Mrs Fairfax me reçut bien et semblait vouloir se racheter après son discours brutal en se montrant attentive à mon bien-être. Je lui pardonnai aussitôt, car j'aimais la vieille femme. Notre dîner se passa dans un bavardage joyeux sur notre journée, conduit par Adèle.

Ce soir-là, Mr Rochester me fit appeler et j'accédai aussitôt à sa demande. Je le retrouvai dans le salon ; il était assis dans un fauteuil.

— Venez ici, mon amour, dit-il en guise de mot d'accueil.

Le sourire que je vis s'afficher sur son beau et sombre visage me rassura.

— C'était une torture d'être avec vous tout le jour et de ne pouvoir vous toucher, ajouta-t-il comme je m'approchais.

Je me juchai sur le bras du fauteuil, mais il m'attira contre lui, glissant ses mains le long de ma taille. Je pouffai.

— Mais vous m'avez touchée, monsieur ! le taquinai-je en pensant à nos caresses volées chaque fois que nous pensions échapper aux regards.

Il eut un large sourire.

— Certes, mais j'aimerais vous toucher bien davantage.

Il sentait délicieusement le cuir et la sueur et je le lui dis.

— Je viens d'une course à cheval, commença-t-il avec un rire en désignant ses bottes boueuses. Puis il se tut.

— Qu'y a-t-il, monsieur ? m'enquis-je.

Il tendit le bras derrière son fauteuil et en retira une cravache, qu'il me tendit des deux mains, les yeux brillant d'une lueur démoniaque. Je ne comprenais pas ce qu'il voulait me signifier par là. Je me sentais troublée.

— Ma chère Jane, ronronna-t-il. Goûteriez-vous le plaisir dans la douleur ?

Je ne saisissais toujours pas où il voulait en venir.

— Monsieur, je ne veux que vous, déclarai-je avec sincérité.

— Oui, et je ne veux plaire qu'à vous. De toutes les façons possibles.

Il passa les doigts sur le fouet et caressa le cuir usé.

— Je pensais à vous en chevauchant, précisa-t-il. Maintenant, j'aimerais vous chevaucher.

J'avalai ma salive. Mon corps fut traversé d'un frisson qui fit se dresser les petits cheveux sur ma nuque. Moi aussi je désirais cela et je sentis une rougeur brûlante monter à mes joues.

— Levez-vous, Jane, ajouta-t-il. Je vais vous déshabiller.

J'obéis. Il commença à délacer délicatement ma robe. Ses mouvements avaient la légèreté de la plume. Je ne sentis même pas lorsqu'il fit tomber mon corsage et qu'il se mit à défaire le corset. Son contact était d'une douceur extrême, ses gestes d'une infinie tendresse tandis qu'il retirait mes sous-vêtements. Alors je me retrouvai nue dans le salon, mal assurée et pressée qu'il me prenne.

— Jane, vous êtes si belle, chuchota-t-il.

Je me tournai vers lui. Le fouet était dans sa main.

— C'est votre tour, dis-je à voix basse en faisant un pas vers lui.

Les yeux dans les siens, j'ôtai lentement ses vêtements : sa veste, sa chemise et ses pantalons, jusqu'à ce qu'il fût nu. Il se dressait devant moi avec son torse puissant et musclé, sa poitrine aux courts poils noirs, ses jambes épaisses, sculpturales. J'approchai mes mains que je fis aller et venir sur son membre doux et raide. Il ferma les yeux et gémit dans un souffle.

J'allais l'embrasser, mais il s'écarta.

— Tendez la main, Jane, m'ordonna-t-il.

Troublée, je fis ce qu'il me demandait.

Il la tourna de manière à ce que ma paume soit vers lui et, soudain, il la fouetta d'un coup sifflant. Je criai de surprise, mais c'était allé si vite que je m'en étais à peine rendu compte. Je ne ressentais guère plus qu'une légère brûlure.

— Comment était-ce, Jane ? me demanda-t-il.

Je le fixai du regard, encore stupéfaite.

— Cela m'a procuré un immense plaisir, précisa-t-il.

— Je n'ai pas eu mal, dis-je. Dois-je vous rendre la politesse ?

Un grand sourire s'épanouit sur son visage.

— Jane, ce serait très volontiers, mais il y a autre chose que je voulais faire avant. Tournez-vous.

J'obéis. C'était nouveau et fascinant. Je sentais tout mon corps trembler d'appréhension.

Il me caressa le dos de haut en bas avec le bout du fouet, le laissant flotter sur mon épine dorsale. Puis il le traîna paresseusement sur mes fesses et sur l'arrière de mes cuisses jusqu'à ce que je halète d'excitation.

Soudain, il fit claquer la lanière, qui me frappa sur le renflement droit de mon derrière.

Je tressaillis en laissant échapper un soupir. Les yeux fermés, je savourais la douleur cuisante qui palpitait sur ma peau et se mêlait à la chaleur bouillonnante du désir qui baignait mon ventre.

Il frappa la fesse gauche d'un coup qui m'atteignit au plus profond. Alors il me cravacha les deux fesses. Je me tordis sous cette morsure délicieuse et cinglante en gémissant doucement.

— Cela vous fait-il du bien, Jane ? demanda-t-il en faisant le tour pour se trouver face à moi.

Ses yeux rivés sur les miens, il passa la cravache sur chacun de mes seins, dessina un cercle autour des mamelons en les regardant durcir. Ses yeux à la noirceur profonde embrasaient les miens, ses sourcils étaient trempés de sueur. Lentement, je léchai mes lèvres et l'observai tandis qu'il frémissait de plaisir. Il porta le fouet à ma bouche. Je le pris entre mes lèvres délicatement et le mordis avec force.

Il rejeta la cravache et m'attira brutalement vers lui en fourrageant dans mes cheveux. Je gémissais de douleur et de jouissance. Ses doigts palpaient chaque partie de mon corps avec fièvre, étreignant mes seins, mes cuisses, mon cou et mes hanches. Je fondais sous ses mains et me rivais à lui, je voulais qu'il me prenne complètement.

Il me tira par le bras et je le suivis. Il m'entraîna doucement vers le mur opposé et me plaqua le dos contre sa surface froide. Il me souleva les hanches de manière à ce que je sois à son niveau. Ma tête cognait durement contre le mur sous ses baisers furieux tandis qu'il dardait sa langue à l'intérieur dans ma bouche en cercles lents.

Et soudain, il me pénétra. Il allait et venait doucement, heurtant mon corps contre le mur. Comme il s'enfonçait de plus en plus profondément, j'enserrai mes jambes autour de lui et envoyai ma tête en arrière, en fermant les yeux. Il se mit à bouger plus vite et plus fort, toujours plus vite et plus fort, jusqu'à ce que je sois pantelante, haletante, gémissante.

Un frisson de délice se lova à l'intérieur de moi et se mit à enfler, immense, avant de pourfendre mon corps dans un sursaut d'extase. Je criai son nom, retombai inerte dans ses bras. Il se retira doucement et jouit à son tour.

Pendant un moment, aucun de nous ne dit mot. Pressés l'un contre l'autre, nous poussions de grands soupirs, avec un sentiment de libération qui faisait trembler nos membres.

— J'aimerais recommencer ainsi demain soir, dit Mr Rochester en me caressant les cheveux. Et le soir d'après.

CHAPITRE XXV

Il n'y avait plus moyen de reculer le jour du mariage. Après un mois de fiançailles, on pouvait compter les heures qui restaient. Tout était prêt. Moi, du moins, je n'avais plus rien à faire : mes malles étaient fermées, ficelées et rangées le long du mur de ma petite chambre. Le lendemain, elles devaient rouler sur la route de Londres avec moi, quand je serais devenue Mrs Rochester.

Mrs Rochester ! Elle n'existait pas encore. C'était bien assez que, dans le petit cabinet de toilette, des vêtements qu'on disait être à elle eussent remplacé ma robe noire de Lowood et mon chapeau de paille ; une robe gris perle et un voile léger étaient suspendus au portemanteau. Je fermai la porte du placard pour ne pas apercevoir l'étrange tenue spectrale qu'il contenait et qui, à cette heure de la nuit, scintillait d'une lueur fantastique.

Ce n'était pas l'activité des préparatifs qui me rendait fiévreuse, ni même la pensée de la vie nouvelle qui m'attendait. Ces deux choses concouraient sans doute à me donner cette agitation, mais il y avait une troisième cause plus forte que les autres. Mon cœur était tourmenté par une idée étrange et douloureuse. La nuit précédente, alors que Mr Rochester s'était absenté de la maison, il m'était arrivé une chose que je ne pouvais comprendre.

J'avais hâte de lui parler, mais j'attendis qu'il m'appelle à sept heures, notre heure habituelle, pour le rejoindre. Comme d'habitude je m'assis sur ses genoux, à côté du feu, mais cette fois-là il ne fut pas question de nous dépouiller de nos vêtements respectifs pour obéir à notre petit rituel. Nous étions convenus de nous abstenir la veille de notre hymen, même si cela nous coûtait. Ce qui ne nous empêcha pas de nous embrasser, de nous caresser et de nous exciter à la manière de jeunes gens sans cervelle et fous d'amour.

— Il est près de minuit, dis-je en passant ma main sur sa joue.

Voyant bien que quelque chose me troublait, il fronça les sourcils.

— Que se passe-t-il ? Dites-moi ce que vous ressentez.

— Hier vous étiez absent, monsieur, et toute la journée, j'ai été très occupée et très heureuse dans une incessante activité. Dans la soirée, j'ai appelé Sophie pour lui montrer ma robe de mariée, qu'on venait d'apporter, et au fond de la boîte j'ai trouvé votre présent – le voile que, dans votre extravagance princière, vous aviez fait venir de Londres. Je suppose que, comme j'avais refusé les bijoux, vous aviez voulu me forcer à accepter quelque chose d'aussi précieux.

— Comme vous lisez bien en moi, petite sorcière ! m'interrompit Mr Rochester. Mais qu'avez-vous trouvé dans le voile, sinon des broderies ? Recouvrait-il une épée ou du poison, que votre regard devient si lugubre ?

— Non, non, monsieur. Cependant, à la tombée de la nuit, un vent s'est levé qui gémissait d'une façon lugubre. Comme j'aurais voulu que vous soyez à la maison ! Lorsque je suis entrée ici, la vue de cette chaise vide et de cette cheminée sans feu m'a glacée. Peu après, je suis allée me coucher, mais je n'arrivais pas dormir : j'étais agitée par une anxiété que je ne pouvais comprendre. Le vent qui s'élevait toujours semblait chercher à voiler quelque sourde plainte. Ces sons venaient-ils de la maison ou du dehors ? Impossible d'en décider. Ils se renouvelaient sans cesse, aussi douloureux et aussi vagues. Enfin, je pensai que ce devait être quelque chien hurlant dans le lointain. Je fus heureuse lorsque le bruit cessa, mais cette nuit sombre et triste me poursuivit dans mes rêves. Tout en dormant, je continuais à désirer votre présence et j'éprouvais vaguement le sentiment pénible qu'une barrière nous séparait.

— Et ces rêves pèsent encore sur votre esprit, Jane, alors que je suis près de vous ? Pauvre petite chose nerveuse ! Oubliez les malheurs fictifs pour ne penser qu'au bonheur véritable !

— Permettez-moi d'achever mon récit, monsieur, et écoutez-moi jusqu'au bout.

— Je croyais, Jane, que vous m'aviez tout dit et que votre tristesse avait été causée par un rêve.

Je secouai la tête.

— Quoi ! s'écria-t-il. Y a-t-il autre chose ? Je ne veux pas croire que ce soit quelque chose d'important. Je vous avertis d'avance de mon incrédulité. Continuez.

Son air inquiet, l'impatience craintive que je remarquais dans ses manières me surprirent. Néanmoins, je poursuivis.

— J'ai fait un autre rêve, monsieur : Thornfield Hall n'était plus qu'une ruine déserte ; de toute la belle façade, il ne restait qu'un mur très élevé, mais mince et qui semblait fragile.

— Maintenant, Jane, est-ce tout ?

— Ce n'était que la préface, monsieur, l'histoire va venir. Lorsque je m'éveillai, un rayon passa devant mes yeux. « Oh ! voilà le jour qui commence », pensai-je, mais je m'étais trompée : c'était la lumière d'une chandelle. Je supposai que Sophie était entrée. Il y avait une bougie sur la table de toilette et la porte du petit cabinet où, avant de me coucher, j'avais suspendu ma robe de mariée et mon voile, était ouverte. J'entendis du bruit. Je demandai aussitôt : « Sophie, que faites-vous là ? » Personne ne répondit, mais quelqu'un sortit du cabinet, prit la chandelle et la leva. « Sophie ! Sophie ! », m'écriai-je de nouveau, et tout demeura silencieux. Je m'étais levée sur mon lit et je me penchais en avant. Je fus d'abord étonnée, puis tout à fait égarée. Mon sang se glaça dans mes veines. Mr Rochester, ce n'était ni Sophie, ni Leah, ni Mrs Fairfax ; ce n'était même pas, j'en suis bien sûre, cette étrange femme que vous avez ici, Grace Poole.

— Il fallait bien que ce fût l'une d'elles, interrompit mon maître.

— Non, monsieur, je vous assure que non. Jamais dans l'enceinte de Thornfield Hall, mes yeux ne s'étaient posés sur la silhouette qui se tenait là. La taille, les contours, tout était nouveau pour moi.

— Décrivez-la, Jane.

— Elle m'a paru grande et forte. Ses cheveux noirs et épais pendaient sur son dos.

— Avez-vous vu son visage ?

— Pas dans un premier temps. Mais bientôt elle a décroché mon voile, l'a soulevé, l'a regardé longtemps. Puis elle l'a jeté sur sa tête et s'est tournée vers une glace. J'ai vu alors distinctement son visage et ses traits dans le rectangle du sombre miroir.

— Et comment étaient-ils ?

— Effrayants, épouvantables. Oh ! monsieur, jamais je n'ai vu un visage pareil, aussi sauvage et flétri. Je voudrais pouvoir oublier ces yeux rouges qui roulaient dans leur orbite et ces traits noirs et boursouflés !

— Les fantômes sont généralement pâles, Jane.

— Cette créature-là, monsieur, était violette. Ses lèvres étaient noires et enflées.

— Eh bien, qu'a-t-elle fait ?

— Elle a retiré mon voile de dessus sa tête, l'a déchiré en deux, l'a jeté à terre et l'a piétiné.

— Après ?

— Elle a soulevé le rideau de la fenêtre et a regardé dehors. Peut-être a-t-elle vu le jour poindre, car elle a pris la chandelle et s'est dirigée vers la porte. Arrivée devant mon lit, la forme s'est arrêtée. Ses yeux flamboyants se sont fixés sur moi. Elle a approché sa lumière tout près de ma figure et l'a éteinte sous mes yeux. En sentant que son terrible visage était tout près du mien, j'ai perdu connaissance.

— Qui était avec vous lorsque vous avez recouvré vos sens ?

— Personne, monsieur, il faisait grand jour. Je me suis levée, j'ai baigné mon visage dans l'eau et j'ai bu une longue gorgée d'eau. Je me sentais faible, mais nullement malade. Maintenant, monsieur, dites-moi quelle était cette femme.

— Une création de votre cerveau exalté, c'est certain. Il faut que je prenne grand soin de vous, mon trésor. Des nerfs comme les vôtres demandent des ménagements.

— Monsieur, soyez sûr que mes nerfs n'ont rien à faire là-dedans ! La chose était réelle.

— Et vos rêves précédents étaient-ils réels aussi ? Thornfield Hall est-il en ruine ? Suis-je séparé de vous par d'insurmontables obstacles ?

— Mais, monsieur, lorsque ce matin, en me levant, je me suis dit la même chose, j'ai vu mon voile jeté à terre et déchiré en deux morceaux !

Je sentis Mr Rochester tressaillir. Il m'entoura rapidement de ses bras.

— Dieu soit loué, s'écria-t-il, que le voile seul ait été touché, puisqu'un être malfaisant est venu près de vous la nuit dernière ! Oh ! quand je pense à ce qui aurait pu arriver !

Il était tout haletant et il me pressait si fort contre lui que je pouvais à peine respirer. Après quelques minutes de silence, il continua gaiement :

— Maintenant, Jane, je vais vous expliquer tout cela. Cette vision est moitié rêve, moitié réalité. Je ne doute pas qu'une femme ne soit entrée dans votre chambre, et cette femme était, devait être Grace Poole. Plongée dans un demi-sommeil, vous l'avez vue entrer et vous avez remarqué ce qu'elle faisait : mais, fiévreuse et presque dans le délire, vous lui avez attribué une allure de spectre – qu'elle n'a pas. Le voile déchiré, voilà ce qui est vrai et bien digne d'elle. Vous allez me demander pourquoi je garde cette femme dans ma maison. Lorsqu'il y aura un an et un jour que nous serons mariés, je vous le dirai, mais pas maintenant. Eh bien, Jane, êtes-vous satisfaite ? Acceptez-vous mon explication ?

Je réfléchis, et elle me parut en effet la seule possible. Je n'étais pas satisfaite, mais pour plaire à Mr Rochester, je m'efforçai de le paraître. Je lui répondis par un joyeux sourire et, comme une heure était sonnée depuis longtemps, je me préparai à le quitter.

— Est-ce que Sophie ne couche pas avec Adèle dans la nursery ? me demanda-t-il tandis que j'allumai ma bougie.

— Oui, monsieur.

— Il y a assez de place pour vous dans le petit lit d'Adèle. Dormez avec elle cette nuit, Jane. Il n'y aurait rien d'étonnant à ce que l'événement que vous m'avez raconté vous ait rendue nerveuse. Je préfère que vous ne couchiez pas seule. Promettez-moi d'aller dans la chambre d'Adèle.

— J'en serai même très contente, monsieur.

— Fermez bien votre porte de l'intérieur. Et maintenant, plus de sombres pensées. Comment se porte ma Jane, maintenant ?

— La nuit est sereine, monsieur, et je le suis également.

— Et cette nuit, vous ne rêverez pas séparation et chagrin, mais vos songes vous montreront un amour heureux et une union bénie.

La prédiction ne fut qu'à moitié accomplie : je ne fis pas de rêves douloureux, mais je n'eus pas, non plus, de songes joyeux, car je ne dormis pas du tout. La petite Adèle dans mes bras, j'attendis ainsi le jour. Aussitôt que le soleil se leva, je me levai aussi.

CHAPITRE XXVI

À sept heures, Sophie vint m'habiller. Ma toilette lui prit si longtemps que Mr Rochester, impatienté de mon retard, envoya demander pourquoi je ne descendais pas. Sophie était occupée à attacher un simple voile de blonde à mes cheveux. Je m'échappai de ses mains aussitôt que je le pus.

— Arrêtez ! me cria-t-elle en français. Regardez-vous dans la glace. Vous n'y avez pas encore jeté un coup d'œil.

Je revins vers la glace et j'aperçus une silhouette parée et voilée qui me ressemblait si peu que je crus presque voir une étrangère.

— Jane ! cria une voix, et je me hâtai de descendre.

Je fus reçue au bas de l'escalier par Mr Rochester.

— Jane, êtes-vous prête ?

— Oui, monsieur, répondis-je hors d'haleine.

Il n'y avait ni garçon ni fille d'honneur, ni parents pour nous servir d'escorte, personne enfin que Mr Rochester et moi.

Mrs Fairfax était dans la grande salle lorsque nous y passâmes. Je lui aurais volontiers parlé, mais ma main était tenue par une poigne de fer, et je fus entraînée avec une telle rapidité que j'avais peine à suivre mon maître : j'ignorais pourquoi nous nous précipitions ainsi, mais il suffisait de regarder le visage de Mr Rochester pour comprendre qu'il ne tolérerait pas une seconde de retard.

Je ne sais pas si la journée était radieuse ou non. Je ne regardai ni le ciel ni la terre en descendant l'allée. Mon cœur était avec mes yeux, et tous deux n'étaient occupés que de Mr Rochester.

Il s'arrêta devant la porte du cimetière et s'aperçut que j'étais hors d'haleine.

— Suis-je cruel dans mon amour ? me demanda-t-il. Reposez-vous un instant. Appuyez-vous sur moi, Jane.

Il était trop occupé à me regarder, car le sang avait un moment quitté mon visage. Quand je fus remise, il s'avança doucement avec moi vers la porte de l'église aux pierres grises.

Nous entrâmes dans l'humble temple silencieux. Vêtu de son surplis blanc, le pasteur nous attendait devant l'autel bas. Un sacristain se tenait à côté de lui. Tout était tranquille. Nous prîmes nos places devant la barrière de communion. Ayant entendu un pas léger derrière moi, je regardai par-dessus mon épaule : un monsieur s'avançait dans la nef. Le service commença et je me retournai. On lut l'exposé sur les fins du mariage puis le pasteur s'avança et, s'inclinant légèrement devant Mr Rochester, continua :

— Je vous demande et vous adjure tous deux, si vous connaissez un empêchement à être unis légitimement par le mariage, de le confesser ici ; car soyez certains que tous ceux qui ne sont pas unis dans les conditions exigées de Dieu ne sont pas unis par lui, et leur mariage n'est pas légitime.

Il s'arrêta, selon la coutume. Ce silence n'est sans doute interrompu même pas une fois par siècle. Le pasteur, qui n'avait pas levé les yeux de son livre et n'avait retenu son souffle que pour un instant, allait continuer. Sa main était déjà tendue vers Mr Rochester quand une voix claire et distincte prononça :

— Le mariage ne peut pas avoir lieu ! Je déclare qu'il existe un empêchement.

Le pasteur leva les yeux vers celui qui venait de parler et se tut, ainsi que le sacristain. Mr Rochester tressaillit légèrement, comme si un tremblement de terre eût agité le sol sous ses pieds, mais bientôt il dit, en se raffermissant et sans tourner ni les yeux ni la tête :

— Poursuivez.

Il y eut un grand silence. Mr Wood reprit :

— Il ne m'est pas permis de poursuivre avant d'avoir examiné ce qui vient d'être dit. Il faut que la vérité ou le mensonge me soit clairement démontré.

— La cérémonie est suspendue, ajouta la voix derrière nous, car je suis à même de prouver ce que j'avance. Il y a un obstacle insurmontable.

Mr Rochester entendit, mais ne sembla pas remarquer ces paroles. Il se tenait debout, immobile et froid. Il ne fit qu'un seul mouvement, et ce fut pour s'emparer de ma main. Oh ! combien son étreinte me parut ardente et forte ! Ses yeux brillaient, incisifs et furieux !

Mr Wood semblait embarrassé.

— Et quel est cet empêchement ? demanda-t-il. On pourra peut-être vaincre l'obstacle.

— Ce sera difficile. J'ai dit qu'il était insurmontable, et je ne parle pas au hasard.

L'homme s'avança et s'appuya sur la barrière. Il continua, en articulant d'une voix ferme, calme, distincte, mais basse :

— L'empêchement consiste simplement en un premier mariage : Mr Rochester a une femme qui vit encore.

Ces mots, prononcés à voix basse, ébranlèrent mes nerfs comme ne l'aurait pas fait un coup de tonnerre. Mon sang se glaça, mais j'étais maîtresse de moi et ne risquais pas de m'évanouir. Je regardai Mr Rochester et le forçai à me regarder. Son visage était aussi décoloré qu'un rocher, son œil était à la fois l'étincelle et le silex.

— Qui êtes-vous ? demanda-t-il à l'inconnu.

— Je m'appelle Briggs et je suis avoué à Londres.

— Et vous m'accusez d'avoir une femme ?

— Oui, monsieur. Je suis venu vous rappeler l'existence de votre femme, que la loi reconnaît, si vous ne la reconnaissez pas.

— Parlez-moi d'elle, s'il vous plaît. Dites-moi son nom, celui de ses parents, et le lieu où elle demeure.

— Certainement.

Mr Briggs tira tranquillement un papier de sa poche et lut d'une sorte de voix officielle et nasale ce qui suit :

— « J'affirme et je peux prouver que le 20 octobre (puis venait une date qui remontait à quinze ans), Edward Fairfax Rochester, de Thornfield Hall, dans le comté de…, et du manoir de Ferndean, dans le comté de…, en Angleterre, a épousé ma sœur Bertha Antoinetta Mason, fille de Jonas Mason, négociant, et d'Antoinetta, sa femme, créole, à l'église de…, Spanish Town, Jamaïque. L'acte de mariage sera trouvé dans les registres de l'église. J'en ai une copie en ma possession. Signé Richard Mason. »

— Si ce papier est authentique, il peut prouver que j'ai été marié. Mais il ne prouve pas que la femme qui y est mentionnée vit encore.

— Elle vivait il y a trois mois, répondit l'homme de loi.

— Comment le savez-vous ?

— J'ai un témoin, monsieur, et vous-même aurez peine à le contredire.

— Amenez-le, ou allez au diable !

— Je vais d'abord l'amener, il est ici. Mr Mason, ayez la bonté d'avancer.

En entendant prononcer ce nom, Mr Rochester serra les dents et fut pris d'une sorte de tremblement convulsif de fureur ou de désespoir. Un homme, qui jusque-là était resté caché dans le fond, s'avança. Une figure pâle vint se placer au-dessus de l'épaule de l'avoué. C'était Mason en personne.

Mr Rochester se retourna et lui lança un regard furieux. Le mépris dans ses yeux était palpable.

— Qu'avez-vous à dire ? demanda-t-il.

Une réponse inintelligible sortit des lèvres pâles de Mason.

— Je vous demande de nouveau : qu'avez-vous à dire ?

— Monsieur, monsieur, interrompit le pasteur en voyant cette colère folle, n'oubliez pas que vous êtes dans un lieu saint.

Puis, s'adressant à Mason, il s'enquit doucement :

— Pouvez-vous nous dire, monsieur, si la femme de ce gentleman vit encore ?

— Courage ! continua l'homme de loi. Parlez.

— Elle vit et demeure à Thornfield Hall, articula Mason d'une voix un peu plus claire. Je l'y ai vue au mois d'avril dernier, je suis son frère.

— À Thornfield Hall ? s'exclama le pasteur. C'est impossible ! Il y a longtemps que je demeure dans le voisinage, monsieur, et je n'ai jamais entendu parler d'aucune Mrs Rochester à Thornfield Hall.

Un sourire amer tordit les lèvres de Mr Rochester, et il murmura :

— Non, par Dieu ! J'ai pris soin que personne n'entendît parler d'elle, sous son nom du moins.

Il s'arrêta pendant une dizaine de minutes, sembla se consulter, prit enfin son parti et déclara :

— En voilà assez ! Quittons l'église, car il n'y aura pas de mariage aujourd'hui.

Je ne pouvais ni parler ni m'évanouir. J'écoutais seulement tandis que mon amour continuait de parler.

— La bigamie est un bien vilain mot ! Pourtant je voulais être bigame, mais le destin m'a tourné le dos. Messieurs, je ne peux plus exécuter mon plan. Cet homme de loi et son client ont dit la vérité : j'ai été marié, et ma femme vit encore. Vous dites que vous n'avez jamais entendu parler de Mrs Rochester à Thornfield, mais sans doute aurez-vous souvent prêté l'oreille à ce qu'on racontait sur cette folle mystérieuse gardée avec soin. Plusieurs vous ont chuchoté qu'il s'agissait d'une sœur bâtarde, d'autres que c'était une ancienne maîtresse. Je vous informe, maintenant, que c'est ma femme, celle que j'ai épousée il y a quinze ans. Elle s'appelle

Bertha Mason et est sœur de cet homme résolu qui tremble devant moi. Bertha Mason est folle, comme presque tous ses ancêtres, ce que je découvris après mon mariage, car on avait gardé le silence sur les secrets de famille. Mais je vous invite tous à venir à la maison et à visiter ma femme, la malade que garde Mrs Poole. Vous verrez quelle sorte de créature on m'a fait épouser par tromperie, et vous jugerez si je n'avais pas le droit de chercher de la sympathie auprès d'un être qui, au moins, est humain. Cette jeune fille, ajouta-t-il en me regardant, ne connaissait pas plus que vous l'épouvantable secret. Elle croyait que tout était légitime. Mais venez tous, suivez-moi !

Il quitta l'église en me tenant toujours fermement. Les trois messieurs – le sacristain avait été congédié – suivaient. Lorsque nous entrâmes à Thornfield, Mrs Fairfax, Adèle, Sophie et Leah s'avancèrent pour nous saluer.

— Arrière, vous tous ! s'écria le maître. Nous n'avons pas besoin de vos félicitations. Elles arrivent quinze ans trop tard !

Il passa, me tenant toujours par la main et faisant signe aux messieurs de le suivre. Nous montâmes le premier escalier, traversâmes le corridor et enfin arrivâmes au troisième étage. Mr Rochester ouvrit une porte noire et basse et nous introduisit dans une chambre garnie de tapisseries.

— Vous connaissez l'endroit, Mason, dit notre guide. C'est ici qu'elle vous a mordu et poignardé.

Il souleva les tentures du mur, découvrant la seconde porte, qu'il ouvrit également. Une chambre sans fenêtre apparut. Devant la cheminée se trouvait un garde-feu fort élevé. Une lampe suspendue au plafond par une chaîne éclairait seule la chambre. Grace Poole, penchée sur le feu, faisait cuire quelque chose dans un faitout. Dans le coin le plus obscur de la pièce, une forme allait et venait. Était-ce une créature humaine ou un animal ? Il était impossible de le dire au premier abord. Elle paraissait marcher à quatre pattes et faisait entendre un rugissement de bête sauvage, mais on lui avait passé des vêtements, et une masse de cheveux noirs et gris retombaient sur sa tête comme une épaisse crinière.

— Bonjour, Mrs Poole ! dit Mr Rochester. Comment allez-vous aujourd'hui et comment se porte votre malade ?

— Nous allons assez bien, monsieur, je vous remercie, répondit Grace en soulevant soigneusement sa casserole qui bouillait. On est un peu hargneuse, mais pas furieuse.

Un cri féroce sembla contredire ce rapport favorable. La hyène habillée se leva et parut toute droite sur ses pattes arrière.

— Oh ! monsieur, elle vous voit ! s'écria Grace. Vous feriez mieux de vous en aller.

— Quelques instants seulement, Grace. Accordez-moi quelques instants.

— Alors prenez garde, monsieur ! Pour l'amour de Dieu, prenez garde !

La folle vociféra. Elle écarta ses mèches hirsutes de son visage pour poser un regard sauvage sur les visiteurs. Je reconnus cette figure violacée et ces traits bouffis. Mrs Poole s'avança.

— Retirez-vous, dit Mr Rochester en la repoussant de côté. Elle n'a pas de couteau aujourd'hui, je suppose, et je suis sur mes gardes.

— On ne sait jamais ce qu'elle a, monsieur, elle est si rusée. Et il n'est pas possible à un mortel de mesurer sa force.

— Nous ferions mieux de la laisser, murmura Mason.

— Allez au diable ! lui renvoya son beau-frère.

— Attention ! cria Grace.

Les trois messieurs battirent en retraite en même temps. Mr Rochester me jeta derrière lui. La folle sauta sur lui, le prit à la gorge violemment et voulut lui mordre les joues. Ils luttèrent. C'était une forte femme, presque aussi grande que son mari et plus corpulente. Plus d'une fois, elle fut sur le point de l'étrangler malgré sa résistance athlétique. Il serait bien vite venu à bout d'elle par un coup bien senti, mais il ne voulait pas la frapper, il voulait seulement lutter. Enfin il s'empara des bras de la folle et l'attacha à une chaise avec une corde que lui donna Grace Poole. Cette opération s'accomplit au milieu des hurlements les plus sauvages et des convulsions les plus horribles. Alors Mr Rochester se tourna vers les spectateurs et les regarda avec un sourire amer et triste.

— Voici ma femme ! dit-il. Et voici ce que je désirais avoir, ajouta-t-il en posant la main sur mon épaule, cette jeune fille qui a su rester grave et calme devant la porte de l'enfer. Avant de me juger, comparez ces yeux limpides avec ces prunelles injectées de sang là-bas, et cette silhouette avec cette masse. À présent, hors d'ici, il faut que j'enferme mon trophée.

Tout le monde se retira sans mot dire, et Mr Rochester resta un moment derrière nous pour donner quelques ordres à Grace Poole. Lorsque nous descendîmes l'escalier, l'homme de loi s'adressa à moi :

— Quant à vous, madame, me dit-il, vous êtes innocente, et votre oncle sera bien heureux de l'apprendre, si toutefois il vit encore quand Mr Mason retournera à Madère.

— Mon oncle ! Que savez-vous de lui ? Le connaissez-vous ?

— Mr Mason le connaît. Mr Eyre a été le correspondant de sa maison pendant quelques années. Quand votre oncle a reçu la lettre où vous lui faisiez part de votre union avec Mr Rochester, Mr Mason se trouvait à Madère, où il s'était arrêté pour le rétablissement de sa santé, avant de retourner à la Jamaïque. Mr Eyre lui a communiqué votre lettre, parce qu'il savait que Mr Mason connaissait un gentleman du nom de Rochester. Mr Mason, étonné et épouvanté, comme vous pouvez le supposer, a révélé la vérité. Votre oncle, je suis navré de vous le dire, est maintenant alité. Vu la nature de sa maladie, il est probable qu'il ne se relèvera jamais. Il n'a donc pas pu se rendre lui-même en Angleterre pour vous arracher au sort qui vous menaçait, mais il a supplié Mr Mason de ne pas perdre de temps et de tout faire pour empêcher ce faux mariage. Il l'a adressé à moi pour que je lui prête assistance, et je suis bien heureux, tout comme vous sans doute, de ne pas être arrivé trop tard. Si je n'étais pas bien certain que votre oncle sera mort avant que vous ayez le temps d'arriver à Madère, je vous conseillerais de partir avec Mr Mason. Mais, dans l'état actuel des choses, je pense que vous ferez mieux de demeurer en Angleterre, jusqu'à ce que vous entendiez parler de Mr Eyre. Avez-vous encore quelque chose qui vous force à rester ? demanda l'avoué à Mr Mason.

— Non, non, partons ! répondit celui-ci avec angoisse.

Ils s'éloignèrent sans prendre congé de Mr Rochester. Le pasteur resta pour adresser quelques paroles de conseil ou de reproche à son orgueilleux paroissien. Son devoir accompli, il partit également.

Lorsque je l'entendis s'éloigner, j'étais debout devant la porte entrouverte de ma chambre, où je m'étais retirée. Je m'enfermai, tirai le verrou pour que personne ne puisse entrer, et je me mis à pleurer.

CHAPITRE XXVII

Dans le courant de l'après-midi, je relevai la tête. Regardant autour de moi et voyant sur la muraille le reflet du soleil couchant, je me demandai : « Que vais-je faire ? »

« Quitter Thornfield sur-le-champ » me répondit une voix intérieure – de manière si prompte et si terrible que je me bouchai les oreilles. Je dis que je ne pouvais pas supporter ces paroles… mais alors la voix intérieure me répondit que je le pouvais et me prédit que je le ferais.

Je me levai soudain, frappée d'effroi à cette idée. La tête me tourna lorsque je me mis debout. Je me sentais sur le point de m'évanouir d'excitation et d'inanition ; je n'avais ni mangé ni bu de toute la journée ; je n'avais même pas déjeuné le matin. Avec une douloureuse angoisse, je réfléchis que, depuis le moment où je m'étais enfermée dans ma chambre, personne n'était venu me demander comment je me portais ou m'inviter à descendre. Mrs Fairfax ne m'avait pas cherchée ; la petite Adèle elle-même n'avait pas frappé à ma porte.

Je tirai le verrou et, en sortant de ma chambre, trébuchai contre un obstacle. Faible comme je l'étais, je ne pus me rétablir à temps et je tombai, mais un bras me rattrapa. Levant les yeux, je vis que j'étais soutenue par Mr Rochester, qui était assis sur une chaise devant la porte de ma chambre.

— Enfin vous sortez ! me dit-il. J'ai écouté et j'ai attendu bien longtemps, mais je n'ai pas entendu un seul mouvement, pas même un sanglot. Si ce silence de mort avait duré encore cinq minutes, j'aurais enfoncé la porte comme un cambrioleur. J'aurais préféré vous voir venir à moi dans un accès de violence. Vous êtes passionnée ; je m'attendais à une scène. Je m'étais préparé à une chaude pluie de larmes, mais j'avais besoin qu'elles soient versées sur mon sein. Eh bien, Jane, pas un mot de reproche ? Vous restez tranquillement assise où je vous ai placée, et vous me regardez de vos yeux las et calmes ?

Je gardais toujours le silence.

— Jane, je n'ai pas eu l'intention de vous blesser ainsi. Me pardonnerez-vous jamais ?

Lecteur, je lui pardonnai à l'instant même. Ses yeux exprimaient un remords si profond, sa voix une pitié si sincère, ses manières une énergie si mâle, il y avait encore tant d'amour dans son visage et son attitude, que je lui pardonnai tout, non pas de vive voix, mais au fond de mon cœur.

— Vous me trouvez bien misérable, Jane ?

— Oui, monsieur.

— Alors dites-le-moi sans craindre d'être trop amère. Ne m'épargnez pas.

— Je ne peux pas. Je suis fatiguée et malade. Je voudrais un peu d'eau.

Il frémit et poussa un profond soupir. Puis, me prenant dans ses bras, il me descendit. Je ne me rendis pas compte d'abord dans quelle pièce il m'avait portée, mais peu après je sentis la chaleur vivifiante d'un feu car, bien qu'on fût en été, j'étais froide comme la glace. Il approcha du vin de mes lèvres. J'y goûtai et me sentis ranimée. Puis je mangeai quelque chose qu'il m'offrit, et bientôt je redevins moi-même. J'étais dans la bibliothèque, assise dans le fauteuil de mon maître, et celui-ci se tenait tout près de moi.

— Comment êtes-vous maintenant, Jane ?

— Beaucoup mieux, monsieur. Je serai bientôt tout à fait remise.

Il pencha la tête pour m'embrasser, mais je détournai la

mienne ; un geste que je n'aurais jamais cru accomplir.

— Adèle a besoin d'une nouvelle institutrice, monsieur.

— Oh ! Adèle ira en pension, c'est décidé depuis longtemps. J'ai eu tort de demander à Mrs Fairfax d'engager une gouvernante à Thornfield Hall, car je savais comment l'endroit était hanté. Avant même de vous voir, j'avais ordonné de vous cacher tout ce qu'on racontait sur ce lieu maudit, parce que je craignais qu'aucune gouvernante ne voulût rester avec Adèle, si elle avait su par quel démon le manoir était habité. Tout est prêt pour le départ ; demain vous partirez. Je ne vous demande que de passer encore une nuit sous ce toit, Jane, et alors, adieu pour toujours à ses misères et à ses terreurs ! J'ai un endroit qui sera un sanctuaire sûr contre les douloureux souvenirs et…

— Prenez Adèle avec vous, monsieur, l'interrompis-je. Elle vous tiendra compagnie.

Il se promenait rapidement dans la chambre et, en m'entendant, il s'arrêta, comme s'il eût tout à coup pris racine. Il me regarda longtemps et durement. Je détournai mes yeux de son visage et les fixai sur le feu.

— Jane, Jane ! me dit-il avec un accent de tristesse si profonde que tous mes nerfs tressaillirent, vous ne m'aimez donc pas ? Vous n'étiez tentée que par ma position, tout ce que vous désiriez, c'était d'être appelée ma femme ? Et maintenant que vous me croyez incapable de devenir votre mari, vous me fuyez comme si j'étais un crapaud ou un singe ?

Ces mots me déchirèrent. J'aurais probablement dû ne rien dire et ne rien faire, mais j'étais tellement torturée de remords de l'avoir blessé ainsi que je ne pus contrôler le désir de répandre un peu de baume sur la blessure que je venais de faire.

— Je vous aime, m'écriai-je, et plus que jamais. Mais je ne dois ni montrer ni nourrir ce sentiment, et je l'exprime ici pour la dernière fois. Mr Rochester, il faut que je vous quitte.

— Pour combien de temps, Jane ?

— Il faut que je quitte Adèle et Thornfield, que je me sépare de vous pour toujours, que je commence une existence nouvelle au milieu de visages étrangers et de scènes inconnues.

— Non, vous serez Mrs Rochester !

— Comment le pourrais-je, monsieur ? Vous êtes marié !

— Je suis un fou ! s'écria tout à coup Mr Rochester. Je ne cesse de vous dire que je ne suis pas marié, sans vous expliquer pourquoi. J'oublie que vous ne connaissez rien du caractère de cette femme ni des circonstances qui ont décidé mon union infernale avec elle. Je veux vous exposer ma situation en quelques mots. Pouvez-vous m'écouter ?

— Oui, monsieur, répondis-je en souhaitant tellement que cela fût vrai.

— Jane, avez-vous jamais entendu dire que je n'étais pas l'aîné de ma famille, que j'avais un frère plus âgé que moi ?

— Oui, monsieur. Mrs Fairfax me l'a dit.

— Eh bien, Jane, mon père ne voulait pas partager ses biens. Il ne pouvait se faire à l'idée de diviser ses propriétés et de m'en donner une partie. Tout devait revenir à mon frère, Rowland. Cependant, il ne pouvait davantage supporter l'idée qu'un de ses fils fût pauvre. Il voulut m'enrichir par un mariage et il se mit à me chercher une compagne. Mr Mason, planteur et négociant des Indes occidentales, était une de ses anciennes connaissances. Mon père apprit que son ancien ami avait un fils et une fille, et qu'il donnerait à cette dernière une dot de trente mille livres sterling. Lorsque je quittai le collège, on m'envoya à la Jamaïque épouser cette fiancée qu'on avait déjà courtisée à ma place. Mon père ne me parla pas d'argent, mais il me dit que Miss Mason était l'orgueil de Spanish Town, en raison de sa beauté : c'était vrai. Elle était belle comme Blanche Ingram : grande, brune et majestueuse. Elle et sa famille me désiraient à cause de ma naissance. On me montra ma fiancée au bal et splendidement vêtue. Je la vis rarement seule, et j'eus très peu de conversations en tête à tête avec elle. Elle me flattait et déployait pour moi ses charmes et ses talents. Tous les hommes semblaient l'admirer et m'envier. Je fus ébloui. Mes sens furent excités. Comme j'étais ignorant et inexpérimenté, je crus que je l'aimais. Les parents de Bertha m'encourageaient. Elle-même m'attirait, et ainsi le mariage fut conclu avant que je sache où je mettais les pieds. Je ne la connaissais même pas. Comme un idiot, je l'épousai.

» Je n'avais jamais vu la mère de ma fiancée, je la croyais morte. La lune de miel passée, j'appris mon erreur : elle n'était que folle et enfermée dans un asile d'aliénés. Il y avait aussi un jeune frère, un idiot. L'aîné, que vous avez vu, aura probablement, un jour à venir, le même sort que les autres. Mon père et mon frère savaient tout cela, mais ils ne pensèrent qu'aux trente mille livres et se joignirent au complot tramé contre moi.

» J'ai vécu quatre ans avec cette femme que vous avez vue là-haut, et je vous assure qu'elle m'a bien éprouvé. Ses instincts se développaient avec une rapidité effrayante, ses vices grandissaient à chaque instant. Ils étaient si forts que la cruauté seule pouvait les dominer, et je ne voulais pas être cruel. Bertha Mason, digne fille d'une mère infâme, me traîna à travers tous les tourments dégradants et hideux qui attendent un homme lié à une femme sans tempérance ni chasteté.

» Mon frère mourut et mon père le suivit bientôt. Il y avait quatre ans que nous étions mariés. J'étais riche et, pourtant, j'étais bien misérable. Je ne pouvais me débarrasser de Bertha par aucun moyen légal, car les médecins découvrirent alors que ma femme était folle. Jane, mon récit vous déplaît, vous avez l'air souffrante. Voulez-vous que je remette la fin à un autre jour ?

— Non, monsieur, finissez-le. Qu'avez-vous fait lorsque vous vous êtes aperçu que votre femme était folle ?

— Jane, je fus bien près du désespoir. À l'âge de vingt-six ans, toutes mes espérances étaient brisées. Ma réputation était ternie, je conduisis donc mon épouse folle en Angleterre, où personne ne la connaissait, et je l'installai à Thornfield. Grace Poole et le docteur Carter (qui a pansé Mason le jour où la folle s'est jetée sur lui) sont les seules personnes qui aient jamais eu connaissance de mon secret. Mrs Fairfax a peut-être soupçonné quelque chose, mais elle n'a jamais pu savoir rien de précis.

— Et ensuite, monsieur ? Qu'avez-vous fait ?

— Pendant dix longues années, j'errai partout, vécus dans différents pays avec une succession de maîtresses. Puis je revins en Angleterre, où je fus ensorcelée par une créature sur un sentier. Depuis lors, je n'ai plus pensé à quiconque. J'ai trouvé là mon grand amour.

Je pensai à la « succession » de maîtresses et je sus que je ne voulais pas en faire partie. Je ne voulais pas être comme la mère d'Adèle.

— Jane, dites-moi seulement : « Mr Rochester, je serai à vous ! »

— Mr Rochester, je ne serai pas à vous.

Il y eut un long silence.

— Jane, avez-vous l'intention de me laisser prendre une route et de choisir l'autre ? demanda-t-il d'une voix basse et pleine de menaces.

— Oui, monsieur.

— Jane, reprit-il en passant les doigts le long de mon cou, le voulez-vous encore ?

— Oui, monsieur.

— Et maintenant ? continua-t-il en baisant doucement mon front et mes joues.

— Oui, monsieur ! m'écriai-je en me dégageant rapidement de son étreinte.

— Vous emportez l'amour et l'innocence ? Vous me renvoyez à mon monde sombre et abandonné ?

— Mr Rochester, vous m'oublierez avant que je vous aie oublié.

— Vous faites de moi un menteur en parlant ainsi, vous flétrissez mon honneur.

En disant ces mots, il me lâcha et se contenta de me regarder. Il était plus difficile de résister à ce regard qu'à son étreinte passionnée, mais j'aurais été folle de succomber maintenant. J'avais défié sa colère, il me fallait supporter sa douleur. Je me dirigeai vers la porte.

— Vous partez, Jane ?

— Oui, monsieur.

— Vous allez me quitter ?

— Oui.

— Eh bien, partez, j'y consens. Mais rappelez-vous que vous me laissez ici dans l'angoisse. Montez dans votre chambre, rappelez-vous tout ce que je vous ai dit, Jane, et pensez à moi.

Il se retourna.

J'avais déjà gagné la porte, mais, lecteur, je revins sur mes pas. Je revins aussi résolue que lorsque je m'étais retirée et je m'agenouillai devant lui. Je soulevai son visage et le dirigeai de mon côté, j'embrassai sa joue et lissai ses cheveux avec ma main.

— Adieu ! murmurai-je en me relevant.

« Adieu, pour toujours ! » ajouta le désespoir.

*
**

Cette nuit-là, je ne pensais pas dormir. Cependant, à peine fus-je étendue qu'un lourd sommeil s'abattit sur moi. Je me réveillai au milieu de la nuit après des rêves troublés et je sus que je devais partir maintenant. Dans un état proche de la transe, je me levai, m'habillai, mis dans ma poche ma bourse, qui contenait vingt shillings, puis je sortis de ma chambre. Souhaitant adieu à tous, je me glissai hors de Thornfield Hall et m'enfuis dans la nuit.

CHAPITRE XXVIII

Deux jours avaient passé. C'était un soir d'été. Le cocher m'avait fait descendre dans un endroit appelé Whitcross. Il ne pouvait me conduire plus loin pour la somme que je lui avais donnée, et je ne possédais plus un shilling. J'étais seule, la diligence était déjà éloignée d'un mille. À ce moment, je m'aperçus que j'avais oublié mon petit paquet dans le coffre de la voiture où je l'avais placé pour plus de sûreté. Je n'avais plus aucune ressource.

Whitcross n'est pas une ville ni même un hameau ; c'est une colonne de pierre placée à la réunion de quatre routes. Au sommet de cette colonne on aperçoit quatre bras qui indiquent à quelle distance on est des différentes villes. Les noms bien connus de ces villes m'apprirent dans quel comté je me trouvais. De vastes landes s'étendaient derrière moi et de part et d'autre. Des montagnes ondulaient derrière des vallées profondes. La population ne devait pas être nombreuse : on ne voyait personne sur les routes.

J'entrai dans la bruyère et me dirigeai vers un creux que j'avais aperçu sur le bord du marais. Que devais-je faire ? Où devais-je aller ? Oh, questions intolérables pour moi, qui ne pouvais rien faire, ni aller nulle part ! Mes membres fatigués et tremblants devraient parcourir encore un long chemin avant d'atteindre une habitation humaine où demander la charité.

La nuit tomba. Je m'arrêtai à côté d'un rocher escarpé pour dormir à la belle étoile. Ma faim était vive et je tentai de l'apaiser avec quelques mûres qui poussaient par là, mais elles eurent bien peu d'effet sur ma douleur. Mon repos aurait été doux sans la tristesse qui m'accablait. Mon cœur souffrait de ses blessures béantes. Je le sentais saigner intérieurement, toutes ses fibres étaient brisées. Je tremblais pour Mr Rochester et une amère pitié s'était emparée de moi.

Le jour suivant, je restai un long moment allongée avant de me lever enfin. Je me sentais en sécurité dans le silence paisible de cette lande et, pour un peu, je ne serais pas retournée à Whitcross, mais il le fallait. Je suivis une route à l'abri du soleil, qui alors était dans toute son ardeur. Mon choix ne fut déterminé que par cette seule circonstance. Je marchai longtemps. Enfin, je pensais que j'avais assez fait et que je pouvais céder à la fatigue qui m'accablait, lorsque j'entendis tout à coup le son d'une cloche : ce devait être la cloche d'une église.

Je me dirigeai de ce côté, et là, au milieu de ces montagnes romantiques, j'aperçus un village et un clocher. Je fus tirée de ma rêverie par un bruit de roues et je vis une charrette très chargée qui montait péniblement le long de la colline. Un peu plus loin, je vis deux vaches et leur gardien. J'étais près du travail et de la vie : il fallait lutter encore, m'efforcer de vivre et me plier à la fatigue comme tant d'autres.

J'arrivai dans le village vers deux heures. Au bout de la seule rue, il y avait une petite boutique avec quelques pains dans la vitrine ; j'en aurais voulu un. « Ce léger soutien me rendra un peu d'énergie, me dis-je ; sans cela, il me sera bien difficile de continuer. » Le désir de retrouver la force m'était revenu dès que je m'étais vue au milieu de mes semblables. Je sentais qu'il serait bien humiliant de s'évanouir de faim dans la rue d'un hameau. N'avais-je rien sur moi que je pusse offrir en échange de ce pain ? Non.

J'étais si malade, si faible, si tourmentée par la faim que l'instinct me fit errer tout l'après-midi autour des habitations, où il y avait plus de chance de trouver de la nourriture. Je m'approchais des maisons, les quittais, revenais, puis m'éloignais de nouveau. En traversant un champ, j'aperçus de nouveau le clocher de l'église devant moi. Je me hâtai dans cette direction. Près du cimetière, au milieu d'un jardin, je vis une petite maison bien bâtie, que je pensai être le presbytère. C'est la tâche des pasteurs d'aider, du moins de leurs avis, ceux qui veulent s'aider eux-mêmes. Il me semblait que j'avais quelque droit d'aller là chercher un conseil. Reprenant courage et rassemblant le peu de forces qui me restaient, j'atteignis la maison et frappai à la porte de la cuisine. Une vieille femme vint m'ouvrir.

— Oui ?

— Le pasteur est-il là ?

— Non.

— Est-il allé loin ?

— Pas très loin, à peu près à trois milles. Il a été appelé par la mort subite de son père. Il est à Marsh-End et ne reviendra probablement que dans une quinzaine de jours.

— Y a-t-il une dame dans la maison ?

— Personne d'autre que moi, je suis la femme de charge.

À elle, je ne pouvais demander le secours qui m'eût empêché de défaillir. Je ne pouvais encore me résoudre à mendier : je partis donc.

Un peu avant la nuit, je passai près d'une ferme. Le fermier était assis sur le seuil de la porte et mangeait du pain et du fromage pour son souper. Je m'arrêtai et lui dis :

— Voulez-vous me donner un morceau de pain ? J'ai bien faim.

Il me regarda avec surprise mais, sans rien répondre, il coupa une grosse tranche et me la donna. Il ne m'avait sans doute pas prise pour une mendiante mais pour quelque dame excentrique que son pain noir aurait tentée. Dès que j'eus perdu sa maison de vue, je m'assis et me mis à manger.

N'espérant trouver aucun abri dans les maisons, j'allai chercher un refuge dans un bois voisin, mais ma nuit fut mauvaise et mon repos sans cesse interrompu. La terre était humide et l'air froid. Je ne me sentais ni tranquille ni en sûreté. Il plut vers le matin et tout le jour suivant. Ne me demandez pas, lecteur, de vous donner un compte rendu exact de cette journée. Je demandai du travail et je fus repoussée. Passant devant la porte d'une ferme, je vis une petite fille qui allait jeter un reste de porridge dans l'auge à cochon. Je la priai de me le donner. Elle me regarda d'un air étonné.

— Maman ! cria-t-elle. Il y a une femme qui veut que je lui donne ce porridge.

— Eh bien, donne-le-lui, si c'est une mendiante ! répondit une voix dans la maison. Le cochon n'en a pas besoin.

L'enfant versa dans mes mains la pâte raidie. Je la dévorai avidement.

Voyant la nuit venir, je m'arrêtai dans un sentier solitaire où je me promenais depuis plus d'une heure. Mes forces m'abandonnaient et je me sentais plus faible que jamais. Mes yeux voilés erraient sur le paysage obscurci et brumeux. Je vis que je m'étais éloignée du village : il était tout à fait hors de vue. Par des chemins de traverse, j'étais revenue du côté de la lande. Et, entre moi et les montagnes, il n'y avait plus que quelques champs.

Je me laissai choir là où je me trouvais et cachai mon visage contre terre, vaincue par l'épuisement. Je restai immobile un instant. Le vent de nuit soufflait sur la montagne et sur moi, et allait mourir au loin en mugissant. La pluie tombait épaisse et me mouillait jusqu'aux os. Si mes membres s'étaient engourdis, si de cet état j'avais passé au doux froid de la mort, la gelée aurait pu tomber sur moi, je ne l'aurais pas sentie. Mais ma chair, vivante encore, tressaillait sous ce contact humide. Bientôt je me levai.

Alors j'aperçus une lumière, faible à travers la pluie, mais constante. Je crus d'abord avoir rêvé, mais elle continuait de briller. Je m'efforçai de marcher de nouveau, traînant mes membres épuisés dans sa direction. Elle me conduisit au-delà de la montagne, à travers un vaste marécage. Je tombai deux fois, mais je me relevai et pris courage. Cette lumière était tout mon espoir, il fallait l'atteindre.

La silhouette d'une maison noire, basse et longue se dressa devant moi. En cherchant la porte, je rencontrai un angle. J'approchai d'une petite fenêtre grillagée. Regardant par les vitres en losanges, j'aperçus un groupe au coin du feu, assis dans une douce union au sein de la chaleur qui l'entretient. Deux gracieuses jeunes femmes, de véritables ladies, étaient en grand deuil, et leurs sombres vêtements faisaient ressortir la blancheur de leur cou et de leur visage. Un vieux pointer reposait sa lourde tête sur les genoux de l'une d'elles ; l'autre berçait sur ses genoux un chat noir. Il me sembla étrange de voir de telles jeunes filles dans une aussi humble cuisine. Qui étaient-elles ? Elles ne pouvaient être les enfants de la femme qui travaillait devant la table, car celle-ci avait l'air d'une paysanne, et les jeunes filles, au contraire, me parurent délicates et distinguées.

— Écoutez, Diana, dit l'une en consultant l'un des livres devant elles. Franz et le vieux Daniel sont ensemble pendant la nuit, et Franz raconte un rêve qui l'a effrayé. Écoutez !

Et, d'une voix basse, elle se mit à lire dans une langue étrangère que je ne sus reconnaître.

— Y a-t-il un pays où l'on parle ainsi ? demanda la vieille femme en levant les yeux de dessus son tricot.

— Oui, Hannah, un pays beaucoup plus grand que l'Angleterre.

— Ce qui est sûr, c'est que je ne sais pas comment ils se comprennent. Et si l'une de vous y allait, je parie qu'elle devinerait tout ce qu'ils disent.

— Il est probable, en effet, que nous comprendrions quelque chose, mais pas tout, car nous ne sommes pas aussi savantes que vous le croyez, Hannah. Nous ne parlons pas l'allemand, et nous ne le comprenons qu'à l'aide d'un dictionnaire.

— Et quel bien cela vous fait-il ?

— Nous avons l'intention de l'enseigner plus tard, et alors nous gagnerons plus d'argent que maintenant.

— C'est probable. Mais maintenant, cessez d'étudier. Vous en avez assez fait pour ce soir.

— Je le crois en effet, car je suis fatiguée, répondit Diana. Et vous, Mary ?

— Horriblement. Je me demande quand St. John va enfin rentrer.

— Il ne devrait sûrement pas tarder à présent : il est juste dix heures. Mais il pleut très fort, Hannah, voulez-vous avoir la bonté d'aller voir si le feu du petit salon ne s'éteint pas ?

La vieille femme se leva, ouvrit une porte à travers laquelle j'aperçus vaguement un passage, et je l'entendis remuer le feu dans une chambre. Elle revint bientôt.

— Ah, enfants ! s'écria-t-elle. Cela me fait mal d'aller dans cette chambre. Elle est si triste maintenant, avec ce grand fauteuil vide, repoussé dans un coin !

Elle essuya ses yeux avec son tablier, et l'expression des jeunes filles, de grave qu'elle était, devint triste.

— Mais votre père est maintenant dans une place meilleure, continua Hannah, nous ne devrions pas désirer qu'il soit ici. Et puis on ne peut pas avoir une mort plus tranquille que la sienne.

Elles se turent un moment. L'horloge sonna dix heures.

— Je suis sûre que vous voudriez votre souper, observa Hannah. Et Mr John aussi le désirera lorsqu'il reviendra.

Et elle se mit à préparer le repas. Les deux jeunes filles se levèrent et semblèrent vouloir se diriger vers le petit salon. Jusque-là, j'avais été si occupée à les regarder que j'avais presque oublié ma triste position, mais soudain je me la rappelai. Je m'avançai vers la porte et frappai en tremblant. Hannah vint m'ouvrir.

— Que voulez-vous ? s'enquit-elle avec étonnement, en m'examinant à la lueur de sa chandelle.

— Puis-je parler à vos maîtresses ? demandai-je.

— Vous feriez mieux de me dire ce que vous leur voulez. D'où venez-vous ?

— Je ne suis pas d'ici.

— Que venez-vous faire à cette heure ?

— Je voudrais un abri pour cette nuit dans un hangar, ou ailleurs, et un morceau de pain pour apaiser ma faim.

Ce que je craignais arriva : la figure de Hannah exprima la défiance.

— Je vous donnerai un morceau de pain, dit-elle après une pause. Mais je crains que nous ne puissions loger une vagabonde.

— Laissez-moi parler à vos maîtresses.

— Non. Que pourraient-elles faire pour vous ? Vous ne devriez pas errer par les chemins à cette heure. Ce n'est pas bien.

— Dites seulement aux jeunes dames que je voudrais leur parler. Laissez-moi les voir…

— Non, certainement pas.

— Mais je mourrai, si vous me chassez !

— Je suis sûre que non. Je crains que vous ne maniganciez quelque mauvais coup, à traîner à cette heure autour des maisons.

Et alors la servante, honnête mais inflexible, ferma la porte et la verrouilla de l'intérieur.

C'était le comble. Une douleur extrême me souleva le cœur. Je me laissai glisser sur le seuil mouillé. Joignant les mains, je me mis à pleurer amèrement.

— Je n'ai plus qu'à mourir, dis-je tout haut.

— Tous les hommes doivent mourir, répondit une voix tout près de moi, mais tous ne sont pas condamnés à une mort prématurée et douloureuse comme serait la vôtre, s'il vous fallait périr ici faute de tout.

— Qui a parlé ? demandai-je, épouvantée par ces paroles inattendues, et incapable d'espérer aucun secours.

Je percevais une forme près de moi, mais ne pouvais bien

la distinguer dans l'obscurité. Le nouveau venu frappa un coup long et vigoureux à la porte.

— Est-ce vous, monsieur John ? cria Hannah.

— Oui, oui, ouvrez vite.

— Comme vous devez être mouillé et avoir froid par une nuit pareille ! Entrez, vos sœurs s'inquiétaient pour vous. Je crois qu'il y a des gens suspects dans les environs. Il y avait tout à l'heure ici une mendiante, et elle est encore couchée là. Voyez. Allons ! Levez-vous donc, vous dis-je, et partez !

— Silence, Hannah ! Il faut que je parle à cette femme. Vous avez fait votre devoir en la chassant, laissez-moi accomplir le mien en la faisant entrer. J'étais tout près. J'ai entendu votre conversation avec elle. Je crois que c'est un cas tout particulier et qui demande au moins à être examiné. Jeune femme, levez-vous et marchez devant moi.

J'obéis avec peine. Bientôt je me trouvai dans la cuisine, brillante et propre. J'étais faible, tremblante, et j'avais conscience de mon aspect dégoûtant. Les deux jeunes filles, Mr St. John, leur frère, et la vieille servante avaient les yeux fixés sur moi.

— St. John, qui est-ce ? demanda quelqu'un.

— Je ne peux pas vous le dire. Je l'ai trouvée à la porte, répondit-on.

— Elle est bien pâle, dit Hannah.

— Aussi pâle que la mort ou l'argile, répondit quelqu'un. Faites-la asseoir ou elle va tomber.

En effet, j'avais le vertige. Je me sentais défaillir, mais une chaise me reçut. Je percevais encore ce qui se passait autour de moi, seulement je ne pouvais pas parler.

— Peut-être qu'un peu d'eau lui ferait du bien. Hannah, allez en chercher. Voyez, son corps est réduit à rien. Comme elle est maigre et anémiée !

— Un vrai spectre !

— Est-elle malade ou a-t-elle seulement faim ?

— Elle a faim, je crois. Hannah, est-ce du lait que je vois

là ? Donnez-le-moi avec un morceau de pain.

Diana (je la reconnaissais à cause de ses longues boucles que je vis flotter entre moi et le feu au moment où elle se pencha de mon côté) rompit un peu de pain, le trempa dans le lait et l'approcha de mes lèvres. Son visage était près du mien, et j'y vis de la pitié. Sa respiration entrecoupée annonçait de la sympathie. La même émotion consolatrice passa aussi dans les quelques mots qu'elle m'adressa alors :

— Essayez de manger, chuchota-t-elle.

— Oui, essayez, répéta doucement Mary.

Et, après m'avoir retiré mon chapeau trempé, elle me souleva la tête. Je mangeai ce qu'elles m'offraient, faiblement d'abord, puis avec avidité.

— Voyez si elle peut parler maintenant, dit St. John. Demandez-lui son nom.

Sentant que je pouvais parler, je répondis :

— Je m'appelle Jane Elliott.

— Et où demeurez-vous ? Où sont vos amis ?

Je restai silencieuse.

— Pouvons-nous envoyer chercher quelqu'un que vous connaissiez ?

Je secouai la tête.

— Mais alors, reprit-il, qu'attendez-vous que je fasse pour vous ?

— Rien, répondis-je.

Tous les trois demeurèrent silencieux.

— Hannah, dit enfin Mr St. John, laissez-la assise ici et ne lui faites aucune question pour le moment. Dans une dizaine de minutes, donnez-lui le reste du lait et du pain. Mary et Diana, suivez-moi dans le salon, nous causerons de tout cela.

Ils se retirèrent. Bientôt une des dames rentra, bien que je ne puisse pas dire laquelle. Pendant que j'étais assise devant la flamme vivifiante du foyer, un engourdissement agréable s'était emparé de moi. La jeune fille donna tout bas quelques ordres à Hannah et, peu après, je m'efforçai, avec l'aide de la servante, de monter l'escalier. On me retira mes vêtements mouillés et bientôt un lit chaud et sec reçut mes membres épuisés. Je m'endormis bien vite.

CHAPITRE XXIX

Plus je connaissais les habitants de Moor House, plus je les aimais. Au bout de quelques jours, je fus assez bien pour rester levée toute la journée et sortir de temps à autre. Je pouvais prendre part aux occupations de Diana et de Mary, causer avec elles autant qu'elles le désiraient, et les aider quand elles me le permettaient.

J'aimais à lire les livres qu'elles aimaient ; ce qu'elles appréciaient m'enchantait ; j'admirais ce qu'elles approuvaient. Toutes deux étaient plus accomplies et plus instruites que moi, mais je suivis leurs traces avec ardeur sur ce chemin du savoir qu'elles avaient parcouru avant moi. Je dévorai les lectures qu'elles me conseillaient et c'était une grande satisfaction pour moi de discuter avec elles, le soir, ce que j'avais lu pendant le jour.

Si l'une de nous trois dominait les autres, c'était certainement Diana. Physiquement, elle m'était de beaucoup supérieure ; elle était belle et pleine de vigueur. Dans la soirée, j'étais heureuse de m'asseoir à ses pieds, de poser ma tête sur ses genoux et de l'écouter, elle et Mary, tandis qu'elles exploraient à fond un sujet. Diana offrit de m'enseigner l'allemand, ce que j'acceptai aussitôt, et Mary aidait aussi à sa façon douce et tendre.

L'intimité qui s'était si spontanément et rapidement établie entre elles et moi ne s'était pas étendue jusqu'à Mr St. John. Une des causes de la distance qui nous séparait encore, c'est qu'il était rarement à la maison. Une grande partie de son temps était consacrée à visiter les pauvres et les malades disséminés au loin dans sa paroisse. Aucune intempérie ne semblait l'arrêter dans ses excursions pastorales : qu'il pleuve ou qu'il vente, il allait accomplir sa mission d'amour et de devoir.

Mais, outre ces absences fréquentes, il y avait encore une autre barrière entre nous : il me semblait être d'une nature réservée, impénétrable et renfermant tout en elle-même. Zélé dans l'accomplissement de ses devoirs, irréprochable dans sa vie, il ne paraissait pourtant pas jouir de cette sérénité d'esprit et de cette satisfaction intérieure qui devraient être la récompense de tout chrétien sincère et de tout philanthrope pratiquant le bien. Il était si peu communicatif que je fus quelque temps avant de pouvoir juger de son intelligence. Je commençai à comprendre ce qu'elle devait être dans un sermon que je l'entendis faire à sa propre paroisse de Morton. Il n'est pas en mon pouvoir de le raconter. Je ne peux même pas rendre l'effet qu'il produisit sur moi, mais il était amer, frustré et troublé. Ce n'était pas le sermon d'un esprit serein.

Pendant ce temps, un mois s'était écoulé. Diana et Mary devaient bientôt quitter Moor House pour retourner à une vie totalement différente de gouvernantes dans une grande ville mondaine du sud de l'Angleterre. Chacune d'elles était placée dans une famille dont les membres, riches et orgueilleux, les regardaient comme d'humbles domestiques. Il devenait urgent que j'aie aussi une occupation, quelle qu'elle soit. Je n'avais parlé à personne de mon passé à Thornfield et, quand on me posait la question, je répondais seulement que je ne m'en souvenais pas. Ils en conclurent tous que j'étais tombée quelque part dans la lande et que j'avais perdu la mémoire. Au début, ils s'étaient enquis autour d'eux pour savoir si une famille me cherchait, mais ils n'en découvrirent aucune. À la fin, ils cessèrent de me poser des questions et m'acceptèrent telle que j'étais.

Un matin que j'étais restée seule avec St. John quelques

minutes dans le petit salon, je me hasardai à m'approcher de son bureau, espérant lui demander une faveur.

— Vous avez une demande à me faire ? me dit-il avant que j'aie pu parler.

— Oui, je voudrais savoir si vous avez entendu parler d'une place, pour moi.

— J'ai en effet trouvé quelque chose pour vous, mais je ne voulais pas vous chasser de cette maison pour que vous retourniez sur la lande, et comme nous ne savons toujours pas d'où vous venez, j'ai pris la liberté de vous réserver une place.

J'attendis un instant, pensant qu'il allait continuer à me parler sur le sujet qu'il avait déjà entamé, mais ses pensées semblaient avoir pris un autre cours. Je vis par son regard qu'il ne pensait plus à moi ni à mes affaires. Je fus obligée de rappeler son attention sur un sujet qui était d'un intérêt vital pour moi, et j'attendais avec un intérêt anxieux.

— Quel emploi aviez-vous en vue, Mr Rivers ? demandai-je.

— Laissez-moi vous dire franchement que je n'ai rien trouvé d'agréable ou d'avantageux pour vous. Étant moi-même pauvre et obscur, je ne peux vous procurer que le travail du pauvre et de l'obscur. Peut-être même le trouverez-vous dégradant. Car je le vois maintenant, vos habitudes ont été ce que le monde appelle raffinées ; vos goûts tendent à l'idéal, ou du moins vous avez toujours vécu parmi des gens éduqués.

Il me regarda avant de continuer. Il semblait lire sur mon visage aussi facilement que si chacun de mes traits eût été l'un des mots d'une phrase. Je compris ce qu'il en avait conclu, d'après ce qui suit :

— Vous accepterez la place que je vais vous offrir, dit-il, je le crois. Vous y resterez quelque temps, mais pas toujours, car vous finirez bien par retourner là d'où vous venez.

— Expliquez-vous, demandai-je avec insistance, en le voyant s'arrêter de nouveau.

— Je ne resterai pas longtemps à Morton, maintenant que

mon père est mort et que je suis maître de mes actions. Je quitterai ce lieu probablement dans le courant de l'année, mais tant que j'y resterai, je ferai tous mes efforts pour l'améliorer. Quand je suis venu ici, il y a deux ans, Morton n'avait pas d'école. Les enfants des pauvres ne pouvaient avoir aucune espérance de progrès. J'en ai établi une pour les garçons ; je voudrais en ouvrir une seconde pour les filles. J'ai loué un bâtiment à cette intention, avec une petite ferme composée de deux chambres pour l'institutrice. Le salaire est de trente livres par an. La maison est déjà meublée simplement, mais suffisamment. Voulez-vous être cette institutrice ?

C'était humble, à la vérité, mais j'y serais à l'abri et, avant tout, il me fallait un asile sûr. C'était une position fatigante, mais qui était indépendante, comparée à celle d'une gouvernante dans une famille riche. La place qu'on m'offrait n'était ni vile, ni indigne, ni dégradante. Ma décision était prise.

— Je vous remercie de votre offre, Mr Rivers, dis-je, et je l'accepte de tout mon cœur.

— Mais vous me comprenez bien, reprit-il. C'est une école de village. Vos écolières seront des petites filles pauvres, des enfants de paysans, tout au plus des filles de fermiers. Vous n'aurez à leur apprendre qu'à tricoter, à coudre, à lire et à compter. Que ferez-vous de vos talents ?

— Je les renfermerai en moi jusqu'à ce qu'ils me soient nécessaires ; ils se garderont bien.

Il sourit. Son sourire n'était ni triste ni amer, mais plutôt heureux et profondément satisfait.

— Et quand voudrez-vous entrer en fonction ?

— J'irai voir la maison demain et, si vous le permettez, j'ouvrirai l'école la semaine prochaine.

— Très bien, je ne demande pas mieux.

Il se leva et se promena dans la chambre. Il m'intriguait toujours.

***

Mary et Diana devenaient plus tristes et plus silencieuses à mesure qu'approchait le jour où elles devraient quitter leur maison et leur frère. Toutes deux s'efforçaient de paraître comme toujours, mais la tristesse contre laquelle elles avaient à lutter est une de celles qu'on ne peut pas vaincre ou cacher entièrement.

Un soir, nous étions assises dans la cuisine en train de coudre lorsque St. John entra brusquement.

— Notre oncle John est mort, dit-il.

Les deux sœurs semblèrent frappées, mais ni bouleversées ni attristées.

— Mort ? répéta Diana.

— Oui.

Elle fixa un œil inquisiteur sur son frère.

— Eh bien ? murmura-t-elle à voix basse.

Il lui jeta une lettre qu'elle tendit à Mary après l'avoir parcourue. Mary la lut et la rendit à son frère. Tous les trois se regardèrent et sourirent d'un sourire triste et pensif.

— Amen ! dit Diana. Nous pourrons encore vivre néanmoins.

— En tout cas, notre situation n'est pas pire qu'avant, remarqua Mary.

— Seulement, dit Mr Rivers, la peinture de ce qui aurait pu être contraste bien vivement avec ce qui est.

Pendant quelques minutes, personne ne parla. Enfin, Diana se tourna vers moi.

— Jane, dit-elle, vous devez vous étonner de nos mystères et nous trouver bien durs en nous voyant si peu affligés par la mort d'un parent aussi proche qu'un oncle, mais nous ne l'avons pas connu ni même vu. C'était le frère de ma mère. Mon père et lui s'étaient fâchés il y a longtemps. C'est d'après son conseil que mon père a engagé presque tout ce qu'il possédait dans la spéculation qui l'a ruiné. Il en a résulté des reproches mutuels. Tous deux se sont séparés irrités l'un contre l'autre et ne se sont jamais réconciliés. Plus tard, mon oncle fit des affaires heureuses. Il paraît qu'il a réalisé une fortune de vingt mille livres. Il ne s'est jamais marié et n'a d'autres parents que nous et une personne qui lui est alliée au même degré. Mon père a toujours espéré que mon oncle réparerait sa faute en nous laissant ce qu'il possédait. Cette lettre nous informe qu'il a tout légué à son autre parente, à l'exception de trente guinées, qui doivent être partagées entre St. John, Diana et Mary Rivers, pour l'achat de trois anneaux de deuil. Il avait certainement le droit d'agir à sa volonté, et cependant cette nouvelle nous a plongés dans une déception passagère. Mary et moi nous nous serions estimées riches avec mille livres chacune, et St. John aurait aimé à posséder une semblable somme, à cause de tout le bien qu'il eût alors pu faire.

Une fois cette explication donnée, on laissa le sujet de côté, et ni Mr Rivers ni ses sœurs n'y firent davantage allusion. Le lendemain, je quittai Marsh-End pour aller à Morton. Le jour d'après, Diana et Mary se rendirent dans la ville éloignée où elles étaient placées. La semaine suivante, Mr Rivers et Hannah retournèrent au presbytère, et la vieille ferme fut abandonnée.

CHAPITRE XXX

Enfin, j'avais trouvé une demeure, et cette demeure était un cottage. Elle se composait d'une petite pièce dont les murs étaient blanchis à la chaux et le sol recouvert de sable. L'ameublement se composait de quatre chaises en bois peint, d'une table, d'une horloge et d'un buffet. Au-dessus se trouvait une chambre de la même grandeur que la cuisine, avec un lit de sapin et une commode. Je m'y installai aussitôt, heureuse d'avoir un endroit, aussi petit fût-il, que je puisse appeler mien. Je m'installai aussi dans ma nouvelle vie et mes fonctions de maîtresse d'école. J'appris à aimer mes élèves et je crois qu'elles m'aimaient aussi.

Un soir, j'avais renvoyé la petite orpheline qui me tenait lieu de servante et, assise toute seule près du feu, je laissais comme à l'habitude mes pensées revenir douloureusement à Mr Rochester.

Vous avez peut-être imaginé, lecteur, que dans la mesure où je ne l'avais pas mentionné, je ne pensais plus à mon amant, mais en vérité il m'accompagnait à chaque instant de ma vie. J'essayais du plus fort que je le pouvais de le chasser de mon esprit, mais il surgissait à nouveau sans crier gare, et ses magnifiques yeux noirs brûlaient dans mon cœur. Je pleurais chaque nuit en me rappelant la caresse fiévreuse de ses mains brûlantes, le plaisir quand je l'avais en moi, et le réconfort que je trouvais dans ses bras. Je ne pouvais supporter d'ignorer ce qu'il était devenu, et je passais maintes nuits sans sommeil, à me tourner et me retourner dans mon lit, troublée par cet amant que je ne pouvais toucher qu'en rêve. Il était perdu pour moi et je ne savais pas si je m'en remettrais jamais.

Cependant je continuai à m'occuper de mon école avec autant d'activité et de zèle que possible. Ce fut une tâche rude au début. Malgré tous mes efforts, il me fallut quelque temps avant de pouvoir comprendre la nature de mes écolières. La rapidité de leurs progrès fut dans certains cas surprenante, et j'en ressentis un orgueil légitime et heureux.

Je sentais qu'on commençait à m'aimer dans le voisinage. Toutes les fois que je sortais, c'étaient de cordiales salutations et des sourires affectueux. Le temps passait peu à peu et, bien que mes souffrances et mon cœur n'aient jamais guéri, je me détendais dans les tâches quotidiennes. J'aimais mon petit cottage et la solitude qu'il me permettait.

Lors d'une nuit neigeuse de novembre, Mr St. John vint en visite alors que je ne l'attendais pas. J'avais fermé mes persiennes et mis une natte devant la porte pour empêcher la neige d'entrer par-dessous. J'étais assise devant le feu, écoutant la furie étouffée de la tempête, quand St. John surgit de la froide bourrasque et de l'obscurité hurlante. Il se tenait debout devant moi. Je demeurai stupéfaite, car je ne m'attendais pas à avoir un hôte ce soir-là.

— Y a-t-il quelque mauvaise nouvelle ? demandai-je. Est-il arrivé quelque chose ?

— Non. Comme vous vous inquiétez facilement ! répondit-il en suspendant son manteau à la porte, vers laquelle il repoussa froidement la natte que son entrée avait dérangée.

Il secoua la neige de ses souliers. Je ne pus m'empêcher de dire :

— Mais pourquoi êtes-vous venu ?

Il s'assit. Je vis ses beaux traits aussi semblables à du marbre, au moment où, jetant de côté ses cheveux mouillés par la neige, il laissa la lumière du foyer briller librement sur son front et ses joues si pâles. J'attendais, mais sa main était posée sur son menton, ses doigts sur ses lèvres ; il pensait.

J'étais prête à abandonner tout espoir de le voir parler, quand il dit :

— J'ai une histoire à vous conter.

Je fus étonnée, mais répondis :

— Je serais ravie de l'entendre.

— Il y a vingt ans, un pauvre pasteur tomba amoureux d'une jeune fille riche. Ils se marièrent contre l'avis de sa famille à elle, qui la renia aussitôt après les noces. Même pas deux ans plus tard, ce couple téméraire avait cessé d'exister, et tous deux étaient tranquillement couchés sous une même pierre. Ils laissèrent une fille qui fut portée dans la demeure d'un riche parent de sa mère. Elle fut élevée par une tante appelée Mrs Reed, de Gateshead.

À ce nom, j'eus le souffle coupé, mais je m'efforçai de me maîtriser.

— Vous tressaillez. Avez-vous entendu du bruit ? reprit St. John. C'est probablement un rat qui gratte le mur de l'école. Mais continuons : Mrs Reed garda l'orpheline pendant quatorze années, puis, au bout de ce temps, l'enfant fut envoyée dans un endroit que vous connaissez, l'école de Lowood. Je me rappelle que vous avez dit une fois à Diana avoir été vous-même dans cet institut, bien que vous n'en soyez pas sûre. Il paraît que sa conduite fut honorable. D'élève, elle devint institutrice comme vous – je suis vraiment frappé des points communs entre son histoire et la vôtre. Elle quitta Lowood pour se faire gouvernante. Elle entreprit l'éducation de la pupille d'un certain Mr Rochester.

— Mr Rivers ! m'écriai-je.

— Je devine vos sentiments, dit-il, mais réprimez-les un instant ; j'ai presque fini. De la personnalité de Mr Rochester je ne sais rien, si ce n'est qu'il prétendit offrir un mariage honorable à cette jeune fille et que, devant l'autel, elle découvrit qu'il avait une femme vivante, mais folle. Le jour suivant, on découvrit que la gouvernante était partie.

Personne ne put savoir quand, comment, ni où ; elle avait quitté Thornfield Hall pendant la nuit. Toutes les recherches sont restées infructueuses. Et pourtant il est indispensable qu'on la trouve. On a publié des avis de recherche dans tous les journaux. Moi-même j'ai reçu une lettre d'un Mr Briggs, avoué, où l'on me communiquait les détails que je viens de vous rapporter. N'est-ce pas une histoire étrange ?

— Je n'aurai qu'une chose à vous demander, répondis-je. Puisque vous en savez si long, vous pouvez certainement me dire ce qu'il est advenu de Mr Rochester. Où est-il ? Que fait-il ? Se porte-t-il bien ?

— Je ne sais rien sur Mr Rochester. Vous devriez plutôt me demander le nom de la gouvernante et la nature de l'événement qui rend sa présence indispensable.

— Personne n'est donc allé à Thornfield Hall ? Personne n'a vu Mr Rochester ?

— Je ne pense pas.

— Lui a-t-on écrit ?

— Bien sûr.

— Et qu'a-t-il répondu ? Qui a sa lettre ?

— Mr Briggs me dit que la réponse à sa demande n'a pas été faite par Mr Rochester, mais par une dame qui signe Alice Fairfax.

Je me sentis froide et consternée. Ainsi mes pires craintes étaient fondées : il avait probablement quitté l'Angleterre et, dans son désespoir, était retourné vers un de ses anciens repaires du continent. Et quels adoucissements avait-il cherchés à ses cruelles souffrances ? Je n'osais pas répondre à cette question. Oh, mon pauvre maître.

— Cet homme devait être mauvais, observa Mr Rivers.

— Vous ne le connaissez pas, ne le jugez pas ainsi ! m'écriai-je avec chaleur.

— Très bien, me dit-il tranquillement. Puisque vous ne voulez pas me demander le nom de la gouvernante, je vais vous le dire moi-même. Briggs me parlait d'une Jane Eyre, et c'était également ce nom qui se trouvait dans les journaux. Je connaissais une Jane Elliott. J'avoue que j'avais des soupçons, mais je ne fus certain qu'hier dans l'après-midi. Reconnaissez-vous que c'est votre nom ? Renoncez-vous au pseudonyme ?

— Oui, oui, mais où est Mr Briggs ? Il en sait peut-être plus long que vous sur Mr Rochester.

— Briggs est à Londres. Je doute qu'il sache quoi que ce soit sur Mr Rochester car ce n'est pas Mr Rochester qui l'intéresse. Vous oubliez le point essentiel pour vous occuper de détails insignifiants. Vous ne me demandez pas pourquoi Mr Briggs vous cherche, et ce qu'il vous veut.

— Eh bien ! Que me veut-il ?

— Simplement vous dire que votre oncle, Mr Eyre, de Madère, est mort ; qu'il vous a laissé toute sa fortune, et que maintenant vous êtes riche.

— Moi, riche ?

— Oui, vous. Pas seulement riche : une véritable héritière.

Il y eut un moment de silence et je réfléchis à tout cela, le cœur battant. Je n'étais ni réjouie ni triste. J'étais simplement secouée.

— Enfin, vous levez la tête, me dit Mr Rivers. Peut-être allez-vous me demander maintenant à combien s'élève votre fortune.

— Eh bien, oui, à combien s'élève-t-elle ?

— Vingt mille livres.

Mon étonnement fut grand car j'avais compté sur quatre ou cinq mille. Cette nouvelle me coupa la respiration pour un instant. Mr St. John, que je n'avais jamais entendu rire auparavant, se mit alors à rire.

— C'est une forte somme. Ne pensez-vous pas qu'il y a erreur ?

— Pas le moins du monde.

— Peut-être avez-vous mal lu les chiffres, et n'y a-t-il que deux mille ?

— C'est écrit en lettres et non en chiffres : vingt mille.

Je me faisais l'effet d'un individu dont les facultés gastronomiques sont très moyennes, et qui tout à coup se trouve assis seul devant un festin pour cent personnes.

— Je voudrais savoir pourquoi Mr Briggs vous a écrit pour apprendre des détails sur moi, dis-je soudain.

— Oh ! c'est que je suis pasteur, me dit-il, et les pasteurs sont souvent consultés dans les cas embarrassants.

— Non, cela ne me satisfait pas ! m'exclamai-je.

En effet, sa réponse était à la fois si vague et si prompte que ma curiosité, au lieu d'être satisfaite, n'en fut que piquée davantage. On aurait dit qu'il cachait un secret.

— Je préférerais que ce soit Diana ou Mary qui vous informe, avança-t-il.

Ces objections ne faisaient qu'accroître mon ardeur. Je voulais être satisfaite, et tout de suite. Je le lui dis.

Il fut silencieux pendant un moment, puis il reprit :

— Vous vous appelez Jane Eyre ?

— Certainement ! Nous l'avons déjà dit.

— Peut-être ne savez-vous pas que je porte le même nom que vous ? J'ai été baptisé St. John Eyre Rivers.

— Non, en vérité, je ne le savais pas. Mais alors, certainement…

Je m'arrêtai. Je ne voulais pas entretenir, encore moins exprimer la pensée qui m'était venue. Avant que St. John eût parlé, un instinct m'avait avertie de tout. Mais comme je ne dois pas m'attendre à trouver le même instinct chez le lecteur, je répéterai l'explication donnée par Mr Rivers.

— Ma mère s'appelait Eyre. Elle avait deux frères : l'un, pasteur, avait épousé Miss Jane Reed, de Gateshead ; l'autre, John Eyre, était négociant à Madère. Mr Briggs, l'avoué de Mr Eyre, nous a écrit au mois d'août dernier pour nous apprendre la mort de notre oncle et pour nous dire qu'il avait laissé sa fortune à la fille de son frère, le pasteur, nous rejetant à cause d'une querelle qui avait eu lieu entre lui et mon père et qu'il n'avait jamais voulu pardonner. Il y a quelques semaines, il nous a écrit de nouveau pour nous apprendre qu'on ne pouvait pas retrouver l'héritière, et pour nous demander si nous savions quelque chose sur elle. Vous savez le reste…

— Votre mère était la sœur de mon père ? dis-je, suffoquée.

— Oui.

— Vous, Diana et Mary, vous êtes mes cousins ? La moitié de notre sang de chaque côté provient de la même source ?

— Oui, nous sommes cousins.

Je le regardai. Il me sembla que j'avais trouvé une famille, une famille dont je pouvais être fière et que je pouvais aimer. Les deux sœurs, que j'avais observées à travers l'étroite fenêtre de Moor House, étaient mes proches parentes. Et ce beau jeune homme qui m'avait ramassée mourante sur le seuil de sa maison m'était allié par le sang. Bienheureuse découverte pour une pauvre abandonnée ! C'était là une véritable richesse ! C'était un bonheur vif, immense et enivrant. Cette joie inattendue me fit battre des mains, mon pouls bondissait, mes veines tressaillaient.

— Oh ! je suis contente ! je suis contente ! m'écriai-je.

St. John sourit.

— Vous êtes restée sérieuse quand je vous ai appris que vous étiez riche. Et maintenant, voyez votre exaltation pour une chose sans importance.

— Que voulez-vous dire ? Peut-être est-ce de peu d'importance pour vous. Vous avez des sœurs, vous n'avez pas besoin d'une cousine. Mais moi, je n'avais personne, et maintenant j'ai trois parents. Je le répète, je suis contente !

Je me promenai rapidement dans ma chambre. Un plan s'échafaudait dans mon esprit.

— Jane, vous sentez-vous bien ? s'inquiéta St. John.

— Je veux diviser ma fortune, décrétai-je soudain. En partageant vingt mille livres entre le neveu et les trois nièces de notre oncle, il revient cinq mille livres à chacun…

— Nous ne pouvons accepter…

— Je serai heureuse d'avoir cinq mille livres, mais vingt

mille ne feraient que me tourmenter. Et puis, si cet argent m'appartient aux yeux de la loi, il ne m'appartient pas aux yeux de la justice. Je ne veux ni discussion ni opposition. Entendons-nous entre nous et décidons cela tout de suite.

— Vous agissez d'après votre premier mouvement. Un sujet aussi important mérite une réflexion de plusieurs jours.

— Et vous, vous ne pouvez pas vous imaginer combien j'aspire à un amour fraternel, m'écriai-je. Je n'ai jamais eu de foyer, je n'ai jamais eu ni frères ni sœurs. Je veux en avoir maintenant et j'en aurai.

— Jane, je serai votre frère, et mes sœurs seront vos sœurs, sans que nous vous demandions ce sacrifice de vos justes droits.

— Acceptez, je vous en supplie ! Rien ne pourrait me satisfaire davantage, et c'est à vous de vous soumettre à mes désirs.

St. John avait l'air de quelqu'un qui livre une dure bataille intérieure.

— Je viendrai vous voir pour en reparler demain, quand la nouvelle sera un peu moins fraîche.

— La réponse sera la même.

Il sourit.

— Et l'école, Miss Eyre ? Il faudra la fermer à présent, j'imagine ?

— Non, je resterai à mon poste jusqu'à ce que vous ayez trouvé une autre institutrice.

Il sourit de nouveau, me donna une poignée de main et prit congé de moi.

Je n'ai pas besoin de raconter en détail les luttes que j'eus à soutenir et les arguments que je dus employer pour que le partage du legs eût lieu comme je le désirais. Ma tâche était rude, mais comme j'étais bien résolue et que mes cousins virent que j'étais irrévocablement décidée, ils finirent par céder à ma volonté. Les affaires furent réglées. St. John, Mary, Diana et moi, nous entrâmes en possession de notre fortune.

CHAPITRE XXXI

Quand tout fut achevé, on approchait de Noël. C'était le moment des vacances. Je fermai l'école de Morton et fis cours pour la dernière fois. J'étais triste de la quitter ainsi que mon cottage, mais heureuse de me retrouver à Moor House et d'y vivre avec ma famille.

La soirée où je retrouvai Diana et Mary fut bien douce. Nos retrouvailles se firent dans l'euphorie et un tumulte joyeux. J'éprouvais un sentiment proche du bonheur et m'éloignais un peu de ce passé sombre qui s'agrippait à moi depuis que j'avais quitté Thornfield. Bientôt notre vie devint plus calme. Nous reprîmes nos lectures et nos études collectives, chacune partageant son savoir avec les deux autres et goûtant leur compagnie. St. John ne prenait que rarement part à cette intimité. Il y avait dans son tempérament quelque chose de froid et de dur que j'avais remarqué depuis longtemps. Cependant il paraissait tout autant satisfait.

Vous croyez peut-être, lecteur, que dans tous ces changements de lieux et de fortune j'avais oublié Mr Rochester. Oh, non ! pas un instant. Sa pensée me poursuivait chaque nuit avant de m'endormir, et chaque moment de la journée qui n'était pas occupé par quelque autre tâche. Dans ma correspondance avec Mr Briggs au sujet du testament, je lui avais demandé s'il connaissait la résidence actuelle de Mr Rochester et l'état de sa santé. Mais, ainsi que le pensait St. John, l'avoué ne savait rien. Alors j'écrivis à Mrs Fairfax pour lui demander des détails ; j'étais sûre d'obtenir des renseignements par ce moyen. Je fus étonnée de voir quinze jours se passer sans recevoir de réponse. Mais lorsque, après deux mois d'attente, la poste ne m'eut encore rien apporté, je sentis une douloureuse anxiété s'emparer de moi.

J'écrivis de nouveau ; je pensais que ma première lettre avait peut-être été perdue. Ce nouvel essai fit naître un nouvel espoir, qui dura quelques semaines, comme le précédent, puis, comme lui, fut détruit ; je ne reçus pas une ligne, pas un mot. Après avoir vainement attendu six mois, mon espoir s'éteignit tout à fait, et je devins vraiment triste.

*
**

Un soir, à l'heure du coucher, ses sœurs et moi entourions St. John pour lui dire bonne nuit. Selon son habitude, il les embrassa toutes deux et me donna une poignée de main. Diana était, ce soir-là, d'une humeur joyeuse. Aussi, elle s'écria :

— St. John, vous dites que Jane est votre troisième sœur, et vous ne la traitez pas comme nous. Vous devriez l'embrasser aussi.

Elle me poussa vers lui et, pour la première fois, je me sentis en colère contre elle et plutôt confuse. Cependant, St. John pencha sa tête, sa belle figure se trouva à la hauteur de la mienne, et il m'embrassa. Il n'y a pas de baiser de marbre ou de glace, mais peut-être y a-t-il des baisers destinés à éprouver ceux qu'on embrasse : le sien était de ce nombre. Après quoi, il me regarda, comme pour examiner l'effet qu'il avait produit sur moi. Je suis sûre de ne pas avoir rougi ; je pâlis peut-être un peu. Il ne m'embrassa jamais plus.

Le printemps était beau, l'été approchait. Un jour que St. John et moi étions seuls dans le salon, il me surprit beaucoup en me disant :

— Maintenant, Jane, vous allez venir vous promener avec moi.

— Je vais appeler Diana et Mary.

— Non, aujourd'hui je ne veux qu'une seule compagne, et il faut que ce soit vous. Habillez-vous, sortez par la porte de la cuisine et prenez la route qui conduit vers le sommet de Marsh-Glen. Je vous rejoindrai dans un instant.

Je fus frappée par son ton autoritaire, mais j'obéis et, dix minutes après, je foulais le vieux sentier de la vallée, côte à côte avec St. John.

— Reposons-nous ici, décida-t-il au moment où nous atteignions les premiers rochers qui gardent l'entrée d'une gorge où le torrent se précipite en cascade.

Nous étions parfaitement seuls sur la lande et tout autour de nous régnait le silence. Nos yeux étaient fixés sur le paysage sauvage et insouciant.

— Jane, je pars dans six semaines, déclara-t-il soudain. J'ai réservé ma place sur un navire de la Compagnie des Indes qui mettra à la voile le 20 juin. J'espère là-bas apporter Dieu aux masses.

Je n'étais pas surprise, je n'en attendais pas moins de lui.

— Je suis sûre que vous y parviendrez, répondis-je.

— Jane, je crois que Dieu et la nature vous ont créée pour être la femme d'un missionnaire.

Je sentis un froid glacial et le regardai, choquée. Me demandait-il d'être sa femme ? Je le compris à son expression et rejetai aussitôt cette perspective. Ce n'est pas que St. John fût repoussant, car il était vraiment très beau, mais il était froid et dur, et je n'aurais jamais engagé mon cœur était pris ; je ne pouvais épouser quelqu'un d'autre.

— Je vous considère comme mon frère, dis-je posément, sachant qu'il ne m'aimait pas pour moi-même et ne me regarderait pas comme un mari devrait regarder sa femme. Continuons ainsi.

— Il me faut une femme.

Ses paroles me faisaient frémir ; mes membres, et jusqu'à la moelle de mes os, subissaient sa domination. Il paraissait déterminé à avoir gain de cause et je savais qu'il n'était pas homme à qui l'on dit non. Pourtant, il fallait bien que je refuse.

— Cherchez une autre que moi, St. John, une autre qui vous conviendra mieux.

— Vous seriez parfaite, Jane. Vous possédez toutes les qualités que je recherche. Vous auriez tort de refuser mon offre. De plus, quelle vie auriez-vous ici ? Venez aux Indes avec moi et mettez vos talents au service d'une noble cause.

— St. John ! m'exclamai-je.

— Eh bien ? me répondit-il froidement.

— Je consens volontiers à vous accompagner en tant qu'assistante aux Indes car j'aimerais voir le monde et, comme vous le disiez à juste titre, il n'y a rien pour moi ici. Mais pas en tant que votre femme. Je ne peux pas vous épouser et devenir une partie de vous-même.

— Il faut que vous deveniez une partie de moi, répondit-il fermement. Sans cela, le reste est impossible. Comment moi, qui n'ai pas encore trente ans, pourrais-je emmener aux Indes une jeune femme de vingt ans, si elle n'est pas mon épouse ? Comment pourrions-nous vivre ensemble, quelquefois dans la solitude, quelquefois au milieu des tribus sauvages, si nous ne sommes pas unis par le mariage ?

— Mais je suis votre sœur.

— Pas aux yeux des autres. Vous devez m'épouser !

— Je ne le peux pas et ne le ferai pas. Jamais, St. John. Vous perdez votre temps à essayer de me raisonner. Je ne vous épouserai pas.

J'eus à peine terminé qu'il me quitta et rentra en trombe à travers la lande, visiblement furieux.

CHAPITRE XXXII

St. John et moi nous évitâmes durant les quelques semaines qui précédèrent son départ. Nous nous efforcions de ne jamais nous retrouver seuls ensemble et d'être toujours en la compagnie brillante de Diana et de Mary, de sorte qu'elles ne remarquent rien d'anormal.

Il devait partir le lendemain. En le voyant se promener seul dans le jardin, je voulus faire un dernier effort pour regagner l'affection de cet homme qui m'avait naguère sauvé la vie. Je sortis et m'approchai de lui. Il était appuyé sur la petite grille du jardin.

— St. John, je suis malheureuse parce que vous êtes encore fâché contre moi. Soyons amis.

— J'espère que nous sommes amis, répondit-il tranquillement.

— Non, St. John, repris-je, nous ne sommes pas amis comme autrefois, vous le savez.

— Le croyez-vous ? Alors c'est un tort. Quant à moi, je ne vous souhaite aucun mal et je vous veux du bien.

— Je vous crois, St. John, parce que je vous sais incapable de souhaiter du mal à qui que ce soit. Mais, comme je suis votre parente, je désire une autre affection que cette philanthropie générale que vous étendez jusqu'aux étrangers.

— Certainement, dit-il, votre désir est raisonnable, et je suis loin de vous regarder comme une étrangère. Je vous ai donné suffisamment de temps pour réfléchir. Me répondrez-vous encore que vous ne viendrez pas aux Indes avec moi ?

— Pas en tant que votre épouse.

Il soupira.

— Je sais vers quel objet se tournent vos yeux et à quoi s'attache votre cœur. La chose qui vous préoccupe est illégale et impie. Il y a longtemps que vous auriez dû réprimer ce sentiment, et maintenant vous devriez rougir d'y faire allusion. Vous pensez à Mr Rochester ?

C'était vrai, et je le confessai par mon silence.

— Allez-vous donc vous mettre à sa recherche ?

— Il faut que je sache ce qu'il est devenu.

— Alors, reprit-il, il ne me reste qu'à me souvenir de vous dans mes prières et à supplier Dieu du fond de mon cœur qu'il ne fasse pas de vous une réprouvée.

Il ouvrit la porte, sortit et descendit dans la vallée. Je ne le vis bientôt plus.

En rentrant dans le salon, je trouvai Diana debout devant la fenêtre. Elle semblait pensive. Diana, qui était bien plus grande que moi, posa sa main sur mon épaule et se pencha pour examiner mon visage.

— Jane, me dit-elle, vous êtes toujours pâle et agitée maintenant. Je suis sûre que vous avez quelque chose.

Elle s'arrêta, je ne dis rien. Elle reprit bientôt :

— Je suis sûre que mon frère a quelque intention par rapport à vous. Pendant longtemps il vous a témoigné un intérêt dont il n'avait jamais favorisé personne. Je voudrais qu'il vous aime. Vous aime-t-il, Jane ?

— Non, Diana, répondis-je, pas le moins du monde.

— Alors pourquoi vous suit-il toujours des yeux ? Pourquoi reste-t-il si souvent seul avec vous ? Pourquoi vous garde-t-il sans cesse près de lui ? Mary et moi nous pensions qu'il désirait vous épouser.

— Il le désire, en effet. Il m'a demandé d'être sa femme.

Diana frappa des mains.

— C'est justement ce que nous pensions et ce que nous espérions ! s'écria-t-elle. Vous l'épouserez, Jane, n'est-ce pas ? Et il restera en Angleterre et abandonnera l'idée de partir pour les Indes.

— Bien loin de là, Diana. Son seul désir, en m'épousant,

est d'avoir une compagne de labeur qui puisse l'aider à accomplir sa mission aux Indes.

— Comment ! Il désire que vous alliez aux Indes ?

— Oui.

— Quelle folie ! s'écria-t-elle. Vous n'irez pas ! Vous n'avez pas accepté, n'est-ce pas, Jane ?

— J'ai refusé de l'épouser…

— … et, par conséquent, vous lui avez déplu ? compléta-t-elle.

— Profondément. Je crains qu'il ne me pardonne jamais, et pourtant je lui ai offert de l'accompagner à titre de sœur.

— C'était de la folie furieuse, Jane. Pensez quelle tâche vous acceptiez ; quels incessants labeurs dans un pays où la fatigue tue les plus forts, et vous êtes faible ! Vous connaissez St. John ; il vous demanderait l'impossible : avec lui, il ne faudrait même pas se reposer pendant les heures les plus chaudes. Et j'ai remarqué que malheureusement vous vous efforciez de faire tout ce qu'il vous demandait. Je suis étonnée que vous ayez eu le courage de refuser sa main. Vous ne l'aimez donc pas, Jane ?

— Non, pas comme mari.

— Pourtant il est beau.

— Et moi, Diana, je suis si laide. Nous ne pouvions pas nous convenir.

— Laide, vous ? Pas le moins du monde. Vous êtes bien trop jolie et bien trop bonne pour être brûlée vivante à Calcutta !

Et de nouveau elle me supplia vivement de renoncer à tout projet d'accompagner son frère.

— Il faut bien que j'y renonce, répondis-je, car tout à l'heure, lorsque je lui ai répété que j'étais prête à lui servir d'aide, il a été choqué de mon manque de modestie. Il semblait considérer comme très étrange ma proposition de l'accompagner sans être mariée à lui, comme si je n'avais pas toujours été habituée à voir en lui un frère.

— Jane, pourquoi dites-vous qu'il ne vous aime pas ?

— Je voudrais que vous pussiez l'entendre vous-même

sur ce sujet. Il m'a répété bien des fois que ce n'était pas pour lui qu'il se mariait, mais pour l'accomplissement de sa tâche ; que j'étais faite pour le travail, non pour l'amour. C'est probablement vrai, mais dans mon opinion, puisque je ne suis pas faite pour l'amour, il s'ensuit que je ne suis pas faite pour le mariage. Diana, ne serait-il pas cruel d'être enchaînée pour toute la vie à un homme qui ne verrait en vous qu'un instrument utile ?

— Oh, oui ! Ce ne serait ni naturel ni supportable. Qu'il n'en soit plus question.

— Il est bon et grand, mais en poursuivant ses desseins magnifiques il oublie avec trop de dédain les besoins et les sentiments de ceux qui n'ont pas son ambition. Aussi ceux-là feront mieux de ne pas suivre sa route, de peur que, dans sa course rapide, il ne les piétine. Le voilà qui vient ; je vais vous quitter, Diana.

Comme il ouvrait la porte du jardin, je montai rapidement dans ma chambre.

*
**

« Jane ! Jane ! Jane ! »

Le cri me réveilla au milieu de la nuit ; je me dressai dans mon lit.

« Oh Dieu ! qui pouvait-ce être ? » J'aspirai l'air avec force.

J'aurais pu dire : « Où est-ce ? » car cette voix ne sortait ni de la chambre, ni de la maison, ni du jardin, ni de l'air, ni des abîmes de la terre, ni du ciel. C'était la voix d'un être humain, une voix connue et aimée, celle d'Edward Fairfax de Rochester. Elle était triste, douloureuse, sauvage, aérienne, et semblait prier.

— Je viens, m'écriai-je dans ma chambre vide. Attendez-moi ! Oh ! je vais venir !

Le silence me répondit.

Je ne me rendormis pas, mais restai dans mon lit le reste de la nuit, éclairée et décidée. J'attendis le jour avec impatience.

CHAPITRE XXXIII

Le jour arriva enfin. Je me levai à l'aurore. Pendant une heure ou deux je m'occupai à ranger mes tiroirs, ma garde-robe et tout ce que contenait ma chambre, afin de les laisser dans l'état qu'exigeait une courte absence. Pendant ce temps, j'entendis St. John quitter sa chambre et s'arrêter devant la mienne. Je craignais qu'il ne frappât car il partait ce jour-là aussi, mais il continua son chemin.

Bien qu'on fût le 1er juin, la matinée était froide et sombre, la pluie fouettait les vitres. J'entendis St. John ouvrir la porte de devant. Regardant à travers la fenêtre, je le vis traverser le jardin. Il prit un chemin au-dessus des marais brumeux, dans la direction de Whitcross. C'était là qu'il devait rencontrer la diligence.

« Dans quelques heures je suivrai la même route que vous, pensai-je. Moi aussi j'irai chercher une diligence à Whitcross. »

Il me restait encore deux heures avant le petit-déjeuner. Je me mis à me promener doucement dans ma chambre et à songer à l'événement qui m'avait fait prendre cette résolution subite. Je me rappelais la voix que j'avais entendue. De nouveau je me demandai d'où elle pouvait venir, mais aussi vainement qu'auparavant ; il me semblait qu'elle provenait de moi et non du monde extérieur. Je me disais que c'était peut-être une simple impression nerveuse, une illusion, et pourtant je ne pouvais pas le croire ; cela ressemblait plutôt à une inspiration.

Au déjeuner, j'annonçai à Mary et à Diana que j'allais

partir pour un voyage et que je serais absente au moins quatre jours.

— Vous allez partir seule ? me demandèrent-elles.

— Oui, répondis-je, je pars pour avoir des nouvelles d'un ami dont je suis inquiète depuis quelque temps.

Elles auraient pu m'objecter qu'elles étaient mes seules amies, car je le leur avais souvent dit, et je suis même persuadée qu'elles y pensèrent dans le moment. Mais, avec leur délicatesse naturelle, elles s'abstinrent de toute observation.

Je quittai Moor House vers trois heures et, un peu après quatre heures, j'étais devant le poteau de Whitcross, attendant la diligence qui devait me mener à Thornfield. Dans le silence de ces montagnes solitaires et de ces routes désertes, je l'entendis de loin. J'étais descendue de ce même véhicule un an plus tôt, au même endroit. Je fis signe et la diligence s'arrêta ; j'entrai. J'étais de nouveau sur la route de Thornfield, et je me sentais comme un pigeon voyageur qui retourne chez lui.

Le voyage était de trente-six heures. J'étais partie de Whitcross un mardi dans l'après-midi, et le jeudi, de bonne heure, le cocher fit halte pour donner à boire aux chevaux dans une auberge en bordure de route, dans un paysage dont les haies vertes, les grands champs et les montagnes basses et pastorales me frappèrent comme les traits d'un visage familier. Oui, je connaissais cet endroit et je savais que j'approchais de mon but.

— À quelle distance est Thornfield Hall ? demandai-je au garçon d'écurie.

— À deux milles à travers champs, madame.

« Mon voyage est fini », pensai-je.

Je descendis de voiture et chargeai le garçon de garder ma malle jusqu'à ce que je la fisse demander.

Alors je me mis à traverser les champs mêmes que j'avais fuis en quittant Thornfield. Comme je marchais vite ! Je courais même quelquefois. Comme je regardais en avant pour apercevoir les bois bien connus ! Avec quelle émotion je saluais chacun des arbres que je connaissais et, derrière eux, la vue familière d'une prairie et d'une colline ! J'étais consciente que Mr Rochester pouvait être absent de Thornfield – je me le disais pour me raisonner car il pouvait tout aussi bien être sur le continent –, mais une voix intérieure me répétait qu'il n'en était rien, et je brûlais de le voir.

J'avais longé le petit mur du verger, venais de tourner l'angle et m'apprêtais à diriger mes regards joyeux vers une belle maison, mais je n'aperçus qu'une ruine noircie par la fumée.

La pelouse et les champs étaient piétinés et dévastés ; le portail était dépouillé de ses portes ; la façade était telle que je l'avais vue dans un de mes rêves : un mur haut et fragile, percé de fenêtres sans vitres ; ni toit, ni créneaux, ni cheminées ; tout avait été détruit.

Alentour régnaient le silence de la mort et la solitude du désert. Je ne m'étonnais plus que mes lettres soient restées sans réponse. En regardant les pierres noircies, il était facile de comprendre que le manoir avait été détruit par le feu, mais quelle était l'histoire de ce désastre ? À part le marbre, la maçonnerie et les boiseries, quelle perte pouvait-on déplorer ? Des existences avaient-elles été détruites comme la maison ? Personne n'était là pour répondre à mes questions.

En me promenant autour des murs en ruine et en parcourant le château dévasté, je compris que l'incendie devait être déjà un peu ancien. La neige s'était frayé un chemin sous cette arche vide, et les pluies d'hiver étaient entrées dans ces trous qui jadis servaient de fenêtres. Le printemps avait jeté ses semences dans ces amas de décombres.

Accablée et éperdue, je retournai à la ville et à l'auberge pour recouvrer mes esprits.

— Vous connaissez sans doute Thornfield Hall ? demandai-je à l'aubergiste, un homme d'âge mûr.

— Oui, madame, j'y ai habité autrefois.

« Vous ! Pas de mon temps, pensai-je, car votre visage m'est étranger. »

— J'ai été le sommelier du défunt Mr Rochester, ajouta-t-il.

Défunt ! Il me sembla que je venais de recevoir en pleine poitrine le coup que je cherchais à éviter.

— Défunt ! murmurai-je. Est-il donc mort ?

— Je parle du père de Mr Edward, le maître actuel, précisa-t-il.

Je respirai de nouveau et mon sang coula librement.

— Mr Rochester est-il à Thornfield Hall ? demandai-je.

Je savais bien quelle réponse je recevrais, mais je désirais éloigner le plus possible toute question directe sur le lieu de sa résidence.

— Oh non, madame ! me répondit-il. Personne n'y habite. Vous n'êtes pas du pays, sans cela vous sauriez ce qui est arrivé l'automne dernier. Le manoir n'est plus qu'une ruine ; il a été brûlé vers l'époque des moissons. C'est un horrible malheur ! Des valeurs énormes ont été détruites ; c'est à peine si l'on a pu sauver quelques meubles. Le feu s'est déclaré dans la nuit et, avant que la nouvelle soit connue à Millcote, le manoir était déjà la proie des flammes. C'était un affreux spectacle, j'en ai été témoin.

— Connaît-on la cause de l'incendie ? demandai-je.

— Il y avait une dame, continua-t-il en parlant plus bas, une folle enfermée dans la maison. C'est elle qui a mis le feu à la maison tandis que les occupants dormaient. Cette folle était la femme de Mr Rochester, le croiriez-vous ? Il la cachait dans le grenier depuis bien longtemps ! Hélas, l'odeur de la fumée l'a réveillé cette nuit-là et il a sauvé tous les domestiques avant de retourner pour sortir la folle de sa cellule. Mais elle, sur le toit, agitait ses bras au-dessus des créneaux. Mr Rochester l'a appelée, a voulu s'approcher d'elle. Aussitôt la folle a poussé un cri, a sauté, et l'instant d'après elle s'écrasait sur le pavé.

— Morte ?

— Morte. Aussi inanimée que les pierres qui reçurent sa cervelle et son sang.

Il frissonna.

— Et après ? le pressai-je.

— Eh bien, madame, après la maison fut brûlée jusqu'aux fondements.

— Y eut-il d'autres personnes de tuées ?

— Non, et pourtant cela aurait mieux valu peut-être.

— Que voulez-vous dire ?

— Pauvre Mr Edward ! s'écria-t-il. Il est aveugle comme les pierres.

Je craignais pire ; je craignais qu'il ne fût fou. Je rassemblai mes forces pour demander ce qui avait causé ce malheur.

— Son courage et sa bonté, madame. Il n'a pas voulu quitter la maison avant que tout le monde en soit sorti. Lorsque Mrs Rochester s'est jetée du toit, il a descendu le grand escalier de pierre, mais à ce moment-là, il y a eu un éboulement. On l'a retiré de dessous les ruines vivant, mais grièvement blessé : il avait perdu un œil, et une de ses mains était tellement abîmée que Mr Carter, le chirurgien, a été obligé de l'amputer immédiatement. Son autre œil a été brûlé, de sorte qu'il a complètement perdu la vue. Il est maintenant sans secours, aveugle et estropié.

— Où est-il ? Où habite-t-il maintenant ?

— À Ferndean, une propriété qu'il possède à trente milles d'ici à peu près. C'est un endroit tout à fait désert.

— Qui est avec lui ?

— Le vieux John et sa femme. Il n'a voulu personne autre. On dit qu'il est vraiment brisé.

— Avez-vous une voiture ici ?

— Nous avons un cabriolet, madame, un très joli cabriolet.

— Faites-le préparer tout de suite, je vous paierai le double de ce qu'on donne ordinairement.

CHAPITRE XXXIV

Le manoir de Ferndean était une construction très ancienne, de taille moyenne, sans prétentions architecturales, et située au milieu des bois. J'arrivai un peu avant la nuit : le ciel était triste, le vent froid, et j'étais mouillée par une pluie continuelle et pénétrante. Je fis le dernier mille à pied, après avoir renvoyé le cabriolet et le cocher, et marchai aussi vite que je pus.

En approchant, j'entendis un mouvement : l'étroite porte s'était ouverte lentement et quelqu'un s'avançait à la lueur du crépuscule. C'était mon maître, Edward Fairfax Rochester.

Je retins mon souffle et m'arrêtai pour l'examiner. Ses contours étaient toujours aussi vigoureux que jadis, son port aussi droit, ses cheveux aussi noirs ; ses traits n'étaient ni altérés ni abattus, mais quel changement dans son expression ! Son visage désespéré et inquiet me fit penser à ces bêtes sauvages ou à ces oiseaux de proie qui, blessés et enchaînés, sont dangereux à approcher dans leurs souffrances.

Il descendit la marche, et avança lentement et en hésitant du côté de la pelouse. À ce moment, John s'approcha de lui.

— Voulez-vous prendre mon bras, monsieur ? lui proposa-t-il. Voilà une forte pluie qui commence, ne feriez-vous pas mieux de rentrer ?

— Laissez-moi.

John se retira sans m'avoir remarquée. Mr Rochester essaya de se promener, mais en vain : tout était trop incertain pour lui. Il retourna à la maison à tâtons et referma la porte.

Alors je m'approchai et je frappai. La femme de John m'ouvrit. Elle tressaillit comme si elle eût vu un fantôme.

— Bonjour, Mary, dis-je, comment allez-vous ?

— Est-ce bien vous, Miss, qui venez à cette heure dans ce lieu solitaire ?

Je lui répondis en lui prenant la main. Puis je la suivis dans la cuisine, où John était assis près d'un bon feu. Je leur expliquai en peu de mots que j'avais appris tout ce qui était arrivé à Thornfield, et que je venais voir Mr Rochester. Au moment où je terminais mon récit, une sonnette se fit entendre dans le salon.

— Quand vous entrerez, dis-je à Mary, prévenez votre maître que quelqu'un désire lui parler, mais ne me nommez pas.

— Je ne pense pas qu'il veuille vous recevoir, objecta-t-elle. Il ferme sa porte à tout le monde.

Quand elle revint, je lui demandai ce qu'avait répondu Mr Rochester.

— Il désire savoir quel est votre nom et ce que vous voulez, m'expliqua-t-elle. Puis elle remplit un verre d'eau et le posa sur un plateau avec deux chandelles.

— Est-ce pour cela qu'il a sonné ? demandai-je.

— Oui. Bien qu'il soit aveugle, il veut toujours avoir des lumières le soir.

— Donnez-moi le plateau, je le porterai moi-même.

Je le lui pris. Elle m'indiqua la porte du salon. Le plateau tremblait dans mes mains, une partie de l'eau tomba du verre. Mon cœur battait avec force dans ma poitrine. Mary m'ouvrit la porte et la referma.

Le salon était triste ; un feu négligé brûlait dans la grille. Pilote était couché près de son maître et dressa les oreilles lorsque j'entrai. Puis il bondit autour de moi en aboyant et en gémissant, me faisant presque renverser le plateau. Je posai ce dernier sur la table, puis je m'approchai du chien. En le caressant, je lui dis doucement : « Couché, Pilote ! »

Mr Rochester se détourna machinalement pour savoir ce qui avait occasionné ce bruit, mais, ne pouvant rien voir, il se retourna en soupirant.

— Donnez-moi l'eau, Mary, dit-il.

Je m'approchai avec le verre maintenant à moitié plein. Pilote me suivait, toujours aussi excité.

— Qu'y a-t-il donc ? s'enquit Mr Rochester.

— Couché, Pilote ! dis-je de nouveau.

Mr Rochester but et posa son verre sur la table.

— C'est bien vous, Mary, n'est-ce pas ? demanda-t-il avec hésitation.

— Mary est dans la cuisine, répondis-je.

Il avança rapidement la main, mais, ne me voyant pas, il ne put pas me toucher.

— Qui est-ce ? Qui est-ce ? s'émut-il. Répondez-moi, parlez-moi encore !

— Pilote m'a reconnue. John et Mary savent que je suis ici. Je suis arrivée ce soir.

— Quel délire me frappe ? Quelle douce folie s'empare de moi ?

Il se mit à tâtonner. J'arrêtai sa main errante et je l'emprisonnai dans les deux miennes.

— Ce sont bien ses doigts ! s'écria-t-il. Ses petits doigts délicats ! Alors elle est ici tout entière.

Sa main vigoureuse s'échappa des miennes. Il saisit mon bras, mon épaule, mon cou, ma taille. Bientôt je me sentis enlacée par lui.

— Est-ce Jane ? Voilà ses formes, sa taille…

— Et c'est sa voix, ajoutai-je. C'est elle tout entière, son cœur aussi.

— Jane Eyre ! Jane Eyre ! fut tout ce qu'il put dire.

— Je suis Jane Eyre et je vous ai retrouvé. Je suis revenue pour vous.

Je pressai mes lèvres sur ses yeux jadis brillants et maintenant éteints. Je soulevai ses cheveux et baisai son front. Il sembla se réveiller tout à coup et se convaincre de la réalité de tout cela.

— C'est vous, Jane, n'est-ce pas ? Et vous êtes revenue pour moi ?

— Oui, monsieur.

— Alors vous n'êtes pas étendue sans vie dans quelque fossé ou dans quelque torrent ? Vous n'êtes pas une réprouvée chez des étrangers ?

— Non, monsieur, je suis une femme indépendante et fortunée à présent.

Mais il était trop bouleversé pour me répondre. Il répétait « Ma Jane » en touchant chacune des parties de mon corps qu'il pouvait atteindre. « Ma Jane… »

— Je suis ici et ne vous quitterai jamais plus.

— Et vous voudriez rester avec moi ? demanda-t-il d'une voix pleine d'espoir. Avec un infirme, une créature répugnante et vile ?

— Vous n'êtes ni répugnant ni vil, monsieur. Je vais vous le montrer.

Je quittai ses genoux – c'est à peine s'il voulut me laisser partir, mais je lui promis de revenir. Vite, je fis sortir Pilote de la pièce et fermai à clé de l'intérieur.

— J'ai rêvé que je faisais de nouveau l'amour avec vous, chuchotai-je en revenant vers ses bras grands ouverts.

— Jane, vous ne parlez pas sérieusement.

— Si. Je vous aime, je vous ai toujours aimé.

Doucement, je passai mes doigts le long de sa joue, de ses favoris jusqu'à son menton piquant d'une barbe de quelques jours. Puis je continuai, caressai son cou, chatouillai sa poitrine.

— Chut, dis-je, ignorant ses protestations.

Mon autre main s'enfonça dans ses cheveux. Je l'entendis gémir doucement, traversé par une subtile vague de désir. Je retrouvais moi aussi ces frissons anciens que j'avais pensé ne jamais ressentir à nouveau. Je me penchai en avant, pressai légèrement mes lèvres sur les siennes ; il me rendit mon baiser tout aussi tendrement. Une digue se rompit en moi, je me sentis engloutie par un appétit charnel irrépressible. Je me mis à l'embrasser avec plus d'ardeur et forçai la barrière de ses dents avec ma langue ; j'y retrouvai exactement le goût d'autrefois. Je l'embrassai encore et encore, avec une faim dévorante.

Il me rendit mes baisers pendant que sa main parcourait mon corps en connaisseur – à l'évidence, il s'en souvenait fort bien. Il prit chacun de mes seins dans le creux de sa paume en les caressant par-dessus le tissu de ma robe. Je lui ôtai sa veste et tirai sur sa chemise.

— Mais, Jane…

— Peu m'importe, l'interrompis-je fiévreusement. Je vous veux maintenant.

— Je te veux aussi.

En le débarrassant de sa chemise, je constatai que son torse était toujours aussi large, puissant et musclé que dans mon souvenir. Mes yeux ne s'arrêtaient pas sur son bras blessé ou ses cicatrices. Après avoir défait son pantalon, je le guidai doucement jusqu'au tapis, devant les braises ardentes de la cheminée.

— Jane, murmura-t-il comme je l'embrassais encore et encore.

Je laissai mes mains toucher chaque parcelle de son corps, savourer la sensation de ce contact retrouvé. Puis je saisis son membre tendu, le titillai, tirai dessus malicieusement. Il grommela et poussa un soupir de délice. Enhardie, je passai la langue sur toute sa longueur avant d'en sucer délicatement le bout.

Il haletait, avide d'en avoir plus, mais je le laissai, me levai et défis prestement ma robe, jetant mes vêtements en hâte. Alors je le chevauchai et attendis pendant que sa main explorait mon corps tout entier, caressant mes cuisses, mes hanches, mon ventre, mes fesses, tendrement. Un sein après l'autre, il pressa mes mamelons jusqu'à ce qu'ils se dressent, durs et pointus.

Je me penchai en avant. Tout en l'embrassant légèrement, j'inclinai mes hanches de sorte qu'il entre à l'intérieur de moi.

Il grogna et se tordit tandis que je poussais. Rejetant ma tête en arrière, je gémis en silence. Je le dirigeai au point de plaisir le plus profond, le plus loin dans mon ventre, et le chevauchai plus fort et plus vite, toujours plus fort et plus vite, jusqu'à ce que mon corps tout entier palpite de cette brûlante et délicieuse volupté.

— Oh, Jane, haleta-t-il.

Je nouai mes doigts aux siens pour me soulever et m'écraser lourdement contre lui, toujours et encore.

Je poussai une fois de plus, et soudain, je fondis en lui dans un intense transport d'extase qui me submergea, me laissant abîmée et pantelante. Je m'effondrai sur lui dans un étourdissement de plaisir, et il jouit en moi.

Nous ne parlions plus, reprenant notre souffle. J'avais la tête posée sur sa poitrine.

— Jane, vous auriez dû vous retirer de moi, me gronda-t-il en caressant mes cheveux.

— J'imagine que vous allez devoir m'épouser maintenant, dis-je avec un grand sourire.

— Voulez-vous m'épouser, Jane ?

— Bien sûr.

— Je ne vous condamnerai pas à vivre avec un monstre.

— Vous n'avez pas le choix.

Il m'enlaça de son bras valide et me serra contre lui.

— Je vous aime, Jane.

— Je vous aime aussi.

Et, lecteur, je l'épousai.

IMPRIM'VERT
Votre imprimeur agit pour l'environnement

Imprimé en France. - JOUVE, 1, rue du Docteur Sauvé, 53100 MAYENNE
N° 2081991B. - Dépôt légal : avril 2013